VEREINT

EDEN SUMMERS

KAPITEL EINS

T.J. saß in seinem Auto, völlig gebannt von einem Anblick, der ihm so vertraut war, dass er ihm einen stechenden Schmerz in der Brust verursachte – dem seiner Ehefrau. Cassies blonde Haare schimmerten im Licht der frühen Morgensonne, ihr Maxikleid umschmeichelte jede ihrer Kurven. Ein flüchtiger Blick genügte, um alles andere verblassen zu lassen. Es gab nur noch sie und ihn. Keine Straße war zu lang, kein Fluss zu breit, um ihn davon abzuhalten, sie für sich zu beanspruchen.

Zumindest war es so gewesen ... bevor er gegangen war. Nun waren die wenigen Meter, die zwischen seinem Wagen und ihrer Position an der Schaukel des benachbarten Parks lagen, so gewaltig wie der Atlantik.

Heute Morgen würde er sich endgültig verabschieden, einen stillen Dank gen Himmel senden, dass er ihm die wenigen paradiesischen Jahre geschenkt hatte, die er mit dieser wunderschönen Frau hatte teilen können. Ihre gemeinsame Zeit war ein einziges Märchen gewesen – Liebe auf den ersten Blick, Eheglück und die Aussicht auf eine perfekte Zukunft.

Doch sie hatten ihr Happy End nie bekommen. Er hatte es vermasselt. Nicht nur einmal, sondern viele Male. Er hatte nur das Ausmaß nicht erkannt, bis es zu spät war. Bis er von ihr getrennt war, weg vom hypnotisierenden Bann ihrer Liebe.

Er hatte diese Frau beinahe zugrunde gerichtet. Das konnte er immer noch, wenn er blieb.

Keiner von ihnen hatte es kommen sehen. Sie waren zu sehr von ihrem Glück vereinnahmt gewesen. Die Droge der Euphorie hatte sie beide die Realität ausblenden lassen.

Jetzt nicht mehr.

T.J. sah zu, wie Cassie ihre Nichte von der Schaukel wegführte und sie Hand in Hand den Spielplatz verließen. Im Grunde genommen stalkte er sie. Er wusste, dass sie jeden zweiten Samstagmorgen mit dem kleinen Mädchen in den Park ging. Er wusste auch, dass sie, sobald sie das Kind zu seiner Mutter zurückgebracht hatte, die zwei Blocks zu T.J.s Haus laufen würde.

Zu ihrem gemeinsamen Zuhause.

Er folgte ihr im Schritttempo mit seinem Auto. An jeder Straßenecke wartete er, bis sie außer Sichtweite war, bevor er weiterfuhr. Als Cassie ihre Straße erreichte, wurde sein Magen flau. Ein Auto wartete in ihrer Auffahrt. Ein Auto, das wegen ihm dort stand.

Ihre Schritte verlangsamten sich, und als ein Mann in einem maßgeschneiderten schwarzen Anzug aus dem Wagen stieg, hielt sie abrupt an. Sie wechselten ein paar Worte, aber T.J. war zu weit weg, um von den Lippen lesen zu können. Allerdings brauchte er das auch nicht. Der Umschlag in der Hand des Mannes sagte alles. Und der daraus resultierende Schmerz auf dem atemberaubenden Gesicht seiner Frau tat sein Übriges.

Sie hielt die Scheidungspapiere in ihren Händen. Er konnte nicht anders, er musste näher heran, musste ihr Leiden hautnah miterleben. Er hatte ihren Schmerz verdient, ihren Groll. Er wollte beides spüren, so viel leiden wie möglich.

Sie erkannte nicht, dass es notwendig war. Vermutlich würde sie das nie. Und das war okay. Er konnte mit der

Verantwortung leben. Schließlich tat er das schon seit Monaten.

Der schwarze Mercedes fuhr rückwärts von der Einfahrt und auf die Straße, dann verschwand er in der Ferne. Er konnte nicht wegsehen, musste den Schmerz in sich aufsaugen, der in Flutwellen von seiner Frau zu ihm herüberebbte. Sie zitterte, den Umschlag fest umklammert, ihren Blick auf das grüne Gras zu ihren Füßen gerichtet.

Er fuhr den Wagen langsam näher heran und tröstete sich mit ihrer Nähe. Sie war so nah. Fast konnte er die weichen Strähnen ihres Haars durch seine Finger gleiten spüren. Konnte fast das Parfüm riechen, das er ihr zum letzten Hochzeitstag gekauft hatte.

Er würde töten, um sie wieder berühren zu dürfen. Um den Kummer in ihren Augen mit seinem Kuss lindern zu können. Mit seiner Leidenschaft.

Doch das würde nicht passieren. Nicht ein einziges Mal mehr.

Auf der Suche nach Ablenkung sah er über ihre Schulter auf das Haus, das sie beide mit ihren bloßen Händen errichtet hatten. Vom Fundament bis zu den Vorhängen, von der Gartengestaltung bis hin zum verdammten Briefkasten. Alles war mit harter Arbeit, Entschlossenheit und Liebe geschaffen worden. Vor allem mit Liebe.

Kitschig, ja, doch es war einer dieser Momente im Leben gewesen, in denen er geglaubt hatte, tatsächlich etwas Großes erreicht zu haben. Er hatte eine Ehefrau, die er vergötterte, ein brandneues Zuhause für die Familie, die sie gründen wollten, und ihren deutschen Schäferhund, Bear, der das Gesamtpaket vervollständigte.

Es schien, als hätten sie sich erst gestern über die Farbe für den Anstrich der Innenwände gestritten. Er war hartnäckig bei seiner Wahl geblieben, bis zu dem Moment, in dem sie mit der mühsamen Arbeit begonnen hatten. Als er den Farbbottich öffnete, hatte Cassie ihm ihr umwerfendes Lächeln zugeworfen, und schon war ihre miese Farbwahl es wert gewesen.

Ihr Lächeln hatte ihn immer fertig gemacht. Es fühlte sich an, als wären Jahre vergangen, seit sie ihn mit ihrer Fröhlichkeit verzaubert hatte. Ein Tag ohne sie glich einer Ewigkeit, folglich war der Schmerz der Monate, die sie getrennt voneinander verbracht hatten, nicht zu beschreiben.

Er vermisste es, sie von den Socken zu hauen – körperlich und emotional. Er vermisste es, wie sie quietschte, wenn er sie am Knöchel kitzelte. Vor allem vermisste er es, die Weichheit ihrer Kurven an seinem Körper zu spüren, wenn er einschlief.

All das würde er nie wieder haben.

Was sie hatten, war verloren. Tot und begraben. Er hatte alle Hoffnung auf eine Zukunft zerstört. Er hatte Cassies Zeit vergeudet und ihr Leben ruiniert. Das musste aufhören.

Er schlug mit den Handflächen gegen das Lenkrad und kniff die Augen zu, um gegen die Tränen anzukämpfen. Bald wäre es vorbei. Ihr Gerichtstermin war in weniger als einem Monat. Die Dokumente in ihrer Hand führten alle Vermögenswerte auf, die er ihr überließ – das Auto, das Haus, ihren Hund. In Verbindung mit ihrem Job hätte sie weiterhin finanzielle Sicherheit. Sie wäre abgesichert und versorgt. Und vielleicht, eines Tages, glücklich.

Die nächsten siebenundzwanzig Tage würden ihn trotzdem umbringen. Genau wie jeder darauffolgende Tag. Doch sobald der Herzschmerz nachgelassen hatte, würden sie beide neu beginnen können. Cassie konnte sich in ihrer Position in der Hotelverwaltung darauf konzentrieren, sich hochzuarbeiten. Vielleicht würde sie einen neuen Mann finden. Jemand anderen, der sie liebte. Der sie in den Armen hielt. Der ihr wundervolles, strahlendes Lächeln sehen und ihre Tränen wegwischen durfte.

„*Scheiße.*" Er musste hier verschwinden, bevor er völlig zusammenbrach.

Er öffnete die Augen, blinzelte mehrmals und sah dann direkt in die Augen der Frau, deren Blick starr auf sein Auto gerichtet war. *Oh, fuck.*

Sie ließ ihre Hände sinken und der Umschlag fiel zu

Boden. Mit zitternder Unterlippe und schwer atmend stand sie da, während er die volle Wucht ihres Kummers zu spüren bekam.

„Scheidungspapiere?", rief sie mit gebrochener Stimme.

Herrgott. Er hatte sie gebrochen. Cassie war ruhig, gelassen und höflich, zumindest an jedem anderen Tag ihrer Ehe. Im Moment verursachte sie eine Szene und machte damit ihre neugierigen Nachbarn auf ihren bevorstehenden Zusammenbruch aufmerksam.

Er hätte nicht herkommen dürfen. Er hätte ins *Shot of Sin* fahren, seine Sorgen in einer Flasche teurem Scotch ertränken und sich anschließend von Leo oder Brute nach Hause fahren lassen sollen. Stattdessen schaltete er die Zündung ab und stieg aus dem Auto, unfähig, ihr Leid zu ertragen.

Er ging auf sie zu, entschlossen, ihr zu erklären, dass ihr Leben jetzt besser werden würde. Es musste einfach besser werden. Genauso wie es *ihr* dann besser gehen musste. Er konnte nicht existieren, falls dem nicht so war.

„Du bist ein Feigling, Tate Jackson." Sie rührte sich nicht, nur ihre Lippen zitterten. „Ein schwacher, erbärmlicher Feigling, der seiner Frau nicht einmal den Respekt erweisen kann, ihr mitzuteilen, dass er die Scheidung will. Du musstest einen Fremden damit beauftragen, mich darüber in Kenntnis zu setzen."

Er beschleunigte seine Schritte die Einfahrt hinauf. „Senk deine Stimme."

Ihre Augen weiteten sich, ihr Mund öffnete sich leicht. Dann reckte sie langsam ihr Kinn. „Nein." Ihre Stimme war hauchdünn. „Dieser Tonfall wirkt bei mir nicht mehr, dank dieser Papiere." Sie deutete mit einer Hand auf den Umschlag im Gras. „Wie konntest du nur?"

Er blieb vor ihr stehen, legte seine Hand auf ihren Oberarm und versuchte, sie ins Haus zu führen, weg von neugierigen Augen.

„Wag es nicht." Sie wich ihm aus, ihre sanften Züge verzogen sich zu einer finsteren Miene. Noch nie zuvor hatte sie ihn so angeschaut. Ein solcher Blick von ihr war ihm völlig fremd. Und schwer zu ertragen.

Er würde seine Seele geben, sie an seine Brust ziehen und in seinen Armen trösten zu können, bis die bittere Realität verblasste. Er vermisste sie. Gott, er vermisste sie so sehr. Ihr Duft lag in der Luft und forderte seine Beherrschung heraus. Und ihre Lippen ... Er stieß frustriert den Atem aus. Ihre Art zu küssen war unvergleichlich. Ihr liebevolles Herz würde für immer ein Teil von ihm sein.

Cassie holte tief Luft, straffte ihre Schultern und begegnete offen seinem Blick. „Tu uns das nicht an, T.J." Ihre hellblauen Augen flehten mehr als ihre Worte es je könnten. „Bitte. Ich liebe dich noch immer. Ich werde dich *immer* lieben."

Er war dankbar für das kratzende Geräusch von Nägeln über Zement, dann das Bellen von Bear, der ihn lautstark vom Seitentor aus begrüßte. Sie schwiegen, während das dröhnende Geräusch anhielt. Er musterte unablässig ihr Gesicht. Die Zeit blieb stehen, und der Grund, wieso er all das in erster Linie tat, verschwamm.

Sie war immer noch die faszinierendste Frau, die er je gesehen hatte. Das Kleid, das sie trug, schmiegte sich an all ihre herrlichen Kurven, umschmeichelte Brüste und Hüften, die ihn in seinen Träumen gequält hatten. Die Brustwarzen, die gegen die dünne Baumwolle drückten, machten seinen Mund so trocken, dass er sich inständig wünschte, er hätte es nicht bemerkt. Aber es waren ihre tiefen, himmelblauen Augen, in denen unvergossene Tränen schwammen, die ihn innerlich zerrissen.

„T.J." Über das laute Bellen hinweg war ihre Stimme kaum zu hören. Ihre Hand wanderte zwischen sie und hinauf zu seiner Brust.

Er trat zurück, da er wusste, welches Brennen der Kontakt verursachen würde. Ihre zarte Berührung wäre sein Ende. Sie würde ihn schnurstracks mit einem Einwegticket zum Gericht treiben, um das Scheidungsverfahren einstellen zu lassen.

Sie war sein Herz. Die einzige Frau, die seine dunkelsten Sehnsüchte zum Vorschein brachte und einen sexuellen Appetit in ihm erweckte, den er nicht ignorieren konnte. Sie gewährte ihm die Freiheit, der Mann zu sein, der er immer sein wollte, ließ ihn jedoch sich gleichzeitig wünschen, jemand ganz anderes zu sein. Jemand besseres. Jemand, der einer Frau würdig war, die so vergebend und liebevoll war.

Sie ließ ihre Hand langsam an ihre Seite fallen, als Bear sich beruhigte. Ihr Blick senkte sich und ihre hellen Wimpern legten sich flatternd auf ihre erröteten Wangen. „Ich kann ohne dich nicht leben, Tate.“

Verdammte Scheiße. Sie weidete ihn aus, schlitzte seine Brust auf und ließ seine Eingeweide herausfallen. Wie konnte er gehen? Wie konnte er sie verlassen, wo er doch wusste, dass er diesmal nicht zurückkehren würde?

„Es ist das Beste“, log er.

Auf Cassie traf das zu, aber er wäre von diesem Moment an für immer weniger Mann, weil sein Leben nicht länger durch diese Frau bereichert wurde.

Cassie hielt den Atem an und zerbrach fast an der Entschlossenheit in den angespannten Gesichtszügen ihres Ehemannes. Er war unnachgiebig. Sich seiner Entscheidung sicher. Sie konnte beim besten Willen nicht verstehen, warum.

Sie presste ihre Lippen zusammen und schwor sich, keine weitere Träne zu vergießen, zumindest nicht vor ihm. *Verdammt.* Sie wollte ihn schütteln. Ihn mit einer Ohrfeige aus seinem Irrsinn reißen und ihn an das Glück erinnern, das sie einst geteilt hatten. Sie war glücklich gewesen. Ihre Flitterwochenphase war nie verflogen, sondern hatte sich vielmehr in eine tiefere Verbindung verwandelt, durch die sie mit T.J. eine ganz neue Seite an sich entdeckt hatte.

Er hatte sie zum Leben erweckt. Genau wie ihre Liebe. Und ihre Lust. Und obwohl es wehgetan hatte, als er seine

Koffer packte und ihr sagte, er bräuchte eine Auszeit, hatte sie ohne jeden Zweifel gewusst, dass ihre Verbundenheit miteinander nicht durch ein paar Monate der Trennung ausgelöscht werden konnte.

Eine Liebe wie ihre war ein Geschenk. Eines, auf das sie nicht verzichten konnte.

„Die Scheidung wird nicht rechtsgültig werden. Ich werde ihr nicht zustimmen."

„Ich brauche deine Zustimmung nicht, Cass, der Gerichtstermin steht schon fest."

„Das ist nicht möglich." Das Blut wich aus ihrem Gesicht und ihr wurde schwindelig. Sie schüttelte den Kopf, ob ungläubig oder trotzig, konnte sie nicht sagen. Es war unmöglich, dass ihre Trennung bereits die gesetzlichen Voraussetzungen erfüllte. „Du bist vor sechs Monaten ausgezogen. Ich bin sicher, wir müssen zwölf Monate getrennt sein, bevor du die Scheidung einreichen kannst."

Seine Miene wurde weicher, seine braunen Augen voller Mitleid. „Ich schlafe seit einem Jahr nicht mehr in deinem Bett. Das reicht dem Gericht."

Ihr Herz blieb stehen und ihre Brust durchzuckte ein Schmerz, der immer intensiver wurde. Sie presste sich eine Hand auf die Brust in dem Versuch, das qualvolle Gefühl zu lindern, das nicht nachlassen wollte. Stattdessen nahm es immer weiter zu und breitete sich in ihren Gliedern aus, bis sie weiche Knie bekam.

Ein einziges Wort entwich ihren zitternden Lippen: „Warum?"

Sie kannte die Antwort, ohne dass er sie aussprechen musste. Sein verzerrter männlicher Schutzsinn hatte seinen Tribut gefordert und ihn zum Sklaven einer Schuld gemacht, die ihn gar nicht traf.

„Geht es immer noch um den blöden Club?" Die eine schicksalshafte Nacht, in der ihre Experimentierfreudigkeit zu weit gegangen war.

„Hier geht es um mich." Seine Stimme war leise. Unbeirrt. „Niemanden sonst."

„Lügner." Sie kannte die Wahrheit. Sie hatten eine schlechte Erfahrung gemacht. Eine aufreibende, herzzerreißende Erfahrung, und schon war er bereit aufzugeben. „Du hast das, was passiert ist, immer noch nicht losgelassen."

„Du hast Recht." Er senkte seinen Kopf. „Das kann ich nicht. Das werde ich nie. Aber bei der Scheidung geht es um viel mehr als das."

In ihrem Kopf schrie sie und kratzte ihm die schönen Augen aus, in die sie an ihrem Hochzeitstag geblickt hatte, dieselben Augen, von denen sie sich vorgestellt hatte, dass sie mit tiefster Zuneigung auf ihr erstes Kind herabschauten, wären sie je mit einem Kind gesegnet worden.

„Es tut mir leid." Er presste seine Lippen fest zusammen.

Es tat ihm leid? Er hatte ihr noch nicht einmal die Gelegenheit gegeben, zu reparieren, was zerbrochen war. Er selbst hatte es nicht einmal versucht.

„Eine Entschuldigung reicht da nicht aus." Erneut schüttelte sie den Kopf, diesmal mit Nachdruck.

Vor zwölf Monaten hatte er angefangen auf dem Sofa zu schlafen, und ihr mit seinem Verlangen nach Freiraum, nach Klarheit, die sie ihm nicht geben konnte, das Herz gebrochen. Sechs Monate später hatte er ihr Haus verlassen, weil er noch mehr Abstand brauchte.

Damals hielt sie es für das Beste, sich seinem Wunsch zu beugen. Seine Liebe für sie war immer noch offensichtlich in seinen Augen, seinen Worten, seinen Berührungen. Also hatte sie ihn gehen lassen und ihm gegeben, was er brauchte. Viele Monate der Distanz, in denen sie sich nächtelang in den Schlaf geweint und ihn nicht ein einziges Mal gebeten hatte, zu ihr zurückzukehren.

Diesmal würde sie nicht so dumm sein. Sie würde seinen Bitten nicht mehr nachgeben.

Der Schmerz in ihrer Brust verwandelte sich in glühend heiße, verzehrende Wut. Jeder Zentimeter von ihr wurde von Entschlossenheit erfüllt, jeder Nerv pulsierte mit dem Bedürfnis, diese Schlacht für sich zu entscheiden.

„Ich werde kämpfen. Ich werde dem Richter sagen, dass wir noch nicht lange genug getrennt sind." Sie erhob ihre Stimme. „Ich werde tun, was immer nötig ist."

Sein Kiefer zuckte. „Wir wissen beide, dass du unter Eid nicht lügen wirst."

Wahrscheinlich nicht. Er kannte sie zu gut.

„Wir sind nie zur Eheberatung gegangen. Ich werde dem Gericht sagen, dass ich das vorher versuchen will." Es musste einen anderen Weg geben. Eine andere Möglichkeit.

„Du bist nicht hingegangen, Cass, aber ich schon." Er ließ den Kopf hängen, als er einen weiteren Nagel in den Sarg ihrer Ehe hämmerte.

„Du bist ohne mich zur Eheberatung gegangen?" Ihre Worte waren ein Flüstern. Es ergab keinen Sinn. Sie waren perfekt füreinander. Sie hatten alles geteilt, von expliziten sexuellen Fantasien bis hin zu ihren größten Ängsten und allem, was dazwischen lag. Sein Handeln war nicht nachvollziehbar. Sie hatten nur eine falsche Entscheidung getroffen. Ein Fehler, und schon sollte sie ihre gemeinsame Zukunft aufgeben. Es musste mehr dahinterstecken.

„Gibt es eine andere Frau?" Übelkeit überkam sie. „Ist das der Grund? Hast du jemand anderen gefunden?"

Sie starb tausend Tode, während sie auf seine Antwort wartete. Ihr Verstand spielte völlig verrückt und stellte sich vor, wie er sie mit bildschönen Frauen betrog. Mit schlanken, makellosen Frauen mit leichten Kurven und kleinen, festen Brüsten.

Sie sog scharf die Luft ein. „Das ist es, nicht wahr? Du bist fremdgegangen."

„Nein." Er sagte das Wort mit Nachdruck und sah sie durch seine losen dunkelbraunen Haarsträhnen an, die ihm vor die schokoladenbraunen Augen gefallen waren.

Ihr Körper sackte in sich zusammen, und sie umklammerte ihre Hände, damit sie aufhörten zu zittern. Sie glaubte ihm. Sie hatte keine Ahnung, wieso, aber sie klammerte sich an die Aufrichtigkeit in seiner Miene. Das musste sie.

„Warum dann, T.J.? Du verlässt mich doch nicht wegen eines einzigen Fehlers."

„Cassie." Ihr Name war ein Flehen.

„Nichts *Cassie*. Du musst mir erklären, wie du so einfach davonlaufen kannst. Es macht keinen Sinn." Sie scherte sich nicht länger um den Herzschmerz, der sich in seine Gesichtszüge brannte. Ihr ganzes Mitgefühl war unter ihrem eigenen Schmerz begraben worden. Sie brauchte Antworten. Sofort.

Er verzog sein Gesicht und sah zurück zu seinem am Straßenrand geparkten Auto. „Es geht darum, dass ich nur das Beste für dich will." Er fuhr sich grob mit einer Hand durchs Haar und umfasste seinen Hinterkopf. „Du hast Besseres verdient."

„*Schwachsinn*. Es geht um eine einzige Nacht. Siehst du nicht, wie lächerlich das ist?"

„Senk deine Stimme."

Sein befehlendes Knurren weckte unzählige heiße Erinnerungen in ihr. Sie liebte seine dominante Stimme. Doch sie würde ihr nie wieder folgeleisten. Nicht, wenn sie nicht Mann und Frau blieben.

„Ich wollte nicht, dass es so kommt." Er trat zurück und brachte damit eine schmerzhafte Distanz zwischen sie. „Dir wehzutun ist das Letzte, was ich will."

„Dann hör auf damit."

„Das habe ich. Genau darum geht es bei der Scheidung. Nachdem du dich aufgerafft hast, wirst du erkennen, dass es der beste Weg für deine Zukunft ist."

„Der beste Weg?" Sie funkelte ihn aufgebracht an. „Nein. Der beste Weg für mich wird mich immer zu meinem Ehemann führen."

Er hob sein Kinn und begegnete ihrem Blick. „Vertraue mir einfach."

Sie starrte ihn an und bemerkte die zusätzlichen Furchen um seine Augen, die nach unten verzogenen Mundwinkel, von denen sie es allzu sehr gewohnt war, sie in die entgegengesetzte Richtung gebogen zu sehen.

"Ich habe kein Vertrauen mehr." Sie versuchte unter der Last des Verlustes nicht zusammenzubrechen, während er langsam einige Schritte zurückwich.

T.J. nahm ihre bitteren Worte mit einem Nicken zur Kenntnis und drehte sich auf dem Absatz um. Er glaubte, er würde aus ihrem Leben verschwinden. Aus ihrem Herzen. Und doch würde er sie nie verlassen. Selbst als er aufgehört hatte, in ihrem Bett zu schlafen, hatte sie ihn immer noch neben sich gespürt. Und als er ihr Zuhause verließ, hatte sie sich an den Gedanken von ihm geklammert und auf seine Rückkehr gewartet.

Sie würde niemals den Glauben an ihre Ehe verlieren, ganz gleich, was vor ihnen lag. Das einzige Problem war, dass sie nach zwölf Monaten der Verzweiflung nicht wusste, wie viel Kampfgeist noch in ihr steckte für das zu kämpfen, was sie beide verdienten.

KAPITEL ZWEI

„Schön, dich zu sehen, Fremder."

T.J. schwang zu der Stimme herum, die er über die laute Tanzmusik hinweg kaum erkannte. „Hey, Frechdachs. Lange nicht gesehen."

„Frechdachs?" Shay hob eine Braue und kräuselte die Lippen. „So hast du mich noch nie genannt."

„Wenn der Schuh passt ..." Er stupste sie am Arm und ging weiter in Richtung der bewachten Tür, die zum privaten Bereich im Untergeschoss führte. Das *Shot of Sin*, der Tanzclub, den er mit seinen beiden besten Freunden Leo und Brute besaß, war heute Abend zu laut für ihn. Er hatte sich noch nicht von seiner Begegnung mit Cassie am Morgen erholt. Er musste sich erden, und das schaffte er nicht während der Arbeit hinter einer belebten Bar. Nachdem ihr Restaurant *Taste of Sin* für den Abend bereits geschlossen hatte, war die einzige andere Möglichkeit das *Vault of Sin*.

Shay zuckte mit den Schultern. „Stimmt." Ihr Lächeln war echt und voller Schalk, den er inzwischen zu mögen gelernt hatte. „Also, wie kommt es, dass du jetzt darum bittest, unten arbeiten zu dürfen? Leo sagte mir, einige der Aufgaben unten seien nicht so deine Stärke."

Und so begann das Kreuzverhör.

Er blieb vor dem Wachmann am Eingang zur Treppe nach

unten stehen und nickte dankbar, als der Mann die Tür öffnete. Das *Vault*, verborgen unter dem Hauptbereich des *Shot of Sin,* war ein privater Club, in dem die Mitglieder nicht vorhatten zu tanzen, sondern jede Absicht, sich nackt auszuziehen und an sinnlicheren Aktivitäten teilzunehmen.

Wegen seiner Hingabe zu Cassie war der Sexclub nie sein Lieblingsarbeitsplatz gewesen. Sie wusste, was hinter den verschlossenen Türen passierte, und obwohl er ihr Unbehagen gespürt hatte, hatte sie nie von ihm verlangt, diesem Teil seiner Eigentümerpflichten nicht nachzukommen.

Er hatte selbst entschieden sich von den expliziten, sexuellen Aufgaben im *Vault of Sin* zu distanzieren. Das hatte er als Zeichen des Respekts gegenüber der Frau getan, die er verehrte, zumal sie nie die Gelegenheit gehabt hatten, den Bereich gemeinsam zu erkunden. Ihre Probleme hatten vor der Eröffnung des Sexclubs begonnen. Und nachdem die Türen geöffnet waren, hatte er sich nicht überwinden können sie dorthin einzuladen.

Jetzt schien sein Mitwirken unten keine große Rolle mehr zu spielen.

„Es ist ruhig hier unten", murmelte er.

Shay folgte ihm in das schwach beleuchtete Treppenhaus, dann schloss der Wachmann die Tür hinter ihnen. Gemeinsam gingen sie hinunter, vorbei an Wandbildern von Paaren, deren nackte Körper in verschiedenen sexuellen Posen miteinander verschlungen waren, was ihn umso mehr an seine Frau erinnerte.

„Gerade ist es ruhiger, weil niemand unten ist. Aber das bleibt nicht mehr lange so." Shay schmunzelte. „Einige der Mitglieder treiben es gerne laut, und das meine ich wörtlich."

Er unterdrückte ein Stöhnen. „Mir war klar, was du meinst."

Ihr Lächeln wurde breiter, als sie das Kellergeschoss erreichten. „Schaltest du das Licht ein, während ich das Erwachsenenentertainment aufbaue? Die ersten Gäste treffen bald ein."

„Sicher." Er gab den PIN ein, mit dem die Tür am Ende des Flurs abgesichert wurde, und hielt die schwere Holztür für Shay auf, damit sie vor ihm das *Vault of Sin* betreten konnte. Während sie in der Newbie-Lounge am Fernseher herumhantierte, schleppte er sich in den Hauptraum und betätigte den Schalter an der Wand neben der Bar. Leuchtstofflampen aus, Stimmungslicht ein.

Wahrscheinlich hätte Cassie es hier unten geliebt. Er war überzeugt, dass genau das eines ihrer Probleme war. Er hatte sie so geprägt, dass sie genau das mochte, was er mochte. Dass sie die Verderbtheit liebte, die er liebte. So war sie nicht gewesen, als sie sich kennenlernten. Sie war unschuldig gewesen. Beinahe unberührt. Er hatte ihr die gesamte Bandbreite des sexuellen Verlangens gezeigt und nicht einmal bemerkt, dass er sie in einen anderen Menschen verwandelte, bis es zu spät war.

Aus dem Nebenraum vernahm er ein Klicken, gefolgt von herzhaften Seufzern und kehligem Stöhnen von dem großen Bildschirm, den Shay gerade einstellte. Der Geräuschpegel wirkte wesentlich lauter, als er sein würde, sobald die Gäste eintrafen und ihre eigenen sexuellen Laute ausstießen. Die Vorstellung hätte seine Erregung wecken sollen. Stattdessen fühlte er sich schmutzig. Verkommen. Als würde er fremdgehen.

Er bezweifelte, dass letzteres Gefühl jemals verblassen würde.

Wenn er schließlich nach vorne sah, würde es nicht angenehm werden. Er würde Cassie gegenüber immer emotional verpflichtet bleiben, und er wusste, seine Selbstachtung würde auf einem historischen Tiefstand sein, sobald er sich auf jemand anderen einließ.

In seinem jämmerlichen Wahnsinn hatte er sogar darüber nachgedacht, ein hochklassiges Callgirl zu bezahlen, die erste zu sein. Auf diese Weise wären keine Emotionen involviert. Es wäre ein Job – für ihn, um über seine Ehefrau hinwegzukommen, und für sein Callgirl, um die Rechnungen zu bezahlen. Eine Win-Win-Situation. Er hatte sogar eine

Visitenkarte in seinem Portemonnaie. Eine ständige Erinnerung daran, dass er nur einen Anruf davon entfernt war mit seinem Leben weiterzumachen. Nur konnte er sich nicht dazu durchringen, die Nummer zu wählen.

„Alles okay, Großer?", fragte Shay, die hinter ihm auftauchte.

„Alles bestens", log er, als wäre er nicht im Begriff innerlich zu sterben und im Fegefeuer zu versinken.

Er setzte sich an die Bar, verzichtete darauf, nach einer Flasche *Grey Goose* zu greifen, und schaltete gedanklich ab, während Shay die Gläser polierte und die Zapfhähne auf Funktionalität überprüfte. Die Zeit verging, ohne dass sich die Welt darum scherte, dass er mit jeder verstreichenden Sekunde innerlich weiter zerbrach.

In perfekt aufeinander abgestimmten Abständen trudelten die Gäste ein. Die Nacht zog sich dahin, während Leute buchstäblich kamen und gingen. Ein- oder zweimal überprüfte er schlurfend die Zimmer, um sich zu vergewissern, dass alles mit rechten Dingen und einvernehmlich vor sich ging. Doch nichts und niemand um ihn herum drang richtig bis in sein Bewusstsein vor. Niemand außer Cassie.

„Ich liebe dich", sagte jemand hinter ihm.

Er schnitt eine Grimasse und kämpfte sich durch den Herzschmerz, als er sich an das erste Mal erinnerte, dass seine Frau diese Worte gesagt hatte. Er hatte sich schon lange vorher in sie verliebt. Wochen, vielleicht sogar Monate vor ihrer Liebeserklärung. Er hatte seine Verehrung für sich behalten, wollte seine Gefühle nicht auf sie projizieren, solange er sich nicht ganz sicher war, dass sie genauso empfand.

Aber das hatte sie.

In unglaublich süßem Ton hatte sie ihm die Worte zugeflüstert. „Ich liebe dich, Tate. Wir sind füreinander geschaffen."

„Und werden es immer sein", formte er mit den Lippen

die Worte, mit denen er geantwortet hatte, ihr Bild dabei klar vor Augen.

Sie hatte mit leuchtenden Augen gelächelt und ihre kleinen Grübchen waren sichtbar geworden. Mit ihrem strahlenden Lächeln ging die Sonne für ihn auf und unter. Wenn er nur die Zeit zurückdrehen könnte. Ihren Pfad ändern. Den Ausgang korrigieren.

„Mach Liebe mit mir. Zeig mir, dass du mich auch liebst."

Ihre Worte hatten ihn mit Entschlossenheit erfüllt. Er hätte alles für sie getan, einschließlich die Welt um sie herum verschwinden lassen, während er sich ihr mit Geist, Körper und Seele hingab. „Ich weiß nicht, wie ich ohne dich leben konnte."

Rührselige Gespräche waren nie seine Stärke gewesen. Ja, er rühmte sich ein Gentleman zu sein, aber erst mit Cassie hatte er wirklich verstanden, welche Macht Worte haben konnten. Mit der Zeit würde die Erinnerung an seine Berührungen verblassen. Er konnte nur hoffen, dass ihr seine sanft geäußerten Zärtlichkeiten im Gedächtnis bleiben würden.

„Du hast nicht gelebt", hatte sie geflüstert. „Bis zu dem Zeitpunkt, an dem es dich und mich gab, hast du bloß existiert."

T.J. strich mit seinen Lippen über ihre und schob seine Hände unter ihre Bluse. Die Weichheit ihres Körpers machte ihn fertig. Er mochte Kurven, und Cassie hatte sie in Hülle und Fülle. Er schlang seine Arme um sie, hob sie hoch und trug sie in ihr Schlafzimmer.

Dort setzte er sie ab und knöpfte sein Hemd auf. „In meiner obersten Schublade liegt ein Geschenk für dich."

Zusammengekniffene Engelsaugen musterten ihn, während sich ihre Lippen wissend kräuselten. Es war nicht das erste Mal, dass in seinem Nachttisch Gegenstände sexueller Natur auf sie warteten. Vibratoren, Dildos, Nippelstimulatoren, und alles weitere Mögliche und Unmögliche, um ihre Lust zu steigern.

Sie drehte sich um, öffnete seine oberste Schublade und runzelte die Stirn. „Was ist das?"

„Nimm es raus und sieh es dir an." Ihre Unschuld machte komische Dinge mit ihm. Es gab ihm immer einen Kick, ihr neue Vergnügungen zu zeigen, ihre Grenzen auszutesten, sie für etwas Neues zu begeistern. Das war der Grund, wieso es mit ihrer Sexualität zu schnell zu weit gegangen war. Er hatte nicht anders gekonnt.

„Was soll ich damit anfangen?" Sie nahm das C-förmige Toy zwischen Daumen und Zeigefinger und begutachtete es mit einem Stirnrunzeln.

„Das kleinere Ende wird in dich eingeführt und drückt gegen deinen G-Punkt. Der dickere Teil legt sich um dein Schambein und auf deine Klitoris."

Sie warf ihm einen Blick zu und grinste ihn an. „Hört sich nach einer Menge Spaß für mich an. Wie kommst du bei all dem auf deine Kosten?"

„Ich komme, mach dir darüber keine Sorgen." Er trat vor, schob den dünnen Stoff ihres Shirts über ihren Kopf und enthüllte ihre sinnlichen Brüste, die in einem weißen Spitzen-BH steckten. Sie zog ihren Rock aus und beglückte ihn mit dem Anblick eines passenden Höschens, während ihr eigener erhitzter Blick ihn verschlang.

„Zieh deine Unterwäsche aus."

Sie senkte demütig ihren Kopf und ihren Blick. Elegante Finger umfassten den Bund und entblößten noch mehr verlockende Haut – den getrimmten Haarsteifen auf ihrem Venushügel, ihre Schamlippen, ihre Oberschenkel und ihren prachtvollen Hintern.

„Den BH auch."

Sie hob die Brauen. „Ich bin ja schon dabei." Ihre Hände wanderten zu ihrem Rücken und lösten die Haken, bevor das Material zu Boden fiel. „So besser?"

„Du solltest nie Kleidung tragen", sagte er wahrheitsgemäß. Cassie war wie geschaffen für eine Nudistenkolonie. Für bewundernde Blicke von Männern und Frauen gleichermaßen.

Sie umschlang zweifelnd ihren Bauch.

„Verstecke dich niemals." Mit einem sanften Finger tippte er ihr in einem stillen Befehl auf die Handgelenke. „Ich will das hier in dir versenken." Er wies auf das Toy in ihrer Hand und ergriff das schmale, dünnere Ende. Langsam führte er die abgerundete Spitze ihren Köper entlang, über ihren Unterleib, geradewegs zum höchsten Punkt zwischen ihren Oberschenkeln. „Ab jetzt übernimmst du. Ich schaue dir zu."

Ihre Wangenspitzen verfärbten sich in einen feinsten Rosaton. „Wie schalte ich es ein?"

„Du gar nicht, meine Liebste." Er war jetzt zuversichtlich genug, sie so zu nennen. Und würde es von nun an immer sein. Sie war seine Liebste. Seine einzig wahre Liebe. „Schieb es einfach in deine hinreißende Pussy, ich mache den Rest."

Sie nickte, und die leichte, fast nervöse Bewegung entflammte seinen beschützerischen Teil in dem Bedürfnis, ihr Selbstvertrauen in ihr eigenes Handeln zu stärken. Sie hatte Stil. Sie hatte Anmut. Sie war alles, was ein Mann wie er sich wünschen konnte. Dass sie unfähig war, ihren Wert zu erkennen und ihn umherstolzierend zur Schau zu stellen, verblüffte ihn.

Eine Hand immer noch um das Toy geklammert, kroch sie auf das Bett und legte sich auf den Rücken. Er konnte und wollte seinen Blick nicht von ihr losreißen – weder jetzt, noch sonst jemals –, als sie kurz ihre Augen schloss und das schwarze Objekt in sich schob.

„Perfekt." Das Wort war ein Wispern aus seinem trockenen Mund.

„Ich gebe mein Bestes."

Da war er, der kurze Funke, der winzige Schimmer sexuellen Selbstvertrauens, der ihn in den Wahnsinn trieb. Sie war in seinem Bett zu Hause.

Er holte sein Telefon aus der Gesäßtasche seiner Hose und scrollte zu der zuletzt heruntergeladenen App. Die Software, die zusammen mit dem Produkt geliefert worden war, ermöglichte ihm, das Toy fernzusteuern. Von ihrer Seite, einem anderen Bundesstaat oder sogar einem anderen Land aus, konnte er ihr mit einem Knopfdruck Lust schenken. Er brauchte nur zu entscheiden, ob er ihren G-Punkt, ihre Klitoris oder beides gleichzeitig stimulieren wollte, und mit welcher Intensität.

„Lassen wir uns Zeit." Er hatte es nicht eilig. Er genoss es, ihre Erregung langsam zu steigern, sie in einen Rausch zu versetzen, bevor er ihr erlaubte der Wonne zu erliegen. Mit einem schnellen Doppelklick summte der äußere Stimulator zum Leben und entlockte ihrer Kehle ein Keuchen.

„Oh, Gott." Ihre Augen wurden groß.

Er gluckste, während er sich die Hose auszog und sie einfach zu Boden fallen ließ. „Gefällt es dir?"

„Wie immer." Der Schock in ihrem Gesicht war durch einen sexy, verträumten Glanz in ihren Augen ersetzt worden. „Ich verstehe immer noch nicht, was du davon hast."

„Dein Vergnügen ist mein Vergnügen." Er würde noch ein bisschen länger den Selbstlosen spielen, bis er es nicht mehr ertragen konnte. Dann würde er ihr mitteilen, dass ihr Körper ausreichend Platz für das Toy und sein Glied zusammen bot. Dafür würde er sorgen.

Er tippte erneut auf das Display seines Handys, zweimal auf den Button für die äußere Stimulation und einmal, damit die Vibrationen gegen ihren G-Punkt einsetzten.

„Oh, heilige Scheiße, T.J." Sie vergrub ihre Finger in der Decke, bäumte sich auf und schloss die Augen.

Eines Tages würde er all seine Geschenke auf dem Bett ausbreiten – die Handschellen, die Massageöle, die Fetischfesseln, den Analplug und die Vibratoren. Eines nach dem anderen würde er alles benutzen, sie bis zur Erschöpfung sättigen, bevor er in ihrem atemberaubenden Körper schließlich seine eigene Lust stillte.

„T.J.?" Cassie fing an sich zu winden, ihre Stimme klang beinahe fremd. Verzerrt vor Lust.

„Hm?" Er lächelte auf sie hinab, spürte ihre Beunruhigung, fühlte, wie sie auch in seinem Brustkorb zum Leben erwachte, denn genau wie ihr Vergnügen war auch ihre Sorge seine eigene.

„T.J.?"

Ihre Stimme entfernte sich, ihr Bild verschwamm. Verblasste. Er blinzelte und versuchte sich wieder auf das Paradies vor sich zu konzentrieren, während er immer weiter abdriftete.

„T.J."

Scheiße. Er erwachte aus seiner Erinnerung und sah stirnrunzelnd zu Shay. Sie stand neben dem Lichtschalter, ihr Haar zerzauster als es vor wenigen Augenblicken gewesen war, ihre braunen Augen müde. „Kannst du mir beim Zusammenpacken helfen?"

Er warf einen Blick über seine Schulter auf den nun leeren Raum. Noch vor wenigen Sekunden hatten sich hinter ihm nackte Körper in hemmungsloser Hingabe gewunden. Die Sexschaukel war in Gebrauch gewesen, der Bereich von Unterhaltungen und sexuellem Delirium erfüllt.

Er war kurz davor seinen verdammten Verstand zu verlieren.

„Ja." Sich räuspernd rutschte er vom Hocker, dankbar für die Bar, die gegenwärtig die abklingende Ausbuchtung seiner Hose verbarg. „Was muss getan werden?"

Shay sah ihn durchdringend an. Ihre Stirn war gerunzelt, ihr Mund zu einer schmalen Linie zusammengepresst. „Wo zum Teufel bist du in den letzten drei Stunden gewesen?"

Er unterbrach den Augenkontakt, als ihm das Gefühl, ertappt worden zu sein, einen unangenehmen Schauer über den Rücken jagte. „Ich war scheinbar zu sehr in meine Gedanken vertieft."

„An deine Frau?" Sie schnappte sich ein gelbes Tuch von der Theke und begann die Bar abzuwischen.

„Ans Leben im Allgemeinen. Mir geht viel durch den Kopf."

Nicht in der Stimmung zu reden, ging er auf den ersten privaten Bereich zu und schaltete das Neonlicht ein. Das große Bett in der Mitte des Zimmers war zerwühlt, die Kissen auf der Matratze und dem Boden verstreut. Eines nach dem anderen hob er sie auf, entfernte ihre Stoffbezüge und warf das Material in Richtung der Tür. Normalerweise half er nicht beim Aufräumen. Das Unternehmen, das sie unter Vertrag hatten und zum Schutz der Privatsphäre großzügig bezahlten, würde innerhalb weniger Stunden hier sein. Allerdings brauchte er eine Ausrede, sich von Shay und ihren Fragen fernhalten zu können.

Die Frau war ein Pitbull. Ein wunderschöner, frecher Pitbull, der mit seinem neuen Freund Leo zu sehr beschäftigt sein sollte, um T.J. mit Fragen zu seiner Scheidung zu löchern.

„Leo und Brute sind gleich hier", rief sie aus dem Hauptbereich. „Sie wollten kurz mit dir sprechen, bevor du gehst."

Er unterdrückte ein Seufzen und rieb sich mit beiden Händen über das Gesicht. „Worüber?"

„Keine Sorge, es ist nichts Beunruhigendes." Ihr zierlicher Körper erschien im Türrahmen. „Es ist geschäftlich. Und genau genommen wegen mir. Ich hatte ein paar Ideen fürs *Vault,* über die sie persönlich mit dir reden wollten."

Verdammter Mist. Es war weit nach Mitternacht, in aller Herrgottsfrühe. Er besaß nicht die Gehirnkapazität über etwas anderes als Cassie nachzudenken. Seine ganzen Gedanken drehten sich um blaue Augen, weiche Kurven und ein umwerfendes Lächeln.

Shay lehnte ihre Hüfte an den Türrahmen. „Kann ich dich etwas fragen?"

Nein, verdammt. Er wollte nicht reden. Weder über die Arbeit noch über das Leben. Ganz besonders nicht über Liebe. „Ich bin müde. Können wir das verschieben?"

„Ich mache mir Sorgen um dich." Ihre leisen Schritte strichen über den Teppich, als sie auf ihn zuging. „Ich wusste nicht, dass du in einer schlimmen Ehe festgesteckt hast."

„Ich habe nicht festgesteckt." Augenblicklich überkam ihn das übermächtige Bedürfnis Cassie zu verteidigen. „Und schlimm war sie auch nicht."

„Aber wieso dann das alles?" Sie runzelte die Stirn. „Ich verstehe es nicht."

Das taten Leo und Brute auch nicht, und das war okay.

Wie sie seine Beziehung wahrnahmen, war nicht wichtig. Sie waren seine engsten Freunde, aber Cassie war seine Welt. Die Probleme, die zu ihrer Scheidung geführt hatten, waren vertraulich. Er würde sie nicht hintergehen, auch jetzt nicht, da sie nicht mehr zusammen waren.

„Es ist kompliziert." Er riss das Spannbettlaken vom Bett und knüllte es zusammen, dann warf er es in Richtung des Stapels mit Bezügen in der Nähe der Tür.

„Das wiederum verstehe ich. Vor allem, wenn, wie ich annehme, eure Sexualität eine wesentliche Rolle gespielt hat." Sie schlenderte zum Nachttisch und knipste die Lampe aus. „Aber wenn sie nicht schlimm war, warum dann die Scheidung?"

„In diesem Lifestyle und Arbeitsumfeld etwas anzunehmen ist gefährlich, Shay." Sein Tonfall war autoritär. Verärgert. Ein für ihn ungewohntes Verhalten gegenüber anderen.

„Missverständnisse und Leichtsinn können einen in große Schwierigkeiten bringen." Das wusste er aus Erfahrung.

„Okay ..." Sie hob beschwichtigend die Hände und ging zur Tür. „Habe verstanden."

Großartig. Jetzt fühlte er sich nicht nur beschissen, sondern auch wie ein Arschloch. „Shay, warte." Er lief ihr hinterher. „Ich weiß deine Besorgnis zu schätzen, aber mir geht's gut. Versprochen."

Mit erhobener Braue verschränkte sie ihre Arme vor der Brust. „Ich wollte nur helfen."

Die Eingangstür knarzte auf und beendete ihr Gespräch. Zumindest hoffte er das. Sie hörten das Geräusch schwerer Schritte, kurz bevor Leo und Brute den Hauptraum des *Vault of Sin* betraten.

„Schlechter Zeitpunkt?", fragte Leo mit angespanntem Kiefer, seinen Blick auf Shay gerichtet.

„Nein. Alles in Ordnung." Ihr Tonfall sagte etwas anderes, als sie zu Leo ging und einen Kuss auf seine Lippen drückte. „Ich gehe nach oben, damit ihr drei reden könnt." Ohne ein weiteres Wort verließ sie den Raum und schloss mit einem lauten Knall die Tür hinter sich.

„Warum wirkte sie so angepisst?", fragte Leo.

„Wirkt sie nicht immer so?" T.J. lehnte sich seitlich an das hellbraune Ledersofa in der Mitte des Raumes.

Brute gab ein halbherziges Glucksen von sich. „Jepp. Sie wirkt immer entweder angepisst oder als würde sie etwas im Schilde führen. Ist beides ziemlich beunruhigend."

„Wenn du aufhören würdest, ihr die Hölle heiß zu machen, würde sie vielleicht aufhören, ihre Krallen zu schärfen." Leo lehnte sich gegen die Rückseite des Sofas. „Gib einfach zu, dass du es liebst, sie zu provozieren."

„Weißt du, was ich lieben würde?" Brute ließ in einem teuflischen Grinsen seine Zähne aufblitzen. „Wenn du und Shay miteinander kommunizieren könntet, ohne deinen Schwanz zu involvieren. Nehmt euch ein Zimmer. Macht Urlaub. Nur haltet mir bitte deinen käseweißen Arsch vom Hals."

„Eifersüchtig?"

„Fick d—"

„Kommt schon, Leute." T.J. war zu müde für ihre Spielchen. „Shay sagte, ihr hättet etwas mit mir zu besprechen."

Leo feixte und beanspruchte den Sieg über ihre Auseinandersetzung für sich.

„Schau nicht so selbstgefällig", forderte Brute. „Dafür darfst du jetzt die beschissenen Ideen deiner verrückten Freundin für unseren Sexclub erläutern."

T.J. schloss die Augen und ließ zu, dass sich die Erschöpfung in ihm ausbreitete. Er hatte heute Abend nicht die Kraft, sich an diesem Schwachsinn zu beteiligen. Er hatte nicht einmal den Willen zu lächeln.

„Entspann dich." Leo stupste ihn an die Schulter. „So schlimm ist es nicht."

Brute räusperte sich. „Kommt auf die Perspektive an."

„Spuckt es einfach aus." T.J. rieb mit einer Hand entlang seines Kiefers, über die rauen Stoppeln, die ihn daran erinnerten, dass er sich seit zwei Tagen nicht rasiert hatte. „Was hat Shay vor?“

„Sie hatte einige Ideen, um mehr Besucher fürs *Vault* anzulocken.“

„Ihre Hauptidee war eine Kostümparty“, sagte Brute gedehnt.

„Was?“ T.J. mochte Shay, doch Leute, die sich als Fred Feuerstein oder Superman verkleideten, würden dem professionellen Image, das er sich für ihren Club wünschte, nicht helfen. Auch Freundinnen oder Liebhaberinnen an den Entscheidungsprozessen ihres Unternehmens teilhaben zu lassen, konnte er nicht gutheißen. Deshalb war Cassie immer eine stille Partnerin gewesen.

„Es geht um eine verdammte Maskeradenparty, du Idiot.“ Leo zeigte Brute den Stinkefinger. „Es würde denjenigen, die es gerne mal ausprobieren, aber in einer solchen Umgebung nicht erkannt werden wollen, die Chance geben, anonym zu bleiben.“

„Ich bin ganz Ohr.“ T.J.s Müdigkeit ließ etwas nach. Vielleicht war die Idee gar nicht so schlecht. Er ruckte mit dem Kinn in Brutes Richtung und wurde augenblicklich mit der finsteren Miene seines Freundes belohnt. „Du bist also gegen die Idee?“

„Mir ging es beim Club nie um *Spielereien*, sondern um eine Lebenseinstellung. Entweder stehst du zu deinen Neigungen, oder du kannst dich verpissen und dir einen anderen Club suchen – einen, dem Integrität und die Privatsphäre seiner Mitglieder weniger wichtig ist.“

Bei der Erwähnung von anderen Clubs drehte sich T.J. der Magen um. Einen solchen Versuch hatte er bereits gewagt, und es war nicht gut ausgegangen. „Nur weil du aus deinem Lifestyle kein Geheimnis machst, heißt das nicht, dass alle anderen das auch müssen. Einige der Menschen, die sich für den Lebensstil interessieren, sind nicht bereit, den Verlust von Familie und Freunden zu riskieren, sollten sie erwischt werden.“ Auch das hatte er schon am eigenen Leib erfahren dürfen. „Und andere müssen an ihre Religion oder ihren Job denken."

„Komm mir bloß nicht mit Religion."

„Oder allem anderen, was nicht deine Zustimmung findet", brummte Leo.

„Also *bist* du gegen die Idee?", fragte T.J. Normalerweise war Brute weder gegen noch für irgendetwas. Er war jemand, bei dem das Glas immer halb voll war, jemand, der Spaß daran hatte, andere scheitern zu sehen. Er war brutal, daher der Spitzname.

„Ist er nicht", schnaubte Leo lachend. „Er hat schon grünes Licht gegeben. Er lässt nur wieder den launischen Griesgram raushängen."

Brute zuckte mit den Achseln. „Deiner Freundin kann man schwer etwas abschlagen."

„Mit der Betonung auf *meiner* Freundin."

Jetzt war es an Brute zu glucksen. „Ja, im Moment ist sie das."

Leo richtete sich knurrend auf und verschränkte die Arme vor der Brust.

„Kommt schon, Leute." T.J. würde in einem der Betten im *Vault* schlafen müssen, falls dieses Gespräch nicht bald ein Ende fand. Er würde nicht zu seiner Wohnung fahren, wenn er die Augen nicht offenhalten konnte. „Ich schätze, wir sind uns alle einig bezüglich der Maskeradenparty. Also, wie geht es jetzt weiter?"

Brute lachte. „Auch das lasse ich Leo beantworten."

„Ehrlich gesagt ...", Leo zog die zwei Worte in die Länge, „... hat Shay für nächsten Donnerstagabend die erste Probeparty organisiert."

T.J. kämpfte gegen das Gefühl des Verrats an, das sich in seiner Brust breitmachte. „Okay ..." Sie hatten es bereits ohne seine Zustimmung arrangiert.

„Wir waren nicht sicher, wann du wieder zur Arbeit erscheinen würdest." Kapitulierend hob Leo die Hände. „Du warst—"

„Ist es so schwer zum Telefon zu greifen? Oder eine

Nachricht zu schicken?" Er hatte sich noch nie so einsam gefühlt. Der Club entwickelte sich ohne ihn weiter, während jeder Teil seiner Seele mehr und mehr verkümmerte.

„Naja, Kommunikation ist keine Einbahnstraße." Brute hob vorwurfsvoll eine Braue. „Du hättest uns informieren können, wann du planst zurückzukommen. Oder dass du überhaupt vorhattest, uns im Stich zu lassen. Wir sind Geschäftspartner und verlassen uns auf dich."

Autsch. Es würde nicht so wehtun, wenn sie nicht Recht hätten.

„Es war alles zu viel für mich", gab er zu. Die Arbeit. Die Welt. Das Leben im Allgemeinen. Er hatte keine Wahl gehabt. Es war nicht leicht gewesen die Kraft aufzubringen, die Scheidungspapiere zu überbringen. Es hatte Zeit gebraucht, darüber nachzusinnen und die Entschlossenheit zu finden.

„Das wissen wir." Leo stupste ihn mit der Schulter an. „Keine große Sache. Also, nochmal zu der Maskeraden-Sache ..."

„Ich denke, ich werde mich einfach zurücklehnen und euch das Steuer überlassen, nachdem ihr mit dem Projekt bereits begonnen habt." Er versuchte den Unmut aus seiner Stimme zu halten, so gut er konnte.

Brute grinste. „Schau mich nicht an. Das ist alles Don Juans Werk. Er konnte nicht nein sagen, weil Shay seine Eier in der Hand hat."

„Shay zieht es vor, meine Eier in ihrem Mund zu haben, Arschloch", schnauzte Leo. „Und um ehrlich zu sein, habe ich es von Anfang an für eine gute Idee gehalten. Sonst hätte ich sie davon abgehalten."

Brute schnaubte und erntete dafür einen weiteren Mittelfinger-Salut.

„Die Eintritts- und Kleiderordnung bleiben gleich", fuhr Leo fort. „Die Gäste müssen vor ihrem Besuch trotzdem eine Geheimhaltungserklärung, eine Kopie ihres Ausweises und Fotos übermitteln. Der einzige Unterschied besteht darin, dass die Besucher gegenüber anderen Gästen ihre

Anonymität wahren können. Brute wird durch die Online-Registrierung wissen, wer sie sind."

„Okay." Er zuckte mit den Schultern. Er hatte nicht die Energie zu protestieren, obwohl er nicht einverstanden war. „War das Interesse groß?"

Ein arrogantes Lächeln erhellte Leos Gesichtszüge. „Wir sind fast ausgebucht."

KAPITEL DREI

Cassie erhöhte die Lautstärke ihrer Kopfhörer in dem Versuch, ihre Gedanken zu übertönen. Dabei half es wenig, dass sie am Esstisch saß, den Blick starr auf eine Website gerichtet, die den Schmerz in ihren Venen noch verstärkte.

Vault of Sin.

Sie hatte den Newsletter abonniert, schon seit der Eröffnung des Clubs vor einem Jahr. Heute hatte sie endlich die Kraft gehabt, wieder in die reale Welt zurückzukehren – zu duschen, zu kochen, das Haus zu putzen und schließlich ihre E-Mails zu überprüfen.

Es war ein Zeichen. Ein unverhohlener Wink des Schicksals. Das *Vault* veranstaltete seine erste Maskeradenparty. Ein privates, anonymes Event. Cassies Herz raste angesichts der Ankündigung. Etwas rumorte in ihrem Bauch und sagte ihr, dass sie dabei sein musste. Ja, es konnte auch eine Verdauungsstörung sein, doch sie beschloss diesen Gedankengang zu ignorieren.

Es war die perfekte Gelegenheit, nach und nach wieder Teil von T.J.s Leben zu werden, ohne dass er es überhaupt bemerkte. Ohne dass *irgendjemand* es bemerkte.

Die E-Mail räumte all ihre Bedenken aus und machte es ihr leichter. Mit einer Maske konnte sie an der Veranstaltung im *Vault* teilnehmen und herausfinden, ob T.J. schon über sie hinweg war. Seine Einstellung gegenüber ihrer Scheidung ergründen. Und hoffentlich einen detaillierteren Plan entwickeln, der sie wieder zusammenbrachte. Sie musste nur alle Hürden überwinden, die sie daran hinderten, einfach durch den Haupteingang hineinzuspazieren.

Sie hatte noch nie einen Fuß in den privaten Teil des Unternehmens gesetzt. Egal, wie fasziniert sie vom bloßen Gedanken an den Sexclub ihres Mannes auch war, hatte es nie eine Gelegenheit für einen Besuch gegeben, weil ihre Beziehung mit T.J. etwa zur gleichen Zeit ins Wanken geraten war, zu der der Club eröffnet worden war. Er hatte im Vorfeld ausführlich mit ihr über seine Mitwirkung gesprochen und ihr erklärt, welche Pflichten er dort zu erfüllen hatte. Sie hatte ihm völlig vertraut. Die einzige unkontrollierbare Emotion, die sie empfunden hatte, war Erregung gewesen, wohlwissend, dass der Club eines Tages Teil ihrer sexuellen Reise werden würde.

Dieser Teil ihrer Zukunft war nie Wirklichkeit geworden.

Nun dachte sie ständig an den Ort, der jederzeit für Sex und Verführung zur Verfügung stand. Nicht nur, weil er eine bedeutende Gefahr darstellte, ihren Mann an eine andere Frau zu verlieren, sondern auch, weil er die perfekte Gelegenheit bot, um zu versuchen, ihn zurückzugewinnen.

„Cassie", rief eine Frauenstimme hinter ihr, gefolgt von einem lauten Klopfen, das sie so erschreckte, dass sie aufsprang und sich dabei schmerzhaft die Stöpsel aus ihren Ohren riss und ihren Stuhl umschmiss.

„Ich bin's nur." Jan, ihre Freundin von gegenüber, hielt auf der anderen Seite der Glasschiebetür die Hände hoch. „Ich wollte dich nicht erschrecken."

„Nun, dabei hast du kläglich versagt." Cassie atmete tief durch und arbeitete hart daran, ihren rasenden Herzschlag zu beruhigen. Sechs Monate waren nicht ausreichend Zeit gewesen, sich daran zu gewöhnen, ohne einen Mann im Haus zu leben. Es fiel ihr immer noch schwer, allein zu schlafen, ohne T.J., der sie beschützte.

Offensichtlich war Bear auch nicht der beste Wachhund. Im Augenblick saß er mit wedelndem Schwanz und verspielt funkelnden Augen an Jans Seite.

Cassie entriegelte die Tür und schob sie auf. „Was machst du denn hier?" *Schon wieder.*

Jan zuckte die Achseln. „Ich schaue nur kurz vorbei, bevor ich ins Bett verschwinde."

„Ich habe dir doch schon—", *hundertmal*, „—gesagt, das ist nicht nötig. Ich versichere dir, mir geht es gut." Oder das würde es. Eines Tages. In nicht absehbarer Zukunft. Abhängig vom Verlauf ihrer Ehe.

„Schätzchen, du hast deinen Ehemann verloren."

„Ich habe ihn nicht *verloren*." Sie wusste genau, wo er war. „Er ist nur stur, das ist alles. Bevor du dich versiehst, ist er wieder zurück."

Jan schenkte ihr ein versöhnliches Lächeln. „Bist du sicher? Er scheint nicht der Typ Mann zu sein, der Fehler macht. Vor allem keine großen."

Es gab für alles ein erstes Mal. T.J. war ein Mann, der zu seiner Einstellung, seiner Stärke, seiner Entschlossenheit und vor allem zu seiner Liebe zu ihr stand. Er verbarg sein Selbstvertrauen nur unter der Fassade eines Gentlemans, der sich niemandem zu beweisen brauchte. Es war nur eine Frage der Zeit, bis sie ihn davon überzeugt hatte, zu ihr zurückzukommen. Doch es hatte keinen Sinn mit Jan zu diskutieren. Sie würde es nie verstehen. Niemand würde das.

Jans Blick schweifte zu Cassies Laptopbildschirm. Sie runzelte die Stirn. „Was siehst du dir da an?"

Oh Gott. Cassie stürzte sich auf den Laptop und klappte schnell den Bildschirm zu, um die sündhaften Bilder zu verstecken, die auf der Website des *Vaults* in Szene gesetzt waren. „Gar nichts."

Jans Lippen zuckten. „Habe ich bei etwas gestört?"

„*Nein*, natürlich nicht."

„Du hast also keine Pornos geschaut?" Jan hob eine Braue. „Halte ich dich davon ab, selbst Hand anzulegen?"

„Oh mein Gott." Hitze stieg ihr in die Wangen. „Nein."

Erregung war das Letzte, wozu ihr Körper gerade imstande war.

„Also, was hast du dir angesehen?"

„Nichts."

Jan stemmte ihre Hände in die Hüften und nahm eine bequeme Haltung ein, die wortlos signalisierte, dass sie ohne eine Antwort nirgendwo hingehen würde.

„Na schön", schnaubte Cassie und verschränkte die Arme vor der Brust. „Ich arbeite einen Plan aus, der T.J. zu mir zurückbringt."

„Mithilfe von Pornos?", fragte Jan mit ungläubigem Gesichtsausdruck.

„Es ist kein *Porno*, verdammt."

„Okay, okay", winkte Jan ab. „Dann erzähl."

Aber das wollte Cassie nicht. Es gab Dinge im Leben, die zwischen Mann und Frau bleiben sollten. Der Grund für ihre Scheidung war einer davon. Genauso wie ihr Plan zu versuchen, ihn zurückzubekommen. Obwohl Jan älter und aufgeschlossener war als die Freunde, mit denen Cassie aufgewachsen war, schien es dennoch nicht wie ein Gespräch, das sie führen sollten. „Kann ich nicht. Es würde sich anfühlen, als würde ich ihn hintergehen."

„Cass ..." Jan zog einen Stuhl heraus und nahm Platz. „Du schuldest ihm nichts. Er ist schon dabei, alles hinter sich zu lassen."

Verdammt. Die Wahrheit tat weh. „Es gibt auch noch andere Gründe."

„Die da wären?"

„Zum Beispiel will ich nicht, dass du über ihn urteilst. Oder über uns als Paar. Unsere Beziehung war nach gesellschaftlichen Maßstäben nicht normal."

„Aha ..." Jan hob überheblich eine Braue. „Ich werde so tun, als wäre ich durch deine Unterstellung nicht gekränkt, und dich daran erinnern, dass ich eine alleinerziehende Zweiundvierzigjährige bin, die noch nie einen prüden Knochen in ihrem Körper hatte."

Obwohl Jan in den Monaten, seit T.J. ausgezogen war, zu

ihrer engsten Vertrauten geworden war, hatte Cassie keine privaten Details preisgegeben. Sie hatte nur über ihren Herzschmerz und ihre Angst vor der Zukunft gesprochen. Die Geheimnisse, die sie mit ihrem Ehemann hatte, waren ein Geschenk, das nur sie beide teilten. Sie waren nie der Typ gewesen, der sich nach Aufmerksamkeit sehnte. T.J. behütete die intimen Aspekte seines Lebens. Das taten sie beide. Er hatte durch die Fehler seiner Freunde gelernt, dass Menschen zu schnell über Dinge urteilten, die sie nichts angingen.

„Wenn du es mir nicht sagen kannst—", Jan griff nach dem Laptop, „—dann zeig mir, was du dir angesehen hast."

Cassie haderte mit sich, gefangen zwischen dem Bedürfnis zu reden und dem Wunsch ihrem Mann treu zu bleiben. Sie glaubte immer noch nicht, dass T.J. weiterziehen wollte. Sie konnte seine Meinung ändern. Sie wusste, dass sie es konnte. Schlussendlich war es die Einsamkeit, die sie dazu brachte, ihren Schmerz zu teilen.

„Bitte bleib unvoreingenommen." Sie warf ihrer Freundin einen kurzen Blick zu, bevor sie den Laptopbildschirm anhob und mit den Fingern über das Mousepad fuhr. Die Website des *Vaults* erwachte zum Leben, während Jan auf ihrem Stuhl näher heranrutschte.

„Was sehe ich mir hier an?"

Den Kern Cassies wildester Fantasien. „Eine Einladung in einen Sexclub."

Jans Augen wurden groß, als sie langsam nickte, ohne den Fokus von der Seite zu lösen.

„T.J. wird dort sein." Zumindest glaubte sie das. Sein Name schmückte schließlich den unteren Teil der Einladung.

„Hat er dich betrogen?", fragte Jan erbost. Sie sah über ihre Schulter zu Cassie, ihr Gesicht voller Zorn. „Ist es das?"

„Nein." Cassie schüttelte den Kopf und umklammerte die Rückenlehne des Holzstuhls vor sich. „So ist es nicht. Er ist nicht da, um Sex zu haben." Soweit sie wusste. „Dieser Club ist Teil des Unternehmens, das er mit seinen Freunden führt. Nur sehr wenige Menschen wissen von seiner Existenz."

„Aha." Jan kicherte und klang dabei leicht wahnsinnig. „Es

stimmt wohl – die Stillen sind immer die Verrücktesten im Bett."

Cassie lächelte halbherzig. „Er war in dieser Hinsicht definitiv talentiert."

„Und wie hilft der Club dabei, ihn zurückzugewinnen? Oder kannst du mir das auch nicht sagen?"

Cassie sackte unter der Last der Hoffnungslosigkeit zusammen. Sie hatte niemandem den wahren Grund verraten, wieso T.J. die Scheidung wollte. Nicht einmal die unverfrorene Lüge, dass sie als Paar *inkompatibel* waren, die auf den rechtlichen Unterlagen angegeben war, hatte sie jemandem erzählt. Es war zu privat. Vage zu bleiben war das einzig Richtige.

„T.J. ist nicht wie die meisten Männer. Er hat mich auf Händen getragen. War ein Beschützer, der mich in jeglicher Hinsicht umsorgt hat. Er hat ununterbrochen daran gearbeitet, unsere perfekte Ehe aufrechtzuerhalten und war stolz auf seine Hingabe zu mir."

„Er hat dich auf ein Podest gestellt."

Exakt. „Ja, das auch. Seine Liebe war unfehlbar."

„Aber?"

Cassie seufzte. „Er hat seiner Verantwortung in unserer Beziehung zu viel Bedeutung beigemessen. Er war fast schon besessen davon, mich glücklich zu machen, und ich habe seine Aufmerksamkeit regelrecht vergöttert. Wenn ich krank war, pflegte er mich gesund. Wenn ich traurig war, fand er einen Weg, meine Stimmung aufzuhellen. Meine Zufriedenheit war alles für ihn."

„Bis?"

Cassie hob die Schultern. „Bis vor einem Jahr alles den Bach runterging. Ich habe mich in eine schwierige Lage gebracht. In eine *wirklich* schwierige Lage. Ich war verletzt, und er gibt sich die Schuld. Wie immer."

Jan schüttelte mit einem ungläubigen Stirnrunzeln den Kopf. „Wie kommt es, dass du mir nie etwas davon erzählt hast?"

„Die Umstände sind nicht gerade ...“ Gesellschaftsfähig? Moralisch vertretbar? „Günstig.“

„Okay, ich verstehe, dass du die Details für dich behalten möchtest. Also, zurück zum Fickclub. Was hat der damit zu tun, ihn zurückzubekommen?“

Fickclub?

Cassie lächelte. „Seit zwölf Monaten sind wir emotional getrennt. Ich will ihn erneut kennenlernen – seine Stärken und Schwächen. Wenn ich ihm nahe bin, wird vielleicht alles klarer.“

„Dann geh. Tu es. Lass deiner Sexualität freien Lauf, du unartiges Mädchen.“

Cassie konnte sich ein Lachen nicht verkneifen. „So einfach ist das nicht. Obwohl die besagte Nacht ihre erste Maskeradenparty sein wird, gibt es eine Reihe von Hürden, die ich überwinden muss, um reinzukommen. Eine davon ist ein Identitätsnachweis.“

„Und?“

„Und ich kenne die Person, die die Anmeldungen bearbeitet. Wenn er meinen Namen sieht, lässt er mich nicht rein.“ Brute war ein harter Hund. Ein Mann, der sich nicht überreden oder leicht täuschen ließ.

„Was du also sagen willst, ist, dass du eine neue Identität brauchst?“

„Was ich brauche, ist ein neuer Name, ein neues Gesicht, einen neuen Körper – alles.“ Es war hoffnungslos. Cassie beugte sich über die Stuhllehne und scrollte zu der Stelle auf der Website, an der die Teilnahmevoraussetzungen aufgelistet waren. „Da.“ Sie deutete auf den Bildschirm. „Ich brauche ein aktuelles Foto und eine Kopie meines Ausweises.“

„Das ist alles?“ Jan konzentrierte sich mit zusammengekniffenen Augen auf die Website.

Das ist alles? „Ich glaube, du hast es nicht verstanden. Ich komme mit meinem jetzigen Ausweis nicht rein. Sie werden mich sofort erkennen.“

„Was, wenn du die von jemand anderem nutzen würdest? Vielleicht von jemandem, der dir ähnlich sieht.“

„Nein." Cassie schüttelte den Kopf. „Das würde bedeuten, es weiteren Leuten zu erzählen, und dazu bin ich nicht bereit."

„Wir brauchen einen gefälschten Ausweis."

„Ja", sagte Cassie spöttisch. In ihrer Realität war die Beschaffung illegaler Dokumente genauso unwahrscheinlich wie ein Banküberfall. „Ich werde einfach einen meiner kriminellen Mastermind-Freunde bitten, mir einen zu besorgen."

„Nicht so frech, Mädchen. Ich bin sicher, wir werden eine Lösung finden."

Cassies dumpfer Herzschlag fing an ernsthaft zu pochen. Ein geringer Hoffnungsschimmer entfachte ein Feuer hinter ihren Rippen. „Werden wir?"

„Ja. Vielleicht. Ich weiß es nicht." Jan drehte sich zu ihr um. „Ich kann dir ein Umstyling verpassen. Wir sorgen dafür, dass du das Gegenteil von dem wirst, was du jetzt bist – künstliche Nägel, Salonbräune, kräftiges Make-Up, auffällige Kleidung. Mit der richtigen Perücke wirst du dann ganz anders aussehen."

„Bleibt immer noch das Problem mit dem Ausweis." Brute zu täuschen würde nicht leicht werden, trotzdem war ihr Erscheinungsbild der leichteste Teil des Plans.

„Dabei kann mein Bruder eventuell helfen." Jan erhob sich von ihrem Platz. „Du kennst vielleicht keine kriminellen Masterminds, aber er bestimmt."

„Ist er nicht Polizist?" Cassie schloss ihren offenstehenden Mund. Das war verrückt. „Ich will nicht verhaftet werden."

Jan winkte ihren Kommentar ab. „Dir passiert nichts. Willst du deinen Plan immer noch weiterverfolgen?"

Zwielichtige Polizisten. Lügen. Illegale Aktivitäten. War es das wert? „Ja, das will ich."

„Dann überlasse es mir. Wie viel Zeit habe ich?"

„Vier Tage bis zur Party, aber ich muss meine Anmeldung so schnell wie möglich einreichen."

Jan verzog das Gesicht. „Okay. Du musst dich gleich

morgen früh daran machen, dein Aussehen zu verändern. Den Ausweis kannst du mir überlassen.“

Herr im Himmel. Es passierte wirklich. Sie würde verkleidet einen ihr unvertrauten Sexclub besuchen und versuchen, ihren Mann zurückzugewinnen. Sie war sogar bereit, das Gesetz zu brechen. Das Ausmaß ihrer Hingabe war geradezu verrückt. Doch T.J. war es wert.

KAPITEL VIER

*D*ie Tage vor der schicksalhaften Nacht waren hektisch. Cassie konnte nicht schlafen, aß kaum und ihr Chef hatte wenig Nachsicht mit ihr, als er von ihrer bevorstehenden Scheidung erfuhr. Nicht, dass sie das von ihm erwartet hätte. Der Direktor des Hotels, in dem sie arbeitete, war ein Hitzkopf, der keinen Hehl machte aus seiner Missbilligung über ihre neue künstliche Bräune und den pflaumenfarbenen Nagellack, der ihre ungewöhnlich langen Nägel zierte.

„Hier ist die Einfahrt, oder?", fragte Jan vom Fahrersitz aus.

„Ja, fahr über den Parkplatz zum Hintereingang." Langsam fuhren sie an dem großen Gebäude mit tadellos sauberen Fenstern vorbei, die einen Blick in das Innere vom *Taste of Sin* gewährten. Neben der Tür zum Restaurant befand sich der verdunkelte zurzeit verwaiste Eingang zum *Shot of Sin*. Donnerstagabends hatte der Tanzclub nicht geöffnet.

„Bist du bereit?"

Nein. „Ja." Cassies Stimme war voller Panik, ihr Herz schlug wie wild in ihrer Brust.

Die zwanzigminütige Fahrt zu T.J.s Laden war in nervösem Schweigen zurückgelegt worden. Sie hatte keine Ahnung, was nach ihrer Ankunft geschehen würde. Sie wusste nicht einmal, ob sie hineinkommen würde. Nach der Einsendung ihrer Anmeldung war sie sich sicher gewesen, eine Absage zu erhalten. Sie hatte ständig ihre E-Mails gecheckt, unsicher, ob es emotional besser wäre, eine Zusage zu erhalten, die ihr ermöglichte, ihren Ehemann zu sehen, oder ob sie es als ein Zeichen sehen sollte, sollte ihre Anmeldung abgelehnt werden.

Tage waren vergangen und sie wusste immer noch nicht, ob es eine gute Idee war.

Jan fuhr auf einen der Parkplätze am Hintereingang des *Shot of Sin* und schaltete den Motor aus. „Denk daran, du kannst mich jederzeit anrufen, damit ich dich abhole.“

Oh Gott. Es passierte wirklich.

„Hör auf, dich verrückt zu machen.“ Jan legte eine Hand auf Cassies Schulter und drückte sie. „Kein Mann wird deine Titten befummeln wollen, wenn du aussiehst, als müsstest du dich gleich übergeben.“

„Ich werde mich nicht übergeben.“ Das hoffte sie zumindest. Ihr war schwindelig und sie war verängstigt. Und sie war sich nicht sicher, was sie am meisten beunruhigte – einen Sexclub zu betreten, den sie nicht kannte, oder die Möglichkeit, eine andere Frau in den Armen ihres Mannes zu finden.

„Ich bin mir nur nicht sicher, ob ich es schaffen werde.“ Das Eingeständnis tat weh. Als würde sie aufgeben, sich die Niederlage eingestehen.

„Kein Problem. Ich fahre uns nach Hause.“ Jan startete den Motor.

„Warte.“ *Verdammt.* „Du und deine verdammte umgekehrte Psychologie.“

Jan grinste. „Es hat doch funktioniert, oder nicht?“

Cassie grummelte und kämpfte gegen das Verlangen, sich unter ihrer Perücke zu kratzen. „Du bist so gemein zu mir.“ Sie griff nach ihrer Handtasche und schnallte sich ab. „Ich brauche ein paar Minuten, um mich vorzubereiten.“

Jan rollte mit den Augen. „Das hast du schon gesagt, als ich mit deinen Haaren anfangen wollte. Dann noch einmal, als ich dein Make-Up machen wollte. *Und* als ich versucht habe, dich ins Auto zu bekommen. Ganz zu schweigen von den drei Runden um den Block, die du mich hast fahren lassen."

„Ich gehe in einen Sexclub, nicht in einen Supermarkt."

„Dein Ehemann ist da unten. Du schaffst das schon."

„Ich *glaube*, dass mein Ehemann da unten ist." Cassie öffnete schwungvoll die Autotür. „Eine Gewissheit habe ich nicht."

„Dann betrachte es als ein Abenteuer. Selbst wenn du nicht mitmachst, wirst du mehr Action sehen als ich seit Jahren."

Cassie packte ihre Clutch und stieg aus dem Auto. „Auch nicht sehr beruhigend."

„Vergiss deine Maske nicht", gurrte Jan. „Ich hab dich lieb, du ungezogenes kleines Luder."

Immer noch hinter dem Auto verborgen, setzte Cassie sich die Maske auf. „Danke", sagte sie gedehnt und schloss die Tür, während ihre Freundin lachte.

Als Jans Wagen vom Parkplatz fuhr, begann Cassie zu zittern. Sie war auf sich allein gestellt. Verwundbar. Sie sah aus wie eine Prostituierte und fühlte sich in ihrem Fake-Outfit wie ein Clown. Das dunkelblaue Kleid, das ihre Kurven betonte, war anders als alles, was sie normalerweise trug. Es war eng. Zu eng. Und es war nur dazu da, auf dem kurzen Weg zum Hintereingang des Sexclubs ihre kaum verdeckte Sittsamkeit zu wahren. Sobald sie drin war, würde sie es ablegen und den knappen Slip darunter enthüllen müssen, der dem Dress-Code des Clubs entsprach, der spärliche Kleidung verlangte.

Alles, was sie am Körper trug, war neu und genau das Gegenteil von ihrem üblichen Stil. Ihre glänzenden High Heels waren stiletto-dünn, und die Farbe passte perfekt zum dunklen Violett ihrer Nägel und der Spitze, die ihre Maske umgab. Es gab kein Zurück mehr. Nicht, wenn sie in ihren Nutten-Absätzen nicht zum Bordstein staksen und Jan anrufen wollte, damit sie sie abholte.

Sie sah zum Hintereingang des Clubs, zu dem Paar an der Tür, deren Ausweise gerade von zwei Männern überprüft wurden. Es waren zwei große, breitschultrige, kräftige Männer, die unter dem schwachen Schein der Außenlampen über ihren Köpfen bedrohlich wirkten.

Ihre Gesichter wurden deutlicher, als sie sich ihnen mit über den Asphalt knirschenden Schritten näherte. Ein Wachmann trug eine marineblaue Hose und ein weißes Hemd. Sein Gesichtsausdruck war freundlich, ermutigend. Ganz im Kontrast zu dem Mann neben ihm. Sein Blick war tödlich, seine Gesichtszüge angespannt, während er die wartenden Leute musterte. Typisch Brute. Sie würde das kritische Starren nie vergessen, das den fürsorglichen Mann darunter verbarg. Tief, tief darunter. Sein Blick ruhte nicht einmal auf ihr, und doch spürte sie bereits sein Gewicht. Zermürbend, kritisch. *Scheiße*. Sie sollte nicht hier sein.

Er würde sie erkennen, egal, wie sehr sie sich bemüht hatte, ihre Identität zu verbergen. Ihr langes blondes Haar war nun kurz und schwarz, dank der ununterbrochen juckenden Perücke. Ihre hellblauen Augen waren dunkelbraun durch die Kontaktlinsen, die sie bei ihrem Optiker gekauft hatte. Und ihre Lippen, die gewöhnlich von sanften Farben geziert wurden, waren leuchtend rot und glänzend und stachen heraus wie ein Leuchtfeuer in tiefster Nacht. Ihr einziger Trost war die Maske, die den größten Teil ihrer Stirn und den Bereich um ihre Augen herum bis hinunter zu ihren Wangenknochen bedeckte und ihr ein Gefühl der Anonymität gab.

Was, wenn sie die Maske abnehmen musste, um ihre Identität zu bestätigen?

Verflixt. Mit bis zum Hals schlagenden Herzen stand sie am Ende der Schlange und lächelte die Frau an, die sich umdrehte und sie mit einem Aufblitzen ihrer perfekten Zähne begrüßte. Die leuchtend pinke Maske, die sie trug, war mit Glitzer überzogen. Auch auf ihren Wangen lag etwas von dem schimmernden Glanz.

„Ist das Ihr erstes Mal?" Der Blick der Frau fiel auf das rote Band um Cassies Handgelenk.

„Ja." Ihre Stimme zitterte, und nicht nur wegen ihrer Nerven. Sie durfte nicht scheitern. Brute durfte sie nicht abweisen. Sie wüsste nicht, was sie tun sollte, wenn er es täte.

„Sie werden Spaß haben, das verspreche ich." Die Frau drehte sich zu ihrer Begleitung und trat vor, um Brute ihren Ausweis hinzuhalten.

Cassies Kehle schnürte sich zu. Blut schoss ihr in die Ohren mit einem schmerzhaften Rauschen, von dem sie sicher war, dass die ganze Welt es hören konnte. Dann bewegte sich das Paar vorwärts und verschwand außer Sichtweite, sodass sie nun Auge in Auge Brute gegenüberstand, der die Hand ausstreckte, während sie sich zu überzeugen versuchte, nicht davonzulaufen.

„Ausweis", brummte er.

Sie legte ihm ihren gefälschten Ausweis in die Hand und hoffte, er würde das Zittern in ihren Fingern nicht bemerken. Sie schwitzte. In ihrem Nacken kribbelte es. Ihre Kopfhaut juckte.

„Name?"

Oh nein. Er hatte bereits ihren Ausweis. Ihr Name stand deutlich darauf geschrieben. Er wollte sie auf die Probe stellen.

„Tanya Johnson." Ihre Stimme versagte. Es würde nicht funktionieren. Nicht, wenn sie sich kleinlaut und verängstigt verhielt. Sie musste ihre Situation im richtigen Licht betrachten. Ihre Ehe stand auf dem Spiel. Ihr Glück. Alles, was ihr je wichtig gewesen war, war davon abhängig, dass T.J. und sie wieder zusammenfanden.

Sie reckte das Kinn, räusperte sich und begegnete Brutes starrem Blick, der ein kleines Tablet in der Hand hielt.

„Erstes Mal?" Sein Blick glitt über ihre Brust, ihren Unterleib und verharrte dann auf ihrem Arm. „Bitte darauf achten, das Armband nicht abzunehmen."

„Mache ich."

Er grunzte und machte ihr damit zunehmend bewusst,

dass er seine arrogante Haltung in den Monaten, seit sie ihn zuletzt gesehen hatte, nicht abgelegt hatte.

„Wir haben strenge Regeln hier, Tanya.“

„Ich weiß.“

Brute hatte seine Position am Eingang bewusst gewählt. Nicht nur, um die Ausweise zu überprüfen, sondern auch, um jedem, der durch diese Türen ging, eine unausgesprochene Warnung mit auf den Weg zu geben. Falls etwas über das *Vault of Sin* an die Öffentlichkeit gelangen sollte, würde er sich damit auseinandersetzen. Erbarmungslos. Es war seine Gnadenlosigkeit, die die Fleischeslust unter der Tanzfläche vom *Shot of Sin* schützte.

„Halte dich an die Regeln, und du wirst eine tolle Zeit haben.“ Sein bedrohlicher Tonfall sagte etwas anderes. „Bei Problemen oder Sorgen wende dich an die vollständig bekleideten Mitarbeiter – Leo, T.J. oder Travis –, sie werden dir helfen.“

Der Klang des Namens ihres Ehemannes versetzte ihrer Brust einen glühenden Stoß. Er war hier. In einem Sexclub. Nicht mehr nur ein Voyeur, da er bald single sein würde.

„Und falls du ein Anliegen lieber mit einer weiblichen Mitarbeiterin besprechen möchtest“, fuhr Brute fort, „lass es mich wissen, und ich werde es arrangieren.“

Sie neigte den Kopf und brach den Augenkontakt ab, unfähig, seinem vernichtenden Blick länger standzuhalten. „Vielen Dank.“

Er trat zur Seite, und beförderte ihren Magen damit ins Bodenlose, während sie vorwärts und in die Dunkelheit ging. Eine Zementtreppe kam in Sicht, das Paar vor ihr kaum erkennbar, als es den unteren Treppenabsatz erreichte und nach links schwenkte.

Sie konzentrierte sich auf den Weg vor sich und versuchte, sich diesen Moment nicht durch die Erfahrungen der Vergangenheit verderben zu lassen. T.J. würde sich nie mit etwas Schäbigem, Schmierigem abgeben. Sie musste Vertrauen in ihre Erinnerungen an ihn setzen. Sie musste Vertrauen ins *Vault of Sin* setzen. Es war ein Mantra. Ein tröstliches Zugeständnis, das sie wieder und wieder aufsagen musste, damit sich ihre Füße weiter zur Treppe bewegten.

„Oh, Mann." Schwindelerregende Nervosität, Stiletto-Absätze und ein steiler Abstieg. Keine gute Kombination.

Das Geräusch von Sex, Geplapper und klirrenden Gläsern drang an ihre Ohren, als sie sich im Schneckentempo voran bewegte und nicht zuließ, dass Übelkeit sie überkam.

„Das wird schon", sagte eine Frauenstimme hinter ihr.

Cassie streckte die Hand aus, um sich an der Wand festzuhalten. Sie schaute hinter sich zu dem Lächeln, das fast komplett von zu ihrer Augenfarbe passenden grünen Federn bedeckt war, mit der die Maske der Blondine umrahmt war.

„Keine Panik." Der Blick der Frau fiel tiefer und ihre Lippen wölbten sich leicht, als sie das rote Bändchen entdeckte, das Cassies Handgelenk zierte. „Das erste Mal ist immer das Schlimmste. Halte dich einfach vom Bukkake-Ritual fern."

Heilige Scheiße. War das ihr Ernst?

„Das war ein Scherz." Die Frau gluckste und berührte Cassies Armbeuge. „Ich sollte es eigentlich besser wissen."

„Schon okay", krächzte Cassie. Das war es wirklich. Allerdings bekam sie jetzt das Bild von einer Gruppe Männern nicht mehr aus dem Kopf, die über ihrem knienden Körper standen und sich bereitmachten, ihr Gesicht mit ihrem Samen zu besprühen. Sie erschauderte. „Ich bin nur ein wenig nervös, das ist alles." Und beunruhigt. Und ängstlich. Und übel war ihr auch.

„Bist du alleine hier?"

Sie gingen gemeinsam hinunter, wobei die sanfte Berührung der Frau noch immer auf Cassies Arm ruhte. „Ja. Dumm, nicht wahr?"

„Ganz und gar nicht. Meine erste Erfahrung im *Vault* habe ich auch alleine gemacht."

Bei den beruhigenden Worten der Frau begann Cassies Besorgnis abzuebben. Ihre Berührung hatte nichts Sexuelles an sich. Cassies Instinkt riet ihr, dieser Frau zu vertrauen. Zu glauben, dass ihre Freundlichkeit echt war. Andererseits war ihr Instinkt die letzten zwölf Monate nirgends in Sicht gewesen, was zum Teufel wusste sie also schon?

Sie erreichten die unterste Stufe, und der sanfte Griff um ihren Arm verschwand. Der Klang von Sex und erregten Unterhaltungen war lauter geworden. Laut genug, dass ihre Ohren klingelten. Beklommen drehte sie sich auf den Ballen ihrer sexy Schuhe und warf ihren ersten Blick auf das *Vault of Sin*.

„*Heiliger Strohsack*.“ Ihre Worte waren ein Flüstern.

Sie konnte nur die Ecke dessen sehen, was sie für einen großen Raum hielt. Und in dieser Ecke befand sich eine Sexschaukel. Eine *besetzte* Sexschaukel. Die Frau hatte sich zurückgelehnt, ihr Oberkörper von schwarzen Bändern umhüllt, ihre Beine um einen griechischen Gott geschlungen, der in ihr versank. Immer und immer wieder. Ihr dunkles Haar hing hinter ihr hinunter, und die glänzenden Strähnen wiegten sich bei jedem Stoß.

Es war herrlich. Verblüffend in seiner Vollkommenheit. Sie schenkten weder ihrer Faszination Beachtung, noch den anderen Menschen, die um sie herum ebenfalls zusahen. Es war, als wären sie allein. Versunken in ihrer eigenen Luftblase des Vergnügens.

„Sind Schaukeln dein Ding?“, fragte die Frau neben ihr.

Cassie schüttelte den Kopf, immer noch unfähig, ihre Aufmerksamkeit von dem Live-Porno vor sich abzuwenden. „Ich hab’s noch nie ausprobiert.“

„Vielleicht ist heute dein Glückstag.“

Cassie hustete, um ein Lachen zu unterdrücken. „Nein. Heute Abend nicht.“

Es würde keinen Sex für sie geben, obwohl bereits ein Kribbeln der Erregung zwischen ihren Schenkeln pulsierte. Hier ging es darum, T.J. wieder kennenzulernen. Herauszufinden, was er machte. Was er dachte. Vielleicht würde sie sich ihm gegenüber offenbaren, vielleicht auch nicht. Doch soweit es sie betraf, stand Sex für sie nicht auf dem Plan.

„Man kann nie wissen." Die Frau kicherte. „Ich bin übrigens Zoe."

„Cas—" *Shit.* Cassie löste ihre Aufmerksamkeit von dem kopulierenden Paar und setzte ein falsches Lächeln auf. „Ich bin Tanya."

Zoes Lächeln geriet ins Wanken und Misstrauen machte sich in ihren umrahmten zusammengekniffenen Augen breit. „Komm, Tanya. Ich begleite dich zu den Umkleideräumen."

Cassie war sich nicht sicher, ob ihr Ausrutscher gerade noch einmal gutgegangen war, oder ob die andere Frau schlicht nicht neugierig war. Sie stieß einen stillen Seufzer der Erleichterung aus. Zoe verließ den verdunkelten Flur, die Schultern gerade, den Kopf anmutig und würdevoll erhoben. Cassie versuchte, ihre Selbstsicherheit nachzuahmen, scheiterte jedoch kläglich angesichts der Ehrfurcht, die sie überkam, als der ganze Raum in Sicht kam.

Eine Menschenmenge drängte sich entlang einer langen Bar. Sie alle waren unterschiedlich leicht bekleidet. Einige Frauen trugen Korsetts, andere BHs und Höschen. Einige wenige waren oben herum nackt. Die Männer wiederum trugen Boxershorts – *Calvin Klein, Emporio Armani, Tommy John.*

Der Bereich barst vor erregender Verkommenheit. Es gab Liegen und mindestens ein Bett. Sie konnte durch die vielen Menschen, die ihre Sicht einschränkten, nicht alles sehen. Zu ihrer Linken standen zwei Türen offen, durch die sie die Schatten der Personen im Inneren sehen konnte. Am anderen Ende des Raumes befand sich ein Torbogen.

Alles unterschied sich von dem, was sie in dem einzigen anderen Club erlebt hatte, den sie besucht hatte. Das Ambiente, obwohl es vor Verführung triefte, war stilvoll. Alles war in Rot und Schwarz gehalten – Bettwäsche, Lampenschirme, Möbel.

Die Menschen um sie herum waren jung, fit und attraktiv. Ein völliger Kontrast zu den alten, übergewichtigen Männern, die die Wände des anderen Clubs gesäumt hatten, aus dem sie davongelaufen war. Sie drehte sich im Kreis, beeindruckt und ganz und gar stolz auf die Perfektion der Atmosphäre.

„Hier entlang.“ Zoe erhob ihre Stimme und schenkte der Frau in der Sexschaukel keine Beachtung, die laut, „Oh ja, oh ja, fick mich härter“, schrie.

„Ich bin direkt hinter dir.“ Cassie folgte ihr, wenn auch mit langsamen Schritten.

Die Neugierde hatte sie in ihren Bann gezogen, doch da war etwas, das sie zu beunruhigen begann. Sie hatte sich jeden Zentimeter des Hauptraums eingeprägt, einen Blick in die beiden privaten Bereiche geworfen, aber nicht ein einziges Mal ihren Mann zu Gesicht bekommen.

„*K*ommst du mit runter zur Party?“

T.J. kniff die Augen zu und massierte seine Lider, um die Frage so lange zu ignorieren, wie er konnte. Shay wollte ihn nicht in Ruhe lassen. Sie wich ihm die ganze Zeit nicht von der Seite. Ganz gleich, wohin er ging, sie war ihm mit einem freundlichen Lächeln und einem tröstenden Schulterklopfen auf den Fersen. Er hasste es. Er brauchte die alte Shay, die Frau, die ihm die Leviten gelesen und ihm die Hölle heiß gemacht hatte. Nicht dieses feinfühlige weibliche Etwas voll emotionaler Unterstützung, das ihn nervös machte.

„Ich komme runter, wenn ich soweit bin.“ Das Brummen seiner Stimme hallte durch den leeren Tanzclub. Er mochte die Ruhe und den Frieden hier. Und er hatte die Einsamkeit verdient.

„Hast du darüber nachgedacht, was ich gestern im Restaurant gesagt habe?“

Wie konnte er das vergessen? Shays Idee über seine Frau hinwegzukommen, war, einfach weiterzumachen. Sozusagen wieder aufs Pferd zu steigen. Mit einer neuen Frau einen Proberitt zu machen. Brute hatte ihr zugestimmt, der herzlose Mistkerl.

Bei dem Gedanken wurde ihm schlecht.

„Warum reden wir zur Abwechslung nicht mal über dich?" Er nahm die Hand aus dem Gesicht, richtete sich auf und sah sie an. Sie trug ein durchsichtiges schwarzes Kleid, darunter einen feuerroten BH und ein Höschen, das zu ihren glänzenden High Heels passte. Ein Stück schwarze Spitze verdeckte ihr Gesicht. Schlicht und doch elegant. *Wunderschön.*

„Wie läuft es zwischen dir und Leo?" Er redete, um sein Unbehagen zu verbergen. Er konnte sich nicht über Nacht daran gewöhnen, Shay so zu sehen. Sie war seit langer Zeit seine Freundin. Seine Angestellte sogar noch länger. Und jetzt musste er mit ansehen, wie sie an ihren freien Abenden im *Vault* zeigte, was für einen hinreißenden Körper sie hatte.

Sie rollte ihre hübschen braunen Augen. „Weißt du, du könntest auch einfach sagen, dass du nicht reden willst."

Perfekt. „Ich will nicht darüber reden, Shayna." Sein Gesichtsausdruck war wesentlich strenger als sein Ton. Er konnte nicht anders. Er war müde — sein Herz, sein Körper und sein Verstand. Genug war genug.

„Kein Problem." Sie hob ihr Kinn, und die Trotzhaltung der Frau, die er einst kannte, kehrte mit voller Wucht zurück.

„Also, was ist mit dir und Leo? Was habe ich verpasst, während ich weg war?"

Sie wackelte mit den Augenbrauen. „Viele verdorbene Ausschweifungen."

Auf keinen Fall. Leo ging es langsam an, weil er nicht riskieren wollte, sie mit seinem Lebensstil zu verschrecken. „Willst du mich auf den Arm nehmen?"

„Ja." Sie strahlte ihn an. „Wir nehmen jeden Tag, wie er kommt."

„Aber du genießt es." Er konnte es in der ungetrübten Ausgelassenheit ihrer Gesichtszüge sehen. Sie hatte nicht länger etwas gegen das *Vault*. Die Erkenntnis tat weh. Warum hatte es für ihn und Cass nicht so ausgehen können? Warum hatte er ruinieren müssen, was sie hätten haben können?

Weil er einfach nicht anders konnte, als es zu vermasseln.

„Ich freue mich, dass ihr beide euren Weg gefunden habt.“ Er war nicht in der Lage gewesen, dasselbe mit seiner Frau zu tun. Die Schuld lastete zu schwer auf ihm, das Gewicht der Reue eine ständige Bestrafung. Alles, was danach folgte, war wie eine Lawine gewesen, die das Glück, das er einmal gehabt hatte, unter sich begrub. „Ich gehe besser nach unten und beweise Leo und Brute, dass ich nicht nachlässig werde.“

Er erhob sich vom Hocker und ging auf sie zu. „Ich hoffe, du hast Recht mit dieser Maskeradenparty.“

Sie schenkte ihm ein selbstbewusstes Lächeln. „Das habe ich.“

Er folgte ihr die Treppe hinunter ins *Vault*. Sie passierten einige Leute in der Eingangshalle: Paare, Singles, einige in Abendkleidung, andere bereits in Dessous und auf dem Weg in den Hauptbereich des Clubs. Alle trugen Masken, die ihre Gesichter teilweise oder ganz verdeckten.

„Hey, Zoe“, rief Shay.

Zoe James, eine ihrer Stammgäste, schlenderte auf sie zu. „Ich liebe diese Maskeradenidee.“

Sie trug ein umschmeichelndes, funkelndes Kleid, das ihrer attraktiven Persönlichkeit gerecht wurde. Doch es war ihre Begleitung, die dunkelhaarige Frau hinter ihr, die seine Aufmerksamkeit erregte.

Ihre Unfähigkeit seinem Blick standzuhalten war Beweis genug für ihre Club-Jungfräulichkeit, noch bevor er das Bändchen um ihr Handgelenk erblickte. Die arme Frau war aufgewühlt, ihre ringenden Hände ein weiterer Hinweis auf ihre Anspannung.

An jedem anderen Tag hätte er vielleicht versucht ihr beizustehen. Sie einladend angelächelt oder Shay ein Zeichen gegeben, sie herumzuführen. Aber sie hatte etwas an sich, das ihn irritierte. Sie war *zu* nervös und senkte ihren Blick beinahe in Unterwerfung, als er sie ausgiebig musterte.

Kannte er sie? Etwas in ihm weckte ein Gefühl der Vertrautheit, doch er konnte ihr Gesicht nicht zuordnen. Normalerweise fielen ihm die Blondinen auf. Frauen, die ihr Selbstbewusstsein nicht durch eine Schicht leuchtenden

Lippenstifts und dunklen Augen-Make-Ups stärken mussten. Diese Frau war eine Poserin, die ihre Selbstsicherheit durch eine falsche Fassade ankurbeln wollte.

Warum also verglich er plötzlich ihre Züge mit denen seiner Ehefrau? *Fuck*. Er musste die ehelichen Titel abstreifen und sich daran erinnern, dass Cassie schon bald seine Ex war.

Eine neue Welle des Schmerzes traf ihn, als er seinen Blick losriss und seine Stirn massierte, um den Gedanken zu vertreiben. „Ich muss weiter." Er ging um sie herum, ohne einen weiteren Blick auf die Frau zu riskieren. „Wir sehen uns drinnen."

So war es schon die ganze Woche gewesen. Den ganzen Monat. Jede Frau erinnerte ihn an Cassie. Jeder Schatten gehörte ihr. Sie verfolgte ihn schon jetzt, und er konnte nichts dagegen tun. Nicht, dass er sich ihrer Gegenwart entledigen wollte. Die Erinnerungen waren zwar schmerzhaft, aber auch ein Segen. Ohne Cassie war er nichts.

Er gab einen vierstelligen PIN in das Panel an der verschlossenen Tür am Ende des Flurs ein und öffnete mit einem Ruck das schwere Holz. Vergnügen prasselte auf ihn ein. Unglücklicherweise nicht sein eigenes. Die Erfüllung von anderen umgab ihn, als er durch den Newbie-Bereich und in den Hauptraum vom *Vault of Sin* schritt.

Er nickte Gästen zu, erkannte einige von ihnen, während ihm die Identität von anderen völlig unbekannt war, als er sich zwischen ihnen hindurchschlängelte. Einige der Betten waren bereits in Gebrauch, ihre Nutzer in unterschiedliche Grade von Flirtereien, Vorspiel und Sex vertieft.

Leo stand hinter der Bar und war genauso wie T.J. in einen Anzug mit Krawatte gekleidet – der Standardbekleidung für das *Vault*-Personal.

Leo nickte grüßend. „Ich freue mich, dass du gekommen bist."

„Gab es daran irgendwelche Zweifel?"

Er hasste den gesunkenen Respekt, den Leo und Brute ihm seit seiner Auszeit entgegenbrachten, auch wenn sie es vor ihm zu verbergen versuchten. Seit seiner Rückkehr schlichen sie auf Zehenspitzen um ihn herum und behandelten ihn wie ein zwangloses Mitglied ihres Unternehmerteams statt wie einen gleichberechtigten Partner.

„Vielleicht ein wenig."

T.J. schnitt eine Grimasse. „Nun, ich bin hier. Was soll ich tun?"

„Willst du hier übernehmen und Travis helfen, während ich einen Rundgang mache? Brute wird mit dem Einlass an der Tür bald fertig sein. Danach können du und ich uns entspannen und den Rest des Abends genießen." Ein Lächeln umspielte Leos Lippen. „Man weiß nie, vielleicht findest du jemanden, der Zeit mit dir verbringen will."

„Ja, vielleicht." Er ignorierte einen weiteren Wink sich von seiner Ehefrau loszumachen. *Von seiner Ex.* Er würde sich nie daran gewöhnen, Cassie so zu nennen.

Sie alle konnten es nicht nachvollziehen. Wenn man vom Fahrrad fiel und sich das Knie aufschlug, stieg man sofort wieder auf, um die kindliche Angst zu überwinden. Wenn man seine Ehe zerstörte und damit nicht nur sein eigenes Leben, sondern auch die Zukunft der einen Person ruinierte, der für immer sein Herz gehören würde, glitt man nicht umgehend in den Dating-Pool zurück. Man wartete darauf, dass die Wunden heilten. Man wartete darauf, dass die zerschmetterten Teile seiner Seele dorthin zurückkehrten, woher sie gekommen waren, damit man nachts endlich wieder schlafen und eine Sicht auf die Dinge gewinnen konnte, die nicht durch das psychotische Gemurmel der Schlaflosigkeit getrübt war.

Oder vielleicht auch nicht. Vielleicht haute man ab und flüchtete. Woher zum Teufel sollte er das wissen? War es das Beste, sich zu stählen, einen Sack Zement zu nehmen und unverzüglich eine Brücke zu bauen? *Scheiße.* Nichts machte Sinn. Nichts war wichtig. Einen asphaltierten Weg in die perfekte Zukunft gab es nicht länger.

Er hing in der Schwebe.

In der Vergangenheit hatte Sex immer heilende

Qualitäten gehabt. Der Rausch des Höhepunkts, der Boost der Endorphine. Mit einer willkürlich gewählten Frau anzubandeln und den Wandlungsprozess zu beginnen könnte das Beste für ihn sein.

Zweifelhaft.

Er hatte die Verwirrung so verdammt satt. Die sich bekriegenden Emotionen. Es war schon schlimm genug, die Entscheidung getroffen zu haben, Cassie überhaupt zu verlassen. Nach vorne zu schauen schien noch schwieriger. Endgültiger. Eine Scheidung vernichtete nur das Stück Papier, das sie zu Mann und Frau machte. Mit jemand anderem zu schlafen würde den Prozess beenden, und er würde nie wiedererweckt werden können.

Er musste seinen Mist in den Griff bekommen. Und zwar sofort. Bevor er noch mehr Respekt und Berechtigungen verlor.

Also, wer war er? Der Kerl, der einen Schlussstrich ziehen musste? Oder der Mann, der geschworen hatte, Cassie für immer treu zu bleiben, selbst nachdem die Scheidung sie auseinanderriss?

Verdammt. Er hatte keine Ahnung, doch er hatte das Gefühl, dass sich das bis zum Ende der Nacht ändern würde.

KAPITEL FÜNF

Mit zitternden Händen legte Cassie ihr Kleid in den Spind. Ihre Haut brannte noch von dem Zusammenstoß mit T.J. in der Eingangshalle. Es mochte eine Illusion oder Wunschdenken gewesen sein, aber sie hätte schwören können, einen Funken des Wiedererkennens in seinen Augen gesehen zu haben. Und Schmerz.

„Triffst du hier heute Abend jemanden?", fragte Zoe. „Vielleicht deinen Mann?"

Cassie schaute an sich herunter und vergewisserte sich, dass ihr Höschen alle wichtigen Teile bedeckte. Ihre Brüste passten kaum in die Körbchen, die beinahe überquollen und ein tiefes Dekolleté zeigten. Sie hatte nicht den Mut, ihren Bauch zu entblößen. Ihre Oberschenkel zu zeigen machte sie verwundbar genug, denn das Material reichte kaum bis zum Ansatz ihres passenden Höschens. Je mehr Haut sie bedeckte, desto besser − für ihr Selbstvertrauen und um die Chance zu minimieren, dass T.J. sie erkannte.

„Ich bin nicht verheiratet." Cassie schloss die Tür ihres Spinds. Sie wollte nicht auf die Einzelheiten ihres gescheiterten Liebeslebens eingehen. Je weniger Verbindung sie zu T.J. hatte, desto geringer war die Chance erwischt zu werden.

Zoe hob ihr Kinn und sah auf Cassies Hände. „Deine Ringe sagen etwas anderes.“

„Oh, *Shit*.“ Sie wendete ihren Körper ab und zerrte verzweifelt am Schmuck ihres Ringfingers. „Es ist nicht so, wie du denkst.“

Es wurde still und die wohltuende Ausstrahlung, in die Zoe sie gehüllt hatte, verpuffte. Cassie zog ihre Ringe ab und beeilte sich den Sicherheits-PIN in das elektronische Tastenfeld ihres Spinds einzugeben, bevor noch jemand den verräterischen Schmuck entdeckte. „Ich bin nicht verheiratet“, platzte es aus ihr heraus. „Oder werde es bald nicht mehr sein.“

Wie hatte sie ihre Ringe vergessen können? Sie waren ein konstantes Symbol der Liebe und Zuneigung gewesen, besonders seit T.J. sie verlassen hatte. Sie waren ihr Rettungsanker, den sie nur ansehen musste, um neue Kraft zu gewinnen. Ein Blick auf die Diamanten, die ihren Finger zierten, und T.J. hätte sie erkannt.

„Es geht mich nichts an.“ Zoes Stimme war leise. „Wenn Fremdgehen dein Ding ist, bitte. Nur solltest du wissen, dass du rausfliegst, wenn die Inhaber das herausfinden. Sie können das Drama nicht gebrauchen, das ein eifersüchtiger Liebhaber verursacht.“

Cassie schloss die Spindtür wieder und presste ihre Handfläche gegen das kühle Metall. „Bitte ...“ Sie wusste nicht, um was sie bitten sollte. Hilfe? Vertraulichkeit? Eine Umarmung? „Mein Mann soll hier sein.“

Es gab keinen Grund dieser Frau zu vertrauen, trotzdem tat sie es instinktiv. Es lag an ihrem Verhalten. An der Art, wie sie ihren Kopf hoch erhoben und ihre Schultern gerade hielt, ein tröstliches Leuchten in den Augen.

„Mein Mann *ist* hier“, wiederholte Cassie, diesmal bestimmter. „Er will die Scheidung, und ich bin hier, um ihn zurückzugewinnen.“

Stille.

Sie waren alleine im Raum, die plaudernden Stimmen der Menschen in der Halle drangen von draußen zu ihnen. Cassie sah zur Seite und begegnete Zoes Blick. Ihr Ausdruck signalisierte nicht länger Freundlichkeit. Besorgnis lag nun darin. Verunsicherung ... Mitleid.

„Brauchst du Hilfe?", fragte sie, obwohl der gequälte Ton verriet, dass sie völlig überfordert war.

„Nein." Cassie richtete sich auf. „Alles, was ich brauche, ist eine Minute für mich, bevor ich da reingehe, um herauszufinden, was zum Teufel ich machen soll."

Zoe nickte, das bisschen Haut über ihrer Maske verriet ihr Stirnrunzeln. „Falls du Hilfe brauchst, komm bitte zu mir. Normalerweise bin ich im ersten Privatzimmer, in dem, das dem Parkplatzeingang am nächsten liegt."

Cassie bedankte sich mit einem halbherzigen Lächeln. Sie machte alles falsch. Sie wollte T.J. zeigen, dass sie stark war. Für ihn konnte sie furchtlos sein, sich dem Schmerz der Vergangenheit stellen. Alles für ihn. *Für sie beide.*

Zoe schlenderte zur Tür und blieb im Rahmen stehen. „Bitte komm zu mir, wenn du mich brauchst." Dann war sie weg und in dem kleinen Raum war es wieder still.

Cassie lehnte sich mit dem Rücken an den Spind und schlug mit dem Kopf gegen das Metall. Was tat sie hier? Sie war halbnackt, in einem Sexclub, und versteckte sich hinter einer Verkleidung, um ... was zu tun? Sie könnte als Voyeur zuschauen und einfach beobachten, ob er bereits mit ihr abgeschlossen hatte. Oder ihn möglicherweise verführen, um zu beweisen, dass er sich zu ihr hingezogen fühlte, selbst wenn ihre Identität verschleiert war.

Schmetterlinge flatterten in ihrem Magen und wurden mehr mit jeder Sekunde, die sie regungslos blieb. Sie hatte durch ihren Besuch im *Vault* nichts zu verlieren. Abgesehen von ihrer Würde, und die war derzeit getarnt. Niemand musste von ihrer Verzweiflung, T.J. zurückzugewinnen, erfahren. Sie musste aufhören, sich von ihrer Nervosität verrückt machen zu lassen, und es hinter sich bringen. Ihr lief die Zeit davon, deswegen besaß sie nicht den Luxus, an sich selbst zweifeln zu können.

Sie drückte sich von den Spinden ab und ging zur Tür,

dankbar, einem anderen Pärchen folgen zu können, das sich an den Code erinnerte, den sie benötigten, um in den Hauptteil des Clubs zu gelangen. Sie selber konnte sich nicht an die Ziffern erinnern, die ihr in dem Bestätigungsschreiben zugewiesen worden waren.

Im Inneren des Clubs waren mehr Leute als zuvor. Sie ging an zwei sich leise unterhaltenden Paaren in der Newbie-Lounge vorbei, deren Gespräch durch die Pornos, die auf dem großen Bildschirm neben ihnen abgespielt wurden, nicht gestört zu werden schien.

Ihre Kopfhaut juckte, während sie durch die Räume bummelte und sich mit ihrer Umgebung vertraut machte. Manche Leute grüßten sie mit einem Lächeln, andere bemerkten ihre Existenz erst gar nicht, weil ihr Schwanz tief in einer Pussy steckte oder ihre Kehle bis zum Anschlag mit einem Schwanz gefüllt war.

In einem der Privatzimmer befanden sich zahlreiche Möbelstücke. Fast wie ein Labyrinth aus Liegen, Ottomanen und seidenbezogenen einzelnen Matratzen. Die meisten davon waren besetzt. Eine Vielzahl von ineinander verschlungenen Körpern, die alle vom Glanz vergnügungsbedingten Schweißes überzogen waren.

Im zweiten Zimmer fand sie Zoe, die, von kleinen Lichtern in der Decke beleuchtet, zwischen zwei hinreißenden Männern auf dem Bett lag. Beide Männer waren nackt, ihre Aufmerksamkeit wie gebannt, während sie dem mit Dessous bedeckten Körper der Frau ihre Ehrerbietung erwiesen. Es war eine weitere exquisite Szene, in der Verehrung eine wichtige Rolle spielte. Es gab keine Selbstgefälligkeit, keine Überlegenheit. Die drei bewunderten sich gegenseitig mit leichten Bissen und sanften Fingerbewegungen.

„Wunderschön, nicht wahr?“

Cassie sah über ihre Schulter zu der Frau, die Zoe bei ihrer Ankunft begrüßt hatte – Shay, eine Angestellte, über die ihr Mann oft gesprochen hatte.

„Ja, definitiv.“ Cassie lenkte ihre Aufmerksamkeit auf den

Hauptbereich, um ihr Gesicht zu verbergen. „Tatsächlich hat mich das Zusehen ziemlich durstig gemacht. Bitte entschuldige mich, ich gehe mir einen Drink holen."

„Kein Problem."

Cassie entfernte sich und brachte Abstand zwischen sie, während sie T.J.s Angestellte unauffällig musterte. Frauen waren manchmal scharfsinniger als Männer. Sie wollte nicht riskieren, dass Shay ihre Unruhe spürte und das Management informierte. Zumindest nicht, bevor sie die Gelegenheit hatte mit ihrem Mann zu sprechen.

Sie betrat den Hauptbereich und stellte sich an die Bar. Ihr Herz geriet in Wallung, als sie den Mann entdeckte, der am hinteren Ende saß. Die kurzen Strähnen seines braunen Haars hingen in seine Stirn, als er am Scotchglas in seiner Hand nippte. Er war ihr vertrauter als ihr eigener Körper. Sein Anblick für ihre Sinne wichtiger als das Bedürfnis zu atmen.

Von der Seite wirkte er abgemagert. Niedergeschlagen. Das Verlangen ihn zu trösten war schmerzhaft. Aber wenigstens erschien er nicht glücklich, das hätte noch mehr wehgetan.

Ihre Füße bewegten sich wie von selbst langsam auf ihn zu, ihr Blick auf seine Gestalt geheftet. Der Hocker neben ihm war besetzt, doch sie nahm den Mann kaum wahr, weil ihre Augen auf eine einzige Person fixiert waren.

„Möchtest du dich setzen?" Der Mann neben T.J. stand auf und seine Hand nahm sanft ihre, um sie vorwärts zu geleiten.

„Vielen Dank", sagte sie, ohne ihre Aufmerksamkeit von ihrem Ehemann abzuwenden.

Sie war ihm so nah. Ihre Arme würden sich beinahe berühren, wenn sie sie auf die Bar legte. Mehr brauchte es nicht, nur eine kurze Berührung von Haut an Haut. Er war verloren, genau wie sie. Aber nun waren sie Seite an Seite und würden gemeinsam den Weg nach Hause finden. Sie brauchte nur den Mund zu öffnen. Ein Gespräch zu beginnen. Ihm Hoffnung und Liebe zu schenken.

Sie lehnte sich zu ihm, und in ihrer Brust hämmerte es, je näher sie kam, je intensiver der Duft seines kräftigen, holzigen Aftershaves wurde. Ihre Kehle schnürte sich zu. Erinnerungen an die Vergangenheit stürzten auf sie ein. Sie liebte diesen Mann so sehr. Was sie hatten, war nicht die typische Liebe zwischen einem Mann und einer Frau – heiteres Lächeln und regelmäßig praktizierte Zuneigung. Was sie hatten, war viel mehr als das. Ihre Beziehung war ein anhaltendes Feuer der Hingabe gewesen. Jeder Tag intensiver als der vorherige. Jede Erinnerung durchtränkt von Glück, das niemals befleckt werden würde.

Sie atmete tief ein und schöpfte Kraft aus dem vertrauten Duft seines Aftershaves.

„Hi", raunte sie.

KAPITEL SECHS

T.J. nippte an seinem Scotch, kaum imstande, sich großartig in seinem eigenen Unternehmen nützlich zu machen.

Eigentlich müsste er Gäste begrüßen und dafür sorgen, dass sie sich wohl und wie zu Hause fühlten. Insbesondere, weil heute Abend mehr Newbies als sonst anwesend waren. Die Party war ein Erfolg. Er konnte sich nur nicht dazu durchringen, sich über den Zustrom neuer Mitglieder zu freuen.

Er vermisste Cassie. Jetzt umso mehr, weil er wusste, dass es vorbei war. Die Scheidung war eingeleitet und nicht mehr aufzuhalten. Zumindest nicht durch sie.

„Hi."

Beim Klang ihrer Stimme setzte er sich auf und sah ruckartig zu der Frau, die sich auf dem Hocker neben ihm niedergelassen hatte. *Fuck*. Die Wahnvorstellungen waren zurück. Diesmal nicht in Form einer Vision, sondern ihrer Stimme.

„Habe ich dich erschreckt?" Sie lehnte sich zurück, Besorgnis in ihren braunen Augen.

„Nein." Seine Stimme war schroff. Unerbittlich. „Du klingst nur wie jemand, den ich kenne."

Ihre rubinroten Lippen öffneten und schlossen sich

wieder in offensichtlichem Unbehagen. Was zum Teufel hatte er sich dabei gedacht? Die Frau glich in keiner Weise seiner Ehefrau. Die Augen, umrahmt von einer verhüllenden Maske, waren dunkel, nicht in dem verführerischen Hellblau, in das er sich verliebt hatte. Sie trug einen kurzen, schwarzen Bob statt lange Locken, mit denen er so gerne seine Finger umwickelt hatte. Küss-Mich-Lippen, die denen seiner Frau ähnelten, aber Cassies Mund war immer zart und lieblich in warmen, einladenden Tönen gehalten, nicht in grellen Farben.

„Es tut mir leid." Er widmete sich wieder seinem Getränk. „Ich wollte nicht unhöflich sein."

Die Frau räusperte sich. „Schon okay."

Ihre Stimme klang jetzt anders. Sinnlicher. Kein bisschen wie Cassies Stimme. Was lediglich seinen Wahnsinn bewies. Er musste nach vorne schauen, sich auf etwas anderes konzentrieren als auf das perfekte Geschenk, das er weggeworfen hatte.

„Möchtest du etwas trinken?" Es war ein lahmer Versuch einer Entschuldigung, aber es war das Beste, was er unter den gegebenen Umständen bieten konnte.

„Gerne."

„Was darf ich dir bestellen?"

„Ähm ..."

Er sah aus dem Augenwinkel, wie sie sich auf unerträglich vertraute Weise auf die Unterlippe biss. Ständig entdeckte er in dieser Frau Verhaltensmuster seiner Ehefrau. Er musste sich in den Griff bekommen.

„Malibu und Limonade, bitte."

Sie begegnete seinem Blick, ihre falschen Wimpern flatterten verführerisch, was er bewusst ignorierte.

„Travis?" Er nickte dem Barkeeper zu und wartete, bis er dessen Aufmerksamkeit hatte. „Malibu und Limonade für die Dame, und noch einen Scotch für mich."

„Geht klar." Travis begann ihre Bestellung zuzubereiten.

„Wo ist deine Maske?", fragte die Frau leise. „Und wieso bist du noch immer angezogen?"

„Ich arbeite hier." Er bemühte sich, sich seine innere Unruhe nicht anmerken zu lassen. Es war nicht ihre Schuld, dass er den Verstand verlor. Wenn er in jemandem mit völlig anderen Zügen seine Frau wiederzuerkennen glaubte, brauchte er eindeutig Hilfe.

„Sieht für mich nicht danach aus."

Er folgte ihrem Blick zu dem frischen Glas, das Travis in seine Hand drückte. Nein, für ihn sah es ebenfalls nicht danach aus. Aber er würde nichts geschafft bekommen, bevor er den Schmerz in seiner Brust nicht betäubt hatte. Ein oder zwei weitere Drinks würden helfen.

„Ich mache kurz Pause."

Sie lächelte und raubte ihm mit ihrer Schönheit den Atem. *Fuck.* Was zum Teufel passierte mit ihm? Sie war seine Ehefrau. Seine Fantasie. Die gleiche Knochenstruktur, der gleiche Körperbau, doch alles andere stimmte nicht überein.

„Ist es dein erstes Mal?" *Shit.* Die Antwort kannte er bereits. Er hatte ihr Bändchen schon früher am Abend gesehen, als sie mit Zoe unterwegs war.

„Ja." Sie hob den Arm und zeigte ihm den roten Plastikstreifen um ihr Handgelenk. „Zum ersten Mal hier, aber nicht zum ersten Mal in dieser Art von Etablissement."

Richtig. Er musste dieses Gespräch beenden und seinen Halluzinationen Einhalt gebieten. Sein Interesse an der Frau war ein Verrat an seiner Ehe – einer Ehe, die bald vorbei sein würde. Er starrte geradeaus, doch seine Augen betrogen sein Gehirn und machten sich im Spiegel hinter der Bar auf die Suche nach ihrer Reflektion. Er konnte nicht wegsehen. Da war etwas an ihr. Etwas, das er erkannte, aber nicht näher benennen konnte.

„Würde es dir etwas ausmachen, mich herumzuführen?"

Es lag mehr als eine Frage in ihren rauen Worten. Aber konnte er ihrer Bitte Folge leisten, wenn auch nur für einen flüchtigen Moment, in dem er sie ganz harmlos herumführte?

„Bitte." Sie begegnete seinem Blick im Spiegel, ihre sinnlichen Lippen deuteten den Anflug eines Lächelns an. „Es ist alles ein bisschen einschüchternd hier."

Sein Herz klopfte in seiner Brust, und er war sich nicht sicher, ob es aus Furcht oder aus Vorfreude war. Ohne weiter nachzudenken kam sein Körper aus eigenem Antrieb auf die Beine. Sie provozierte ihn. Verführte ihn. Und er war ihrem Zauber machtlos ausgeliefert ... oder vielleicht sehnte sich sein Herz einfach nach etwas anderem als Alkohol, um seinen Kopf auf andere Gedanken zu bringen.

Sie war nicht sein Typ, das stand fest. Er hatte immer Blondinen bevorzugt. Frauen, die ihre Attraktivität nicht durch künstliche Nägel und den leicht unnatürlichen Ton einer Salonbräune zu steigern versuchten. Sie mochte ihn vielleicht an Cassie erinnern, doch sein Schwanz blieb seiner Frau treu.

Er streckte eine Hand aus und forderte sie wortlos auf, vor ihm durch die Menge zu gehen. Er fiel zurück und versuchte herauszufinden, was sein Interesse geweckt hatte.

„Hier entlang?", fragte sie über ihre Schulter hinweg.

„Ja." Er deutete mit dem Kopf auf das Zimmer, das am weitesten von der Bar entfernt lag. Das, um dessen Tür sich noch keine Menschentraube versammelt hatte. Zweifellos machte Zoe in dem anderen Privatbereich ihr exhibitionistisches Ding und veranstaltete mit ihren Männern eine Show. „Dieses Zimmer wird bald umgestaltet."

Im Moment war es mit Möbeln gefüllt. Einem ganzen Haufen verschiedener komfortabler Flächen, auf denen man es sich bequem machen konnte. Zuletzt hatte er gehört, dass Leo und Brute es in ein Zimmer mit einem konkreteren Thema verwandeln wollten. Vielleicht Bondage. Oder Rollenspiele. Sie hatten sogar von Weiterbildungsabenden gesprochen, an denen sie qualifizierte Personen engagieren würden, um Kurse über Sex und Sinnlichkeit zu geben, sogar über BDSM.

„Und was tun die Leute hier drin?", fragte die Frau.

Er schloss die Augen und stellte sich vor, es wäre Cassie neben ihm. „Was auch immer sie wollen, Sweetheart. Solange es einvernehmlich ist."

Sie kam näher, sodass die Hitze ihres Körpers ihm

wellenförmig entgegenschlug. „Und was hast du hier drin gemacht?", gurrte sie.

Absolut gar nichts. „Ich schaue zu", krächzte er. „Das war's." Er öffnete die Augen und sah auf ihre Lippen, die sich zu einem verschmitzten Lächeln kräuselten.

„Willst du **mir** zuschauen?", fragte sie flüsternd.

Fuck. Seine Nasenflügel bebten und ein Adrenalinschub jagte ihm den Rücken hinunter. Sie war eine Versuchung, aber mehr aus dem Bedürfnis heraus seine Gedanken an Cassie zu verdrängen als aus sexuellem Verlangen. Er würde ihre Show nicht genießen, ganz gleich, was sie tat, auch wenn sich sein Schwanz bei der Vorstellung rührte. Das erste Anzeichen von Interesse seit Monaten, das sein Glied der Welt zeigte.

„Nicht heute Abend." Er ließ eine Hand durch ihr Haar gleiten in dem Versuch, die Zurückweisung abzuschwächen. Die grobe Textur strich über seine Handfläche, nicht vergleichbar mit den seidigen blonden Strähnen, durch die er jahrelang mit seinen Fingern gefahren war.

Er wandte sich zum Gehen und erstarrte dann, als sie seine Hand ergriff. Er versteifte sich am ganzen Körper, als sie sich hinter ihn stellte und ihm über die Schulter sah. Sanfte Hände umschlossen seine Taille, das angenehme Streicheln ihrer Fingerspitzen bewegte sich über seinen Unterleib, und die Weichheit eines weiblichen Körpers schmiegte sich an seinen Rücken. Trotz des Geruchs von Sex und Vorspiel in der Luft konnte er sie riechen, nicht diese Fremde, sondern seine Frau.

Sie war hier. In seinem Kopf. Unter seiner Haut.

„Lauf doch nicht so schnell weg." Mit jedem Herzschlag klang die Frau mehr wie Cassie. „Was kann es schaden zuzusehen?"

KAPITEL SIEBEN

Cassie hatte keinen Hang zu verrückten Einfällen. Zumindest in der Vergangenheit nicht. Jetzt anscheinend schon. Sie konnte selbst nicht sagen, was die Anspielungen in ihren eigenen Worten zu bedeuten hatten. Es gab keinen Plan. Keine Strategie. Nur die Einladung zu einer Show, von der sie nicht die leiseste Ahnung hatte, wie sie sie performen sollte. Sie wusste nur, dass sie ihn nicht gehen lassen konnte. Sein Rücken an ihrer Brust war zu vertraut, und zuzusehen, wie er sie erneut stehen ließ, kam für sie nicht infrage.

Anfangs hatte sie neben ihm an der Bar gesessen, in der Hoffnung, Zeugin seines Leidens zu werden. Seine emotionale Zerrissenheit war ihm deutlich anzusehen. Aber das reichte nicht. Sie sehnte sich nach etwas anderem, doch sie hatte keine Ahnung nach was. Deswegen hatte sie um eine Führung gebeten.

Ein Teil von ihr wollte zurückgewiesen werden. Sie kannte sich bereits aus. Ihre Bitte war ein Test gewesen. Sie hatte den Atem angehalten und darauf gewartet, dass er sie abwies, dass er kein Interesse an einer Frau zeigte, von der er nicht wusste, dass sie seine Frau war.

Dann hatte er viel zu schnell nachgegeben, und ein Teil ihres Herzens war zerbrochen. Gleichzeitig hatte sich das

Pochen in ihrer Brust verstärkt, weil sie sich nach mehr von der Wildheit in seinen Augen sehnte. Seine Nähe verführte sie. Nach Monaten der Trennung würde sie über Leichen gehen, um seine Hände zu spüren. Um seine Leidenschaft und Bewunderung zu fühlen.

Er war hingerissen.

Von ihr.

Er drehte sich in ihrer Umarmung um, sein Gesicht zu einer störrischen Miene verzogen. „Lass mich gehen."

Nein. Weder jetzt, noch sonst irgendwann. Trotzdem lockerte sie ihren Griff. „Bekommen Neulinge keine Sonderbehandlung?" Sie hatte noch immer keine Ahnung, woher ihre Worte kamen. Sie sahen ihr nicht ähnlich.

Sie biss sich auf die Unterlippe und klimperte mit ihren falschen Wimpern. „Du brauchst mich nicht berühren. Du musst nicht einmal etwas sagen, nur zuschauen. Deine Augen werden mir alles verraten, was ich wissen muss."

Sein Unbehagen gab ihr Selbstvertrauen. Zu viel Selbstvertrauen. Denn nun ging sie zu dem leeren Einzelbett und rutschte auf die Matratze, während sie ihren Kummer über den Verlust seiner Körperwärme zu kaschieren versuchte. Ein Genuss, nicht nur für seine Augen, sondern auch für die der zahlreichen anderen Gäste im Raum.

Er war aus einem einzigen Grund an ihr interessiert – weil sie seine Frau war. Seine Seelenverwandte. Niemand sonst hier hätte heute Abend sein Interesse wecken können. Unbewusst spürte er die Anziehungskraft zwischen ihnen. So musste es sein, sie würde sich nicht erlauben, etwas anderes zu glauben.

Mit einem gekrümmten Finger lockte sie ihn näher, bevor sie weiter nach hinten rutschte. Was sie machte, war verrückt. Die Taten einer liebeshungrigen Frau. Aber er war auch ihr Ehemann. Für ihn durfte sie diese verrückten Dinge tun.

Sie machte es sich in den Kissen bequem und spreizte ihre Oberschenkel, während sie gespielt schüchtern über ihre Unterlippe leckte. Ihr Bauch war voller Schmetterlinge. Ihr

Herz klopfte ihr bis zum Hals. Und der Nervosität zum Trotz verhärteten sich ihre Brustwarzen zu schmerzhaften Spitzen und der süße Punkt zwischen ihren Oberschenkeln begann zu kribbeln.

T.J. hob sein Kinn und ballte einmal ... zweimal an den Seiten seine Hände zu Fäusten. Sein innerlicher Konflikt war seinen angespannten Gesichtszügen deutlich anzusehen. Er kämpfte gegen die Anziehung an, versuchte zu verleugnen eine andere Frau zu wollen. Dabei war es die ganze Zeit seine Ehefrau, die er immer noch begehrte.

Langsam hob sie eine Hand und fuhr mit ihr über das Material ihres Höschens, entlang ihres Brustbeins, ihres Halses, bis zu ihren Lippen. T.J. beobachtete die Bewegung, sein Blick gefesselt, seine Hände immer noch zu Fäusten geballt. Sie saugte den Finger bis zum Knöchel in ihren Mund und gab ihn dann mit einem Plop wieder frei.

Noch nie war sie so unverfroren gewesen. Das war immer seine Aufgabe gewesen. Er hatte ihr alles beigebracht, was sie über Sex wusste. Seine Begierden hatten ihr eigenes Verlangen geformt. Sie war eine junge, unerfahrene Frau kurz vor ihrem zwanzigsten Geburtstag gewesen, als T.J. in ihr Leben getreten war und sie für alle anderen Männer ruiniert hatte.

Er hatte sich Zeit gelassen und sie in aller Ruhe kennengelernt. Alles von ihr, bis er sie beinahe besser kannte als sie sich selbst. Der ungezwungene Sex zwischen ihnen war zunehmend erotischer geworden. Als sie schließlich geheiratet hatten, war sie bereit und begierig gewesen, alles Mögliche und Unmögliche auszuprobieren.

In der Vergangenheit hatte die ehrfürchtige Bewunderung in seinen Augen ihr das Selbstvertrauen gegeben, sexuell zu sich selbst zu finden. In diesem Augenblick gab ihr derselbe Blick die Fähigkeit, sich auf einem fremden Bett von Fremden beobachten zu lassen, während ihr Finger tiefer wanderte, zum Saum ihres knappen Kleides und darunter, zum Bund ihres Höschens. Sie konnte ihren Blick nicht von ihm reißen. Mit Argusaugen beobachtete sie seine Miene, das

Beben seiner Nasenflügel und das rapide Auf und Ab seiner Brust, alles Anzeichen für seine Erregung.

„Willst du eine Kostprobe?" Es war eine bittersüße Frage. Lehnte er ab, wäre sie mit seiner Zurückweisung konfrontiert. Willigte er ein, würde das bedeuten, dass er bereit war, ihre Ehe hinter sich zu lassen. Daher war sie dankbar, dass er nicht antwortete.

Noch immer unsicher, was sie da tat und wieso, setzte sie ihre Scharade fort. Sie schob ihre Hand unter die Spitze ihrer Unterwäsche und hinterließ eine prickelnde Spur auf ihrer Haut überall dort, wo sie sich berührte. Sie streifte die krausen Locken in ihrem Schritt und hielt den Atem an, während sie in der Dunkelheit seiner Augen ertrank. Sie war entblößt, allein, verwirrt, doch ihr Körper brannte mit einem Verlangen, das gestillt werden wollte.

Von ihm. Nur von ihm.

Ihr Mann machte einen Schritt vorwärts, seine große Gestalt eine gewaltige Präsenz am Fußende des Bettes. Sein Kiefer war angespannt, seine Hände weiterhin zu Fäusten geballt, und doch waren seine tiefgründigen Augen von ihrer verführerischen Darbietung fasziniert. Hypnotisiert.

Sie führte ihre Hand langsam tiefer und schloss kurz die Augen, als ihre Fingerspitzen ihre Klitoris fanden. Das winzige Nervenbündel pochte. Bettelte. Flehte mit jedem Rauschen ihres Blutes und jedem Klopfen ihres Herzens darum, über ihre wildesten Vorstellungen hinaus befriedigt zu werden. Hier. Vor all diesen Menschen.

Die Lust nahm überhand, ihre Finger bewegten sich von selbst, während sie unaufhörlich kreisten und ihrer Kehle ein Keuchen entlockten.

„Du solltest aufhören." Seine Worte durchdrangen kaum ihren pochenden Herzschlag, der in ihren Ohren widerhallte. „Ich muss zurück an die Arbeit."

Sie runzelte die Stirn, als er nicht ging. Gleich würde er sie zurückweisen. Es war unvermeidlich. Aber ihre Maske würde die Demütigung verbergen. Sie schirmte sie bereits von den intensiven Blicken der zahlreichen Menschen ab, die ihre eigenen Playsessions unterbrochen hatten, um zu sehen, ob es ihr gelang, diesen einzigartigen Mann zu verführen.

Mit einem dramatischen Seufzer zog sie die Hand aus ihrem Slip und kroch auf ihn zu. Er wich zurück, schaffte vorsichtig Abstand zwischen ihnen, als wäre sie ein Raubtier, bereit zum Sprung. Ihre gegensätzliche Dynamik war beunruhigend. T.J. war immer die dominante Kraft gewesen. Er war nie zurückgewichen und hatte in ihr immer das Bedürfnis geweckt ihm gefallen zu wollen. Das Verlangen ihm zu gehorchen. Sie blühte auf, wenn ihr Herz, ihr Geist und ihr Körper sich ihm uneingeschränkt hingeben konnten. Jetzt hatte sie die Oberhand und wusste nicht, was sie mit der Macht anfangen sollte.

Sie stand auf, gewährte sich ein paar kurze Sekunden, damit sich ihre Geleebeine erholen konnten, bevor sie in ihren High Heels auf ihn zu schlenderte. Ihr Blick hielt seinen gefangen, während sie sich ihm näherte. Der Raum verstummte, sodass der Erwartungsdruck schwer auf ihr lastete. Zwischen ihnen war nur noch der Hauch eines Abstands, als sie stehenblieb und mit einem schüchternen Lächeln zu ihm aufsah.

„Berühre mich." Ihr Herz hämmerte hinter ihren Rippen. Es fiel ihr immer schwerer ihre Stimme zu verstellen. Alles in ihr verlangte danach, nicht länger vorzugeben jemand zu sein, der sie nicht war. Sich nicht länger zu verstecken.

„Ich kann nicht." Sein grimmiger Ton war kaum hörbar. „Ich muss gehen." Wieder rührte er sich nicht, hielt sein Kinn gereckt. Seine Schultern waren beinahe verkrampft und seine Augen intensiv, während er die Stirn runzelte. „Ich verstehe das einfach nicht."

„Was verstehst du nicht, T.J.?" Sie hob eine Hand, und ihre Berührung hatte beinahe seine Wange erreicht, als er blitzschnell den Arm hob und kraftvoll ihr Handgelenk umfasste.

„Warum du mir vertraut vorkommst." Seine Augen verengten sich, die Sanftheit, die ihr sonst aus ihren Tiefen entgegenblickte, nun ersetzt durch eine unversöhnliche Härte. „Woher kennst du meinen Namen?"

Oh, verflucht. Ihre Lippen arbeiteten, als sie sich bemühte eine Antwort zu finden, während er sie unerbittlich festhielt. „Du arbeitest hier." Sie bekam ein unechtes Lächeln zustande. „Der Mann an der Tür hat mir deinen Namen verraten."

Er wich ruckartig zurück und ließ sie los, seine Augen verhangen vor Verwirrung. „Es ... tut mir leid."

„Braucht es nicht." Sie überbrückte erneut die Distanz zwischen ihnen und legte ihre Handflächen auf seine harte Brust. Sie vermisste es seine Haut zu berühren. Vermisste die harten Muskeln, die sie einst nachts beschützt hatten. „Manchmal kann die Anziehungskraft zwischen zwei Menschen verwirrend sein." Sie glitt mit ihren Händen höher, über seine Schultern, um sie in seinen Nacken zu legen. „Manchmal kann sie aber auch Klarheit schaffen, als würde die Welt einem ein Zeichen senden."

Sie wollte es ihm sagen. Sobald ihr Herz aufhörte wild zu schlagen, würde sie ihre Perücke abnehmen und ihm bewusst machen, dass er sich immer zu ihr hingezogen fühlen würde. „Du willst mich", flüsterte sie.

Er holte tief Luft, und sie spürte das heftige Pochen in seiner Brust an ihrer, als sie sich gegen ihn lehnte.

„Du willst mich genauso sehr wie ich dich will." Ihr Magen wurde von Aufregung überwältigt. Von Leidenschaft. In ihrer Vorstellung trug sie weder eine Maske, noch eine Perücke oder falsche Nägel. Sie war die normale Cassie, die ihrem Ehemann, der die Hoffnung aufgegeben hatte, zärtliche Worte zuflüsterte. Es gab nur sie beide. Keinen Sexclub. Keine Zeugen.

Sie stellte sich auf die Zehenspitzen und brachte die Liebe zwischen ihnen zurück, indem sie ihren Mund auf seinen drückte. Er versteifte sich und ließ seine Hände auf ihre Hüften sinken. Vielleicht war er kurz davor, sie von sich zu schieben, doch das war ihr gleichgültig. Sie umklammerte ihn fester, während sie mit ihrer Zunge seine Lippen teilte, unfähig, sich selbst auch nur eine Sekunde seines irritierten Einverständnisses zu verweigern.

Lass mich nicht los.

Sie klammerte sich an ihn, küsste ihn härter, presste ihre Brüste an ihn, während sie sich der einzigen körperlichen Zuneigung hingab, die er ihr seit über zwölf Monaten geschenkt hatte. Das war ihr Zuhause – in seinen Armen. Das war ihr Leben – sich nach mehr von seiner Liebe zu sehnen.

Sie trat näher, schob einen Oberschenkel zwischen seine und berührte mit ihrem Becken seine Härte. Das wohlige Gefühl seiner Erregung weckte neue Hoffnung. Ihre Körper waren hierfür bestimmt. Dafür, sich zu streicheln. Sich zu berühren. Immer verbunden zu sein. Sie neigte ihr Becken und rieb ihr Schambein an seinem hart bemuskelten Bein. Ihr Schoß bettelte nach ihm. Durchnässte ihr Höschen. Jeder Zentimeter von ihr wollte verzehrt werden. Sie wartete lediglich darauf, dass er die Führung übernahm. Darauf, dass ihr Mann zu seiner gewohnten Dominanz zurückfand und sie ihr gegenüber einsetzte.

Ihre Erregung wuchs, und das Verlangen in ihrem Inneren verwandelte sich in ein Bedürfnis, das wichtiger war als zu atmen. Sie liebte diesen Mann. So sehr, dass es sie gleichzeitig schmerzte und heilte. Doch es waren seine Hände, die Lockerung seines Griffs um ihre Hüften, seine Kapitulation gegenüber ihrer Zuneigung, die das Verlangen davonspülten und sie von übelkeitserregender Klarheit erfüllten.

Sie küsste ihren Ehemann in wiedervereinter Leidenschaft. Doch er küsste eine Fremde. Löschte die Erinnerung an ihre Ehe aus und sah nach vorne.

Die Einsicht erfüllte sie mit unerträglichen Schmerzen und machte ihre Vereinigung bittersüß.

Mit jedem Streichen seiner Zunge verließ er sie etwas mehr. Und sie war diejenige gewesen, die ihm geholfen hatte, den ersten Schritt zu gehen.

KAPITEL ACHT

T.J. schloss beim Geschmack ihrer Lippen die Augen. Es war, als würde er nach Hause kommen, ihr Mund schmerzlich vertraut und doch gnadenlos anders. Diese Frau küsste wie Cassie, mit langsamen Zungenschlägen und leisem sehnsuchtserfüllten Wimmern.

Er versank in der wohlvertrauten Empfindung. Verschlang sie. Genoss ihren Geschmack, ihre Essenz. Atmete sogar das Parfüm tief ein, von dem er wusste, dass sie es so sehr liebte. Es war seine Ehefrau. Er küsste Cassie. Zumindest stellte er sich vor, dass er das tat.

Seine Zunge liebkoste ihre, konnte nicht genug bekommen. Konnte sich nicht länger zurückhalten. Er gab ihr alles, was er hatte. Er zeigte seine Hingabe, indem er mit seinen Händen ihren Rücken entlangfuhr. Er demonstrierte sein Verlangen nach ihr, indem er seine Erektion an ihrem Bauch rieb.

Er war außer sich vor Sehnsucht danach, sie noch einmal zu haben. Nur eine weitere Nacht. Nur ein weiterer Kuss, bevor die Scheidung endgültig war.

„T.J.", flüsterte sie in seinen Mund.

„Cassie."

Der Name ließ sie erstarren. *Verdammt.* Das war nicht seine Frau – seine Liebste. Sie war niemand. Eine Fremde.

Irgendeine beliebige Frau, die mit einem einzigen Klimpern ihrer falschen Wimpern seine Verpflichtung gegenüber seiner Ehe aufgelöst hatte. Er stolperte zurück, seine Lippen brannten, seine Brust war leer.

Was zum Teufel war passiert?

Eben noch war er an der Bar gewesen, um seine Sorgen zu ertränken, und im nächsten Moment verriet er alles, was ihm lieb und teuer war. Es ergab keinen Sinn. Diese Frau, obwohl nicht sein Typ, konnte jeden Mann haben. Und doch war sie zu ihm gekommen.

„Warum hat man dir meinen Namen gesagt?" Seine Stimme war anklagend. „Warum sollte dir jemand sagen, wer ich bin?"

Leo hatte vorhin zugegeben, dass sie nicht sicher gewesen waren, ob er heute Abend auftauchen würde. Sie dachten, er wäre zerbrechlich. Nicht in der Lage zu arbeiten. Wieso also sollten sie neuen Mitgliedern gegenüber seinen Namen erwähnen? Wieso sollten sie versuchen seine Trauerblase zu durchdringen, sofern sie nicht versuchten sie zum Platzen zu bringen?

Sie trat an ihn heran, dann landete ihre Handfläche auf seiner bekleideten Brust und versengte die Haut darunter. „Du faszinierst mich. Von dem Moment an, in dem ich hereinkam, wollte ich dich kennenlernen."

Lügnerin. Er hatte sich den ganzen Abend wie ein betrunkener Penner aufgeführt – an der Bar gesessen und in ein Glas Scotch geschmollt. Wenn sie nicht gerade auf Zurückweisung stand, verbarg sie etwas. Und er war sich sicher, dass er wusste, was es war.

Sie hatten ihm eine Falle gestellt – Leo, Brute, Shay. Es gab sonst keinen Grund für sie zu wissen, wer er war. Seine Geschäftspartner – seine *Freunde* – hatten gegen seinen Wunsch gehandelt und einen Plan erarbeitet, um ihn von seiner Scheidung abzulenken und dafür zu sorgen, dass sein Körper sich nach der süchtig machenden Erlösung durch Sex sehnte.

Dazu hatten sie kein Recht. Es war kein bewusster

Entschluss seinerseits gewesen, sich eine andere Geliebte zu suchen. Stattdessen war ihm die Entscheidung von anderen abgenommen worden. Das Letzte, was er wollte, war Cassie zu verletzen. Doch genau das hatte er gerade getan, auch wenn sie es nie herausfinden würde.

Er strich sich grob mit einer Hand über die Lippen und wischte den Geschmack der Frau weg. Auf seinen Schultern lastete das Schuldgefühl des Verrats, während sich in seiner Brust Wut anstaute. Der heutige Abend war ein Fehler. Er konnte nicht weitermachen. Zumindest noch nicht. Nicht, bevor die Scheidung nicht endgültig war. Vielleicht noch länger nicht – Wochen, Monate. Zum Teufel, selbst wenn er erst in vielen Jahren eine andere Frau küsste, wäre es immer noch zu früh.

„Glaubst du, ich weiß nicht, was du vorhast?", zischte er. Irgendwo, tief im Inneren, wusste er, dass es nicht ihre Schuld war. Er allein hatte ihr nachgegeben, weil er sich so tief in seinen Illusionen und dem Bedürfnis nach Trost verstrickt hatte, dass er sich verirrt hatte. „Ich weiß genau, wieso du hier bist. Und ich sage dir, Süße, es wird nicht funktionieren. Du musst gehen."

Das hier war nicht Cassie. Sie war überhaupt nicht wie die Frau, die er liebte, mit ihren billigen Nägeln und den geschmacklosen roten Lippen. *Herrgott.* Er rieb sich über den Nacken und rang um Gelassenheit. Er wollte sich übergeben. Wollte auf die Knie fallen und nie wieder aufstehen. Zumindest nicht, bis die Bitterkeit verschwunden war.

Die Wangen der Frau erblassten, ihre Augen weiteten sich vor Entsetzen. „Aber ... T.J."

Und wieder sagte sie seinen Namen.

„Glaubst du, ich hätte es nicht bemerkt?" Seine Stimme wurde lauter, Wut sickerte in seine Worte. „Dass ich nicht wüsste, wer du bist?" Er war sich immer noch nicht sicher, ob sie ein bezahltes Callgirl war oder eine interessierte Clubberin, die Lust auf eine Herausforderung hatte, aber nichtsdestotrotz spielte sie mit ihm. Das war genug für ihn. „Geh, bevor ich die Security hole, die dich rausschmeißt."

Sie trat weg von ihm, als würde sie endlich begreifen, dass sie bei ihrem kleinen Lügenspiel erwischt worden war. „Aber ... ich ...“ Ihr Blick flog zur Tür, zur Menge der versammelten Menschen.

„Tanya?“ Zoe schob sich durch die Körper, die den Zimmereingang blockierten, dicht gefolgt von Shay. „Was ist hier los?“

Tanya. Er würde diesen Namen oder die Wut, die er hervorrief, nie vergessen. „Schafft sie hier raus.“ Dass sie ihr sofort zu Hilfe kamen, zementierte bloß ihren Verrat. Er wäre nicht überrascht, wenn sie zugesehen und nur darauf gewartet hätten, dass die Tat vollbracht wurde.

Er warf der Frau einen vernichtenden Blick zu, um seine Empörung deutlich zu machen, bevor er sich Shay zuwandte. „Ich will sie hier unten nicht mehr sehen.“ Die Menge teilte sich, als er losstürmte und sich mit Brute konfrontiert sah.

„Machst du Ärger?“ Eine Drohung lag in der Stimme seines Freundes.

T.J. stieß ihn mit der Schulter beiseite und schäumte auf dem Weg in die Waschräume vor Wut. Er war in Trauer. Außer sich angesichts seiner Dummheit. Wenn er keine Möglichkeit fand alleine zu sein, würde er sich verlieren.

Seine Schritte hallten in seinen Ohren wider, als er an der kleinen Gruppe in Unterwäsche gekleideter Gäste vorbei in das nächstgelegene Privatzimmer marschierte. Zoes Begleiter lagen auf dem Bett, beide Mienen voller Sorge, während T.J. an ihnen vorbeiging, durch die Waschraumtür und in die friedliche, kühle Stille.

Er hatte ein paar Sekunden, kaum Zeit, tief durchzuatmen oder die beiden Männer am Waschbecken zu grüßen, bevor Brute in den kleinen Raum stürmte, gefolgt von Leo.

„*Raus.*“ Brute ruckte mit dem Daumen über seine Schulter, ohne sich bei seiner Bitte um Privatsphäre irgendwelche Höflichkeiten für ihre zahlenden Kunden abzuringen. „Bewacht die Tür, dann erlasse ich euch den nächsten Mitgliedsbeitrag.“

Die Männer nickten und verließen wortlos den Raum, die Tür schwang hinter ihnen zu.

Im Waschraum wurde es still, das Pochen in T.J.s Kopf dagegen immer lauter. Ohrenbetäubend. Sein Unternehmen war seine Zukunft. Der Ort, der ihn von seinen Qualen ablenken und seine Schuldgefühle lindern sollte.

„Wie wär's mit einer Erklärung?" Leo verschränkte die Arme vor der Brust.

T.J. lachte spöttisch und ging zum Waschtisch. Er umklammerte das kalte Marmor mit seinen Händen und ließ den Kopf sinken. Ein Atemzug nach dem anderen durchströmte seine Lungen, während er versuchte die Erinnerung an den Kuss und an das Brennen, das er immer noch auf seinen Lippen spürte, aus seinem Gedächtnis zu löschen.

„Du solltest besser anfangen zu reden." Brutes Tonfall war gefährlich. „Du hast in Gegenwart von zahlenden Kunden Scheiße gebaut. Ich hoffe, du hattest einen guten Grund dafür."

T.J. schloss seine Augen. War dies das Ende? Nicht nur seiner Ehe, sondern auch seiner Freundschaft mit Leo und Brute? Sie hatten eine Grenze überschritten. Er war sich nicht sicher, ob er das verkraften konnte. Es gab kein Vertrauen mehr. Kein Verständnis. *Fuck.* Er verlor langsam den Verstand.

„Ich hatte ohnehin langsam die Schnauze voll, dass du ununterbrochen Trübsal bläst", fuhr Brute fort. „Aber ich dulde keine Ausraster im Club. Und ich lasse sicher nicht zu, dass du Gäste verärgerst."

T.J.s Blick verdüsterte sich und seine Knöchel pulsierten schmerzhaft, als er den Griff um den Waschtisch verstärkte. „Es ist mir egal, dass du die Schnauze voll davon hast, dass ich Trübsal blase—", er schwang sich schwer atmend herum, „— du hast nicht das Recht eine verdammte Prostituierte anzuheuern, in der Hoffnung, dass ich auf wundersame Weise über meine Frau hinwegkomme."

Brute wich nicht zurück, zeigte keinerlei Anzeichen von

Betroffenheit. Seine einzige Reaktion war seine Miene, die sich zu einem ungläubigen Gesichtsausdruck verzog. „Wovon zum Teufel redest du da?"

„Behandle mich nicht von oben herab", forderte T.J. durch zusammengebissene Zähne hindurch. „Dachtet ihr wirklich, ich würde es nicht herauskriegen? Haltet ihr mich für so dämlich?"

Brute warf Leo einen fragenden Blick zu. „Weißt du, was er da faselt?"

Leo schüttelte den Kopf. „Ich kann nicht folgen."

„Diese Frau", spottete T.J. „Die, die ihr bezahlt habt, damit sie mich verführt. Es wird euch freuen zu hören, dass sie ihren Job erfüllt hat. Obwohl möglicherweise nicht in dem Umfang, den ihr wolltet."

„Bezahlt?" Leo fuhr mit der Hand durch sein loses Haar. „Warum sollten wir jemanden dafür bezahlen, dich zu vögeln, wenn die Hälfte der Frauen hier unten es umsonst tun würde?"

Wortklauberei. „Dann eben die Frau, die ihr dazu angestiftet habt." Die perplexen Blicke, die ihm entgegenblinzelten, trieben seine Wut in ungeahnte Höhen. Er erwartete nicht, dass Brute verstand, wie folgenschwer ihr Verrat war. Der Kerl hatte aus einem einzigen Grund ein Herz, und der hatte nichts mit Emotionen zu tun, sondern ausschließlich mit seiner Durchblutung. Aber Leo war anders. Er verstand die Liebe und wusste, dass man sie nicht kontrollieren kann.

„Ich verstehe es immer noch nicht." Leo zuckte mit den Achseln.

T.J. schloss die Augen und stützte sich gegen den Tisch, damit der Raum aufhörte sich zu drehen. Es passte nicht zusammen. Brute war ein herzloses Arschloch. Aber ein *ehrliches*, herzloses Arschloch. Er würde seine Scharade nicht so lange fortsetzen.

„Die Frau eben", knurrte er. „Sie wollte mit mir schlafen."

Brutes Lachen war hart. Humorlos. „Mann, du bist so weg vom Fenster und bemerkst es nicht einmal."

T.J. schlug die Augen auf und starrte Brute finster an. „Was soll das heißen?“

„Eine Frau wollte es mit dir treiben und du gibst mir die Schuld?“ Brute schnaubte. „Meine Güte. Glaubst du, ich gebe einen Scheißdreck auf dein Sexleben?“

„Also streitet ihr ab etwas damit zu tun zu haben?“ Er richtete sich auf und fixierte erst Brute, dann Leo. „Dann war es Shay. Deine Freundin steckt ihre Nase ständig in Dinge, die sie nichts angehen.“

„Nein, tut sie nicht.“ Leo straffte die Schultern und trat vor. „Abgesehen davon, dass sie sich große Sorgen um dich macht, hat sie nichts falsch gemacht.“

„Selbst wenn es einer von uns getan hätte, was wäre so schlimm daran?“ Mit finsterem Blick trat Brute näher. „Du bist single.“

Nur vom Familienstand her. Sein Herz war immer noch vergeben. Genau wie seine Seele.

„Vergesst es.“ Es war dumm zu glauben, dass sie es verstehen würden. Keiner von beiden hatte eine Ahnung, was es bedeutete, bedingungslos, unbestreitbar zu lieben. Sie waren Jungfrauen, wenn es um Hingabe ging.

„Nein.“ Brute kam noch näher, seine emotionslose Fassade bröckelte unter der Wut in seinen Augen. „Du hast da draußen eine beschissene Auseinandersetzung verursacht, und ich will wissen, warum.“

„Lass mich in Ruhe.“ T.J. stieß Brute in die Brust, nicht gewillt, diesmal alle Karten auf den Tisch zu legen. Sie hatten seine Gutmütigkeit zu sehr ausgereizt. Er hatte ein Recht auf sein eigenes Bisschen Unmenschlichkeit.

Brutes Augen weiteten sich bei dem Angriff, doch im nächsten Moment verschwand der Schock und wurde durch Zorn ersetzt. Er machte einen Satz vorwärts und schwang T.J. herum, bis er mit dem Rücken an der Wand stand, eine Hand fest um seine Kehle gelegt. „Antworte mir.“

T.J. grinste, es juckte ihn nach einem Kampf. Damit würden sie bei ihm nie rechnen. Er war die ausgeglichene, neutrale Partei. Er beendete Schlägereien und schlichtete

Streitigkeiten. Er war der verdammte Musterbürger, der seine schmutzigen Vorlieben dadurch ausglich, dass er jeden einzelnen Tag seines gottverdammten Lebens ein aufrechter Kerl war.

Nicht heute Abend.

„Brute", warnte Leo.

„Antworte mir."

Die Hand um T.J.s Hals wurde enger und er genoss die Panik, die seinen Verstand von Herzschmerz befreite. „Fahr zur Hölle."

Brute grinste düster. „Da bin ich schon seit Jahren, mein Freund. Schön, dass du mich endlich besuchen kommst."

Der feste Griff lockerte sich etwas, sodass T.J. seinen Kopf an die kühlen Fliesen lehnen konnte. Sein Leben hätte nicht so kompliziert sein dürfen. Er war zu allen immer freundlich – zu seinen Freunden, seinen Mitarbeitern, seiner Familie. Er war der Gentleman. Der Trostspender. Das hier hatte er nicht verdient. Schließlich opferte er seine Ehe für Cassies Wohlergehen, für ihre Zukunft.

„Ich liebe sie immer noch, verdammt nochmal, okay?" Er rührte sich nicht. Öffnete seine Augen nicht. Er konnte es nicht. „Ich will nicht ohne sie leben. Das wollte ich nie. Aber es ist die einzige Möglichkeit. Um ihretwillen muss ich sie aufgeben."

„Warum?" Brutes Tonfalls war mordlustig, als er seine Hand sinken ließ.

„Ist eine lange Geschichte."

„Wir haben Zeit", grunzte Brute durch zusammengebissene Zähne.

T.J. stieß die Luft aus, die in seinen Lungen brannte und hoffte, es würde die Schmerzen in seiner Brust lindern. „Weil Liebe kein hinreichender Grund ist, jemanden zu zerstören." Er öffnete die Augen und wünschte, die beiden Männer, die ihn neugierig anstarrten, würden es verstehen. „Und genau das wird passieren, wenn wir zusammenbleiben."

KAPITEL NEUN

Cassie zitterte – ihre Arme, ihre Beine, ihre Brust. Sie konnte nicht atmen. Alle starrten sie an, ihr Mitleid umgab sie wie eine schmutzige Decke, als T.J. aus dem Zimmer stürmte.

Sie ließ den Kopf hängen und bedeckte ihr Gesicht mit ihren Händen, wehrte sich gegen den Drang zu weinen.

„Komm mit mir."

Eine weibliche Hand legte sich auf Cassies Rücken. Sie hob den Blick und sah Shay neben sich stehen.

„Alles wird gut." Zoe näherte sich ihnen. „Wir kriegen das schon hin."

Nein. Sie schüttelte den Kopf. Es würde nicht gut werden. Sie würden es nicht hinkriegen. T.J. hatte ihr in aller Deutlichkeit mitgeteilt, dass er sie nicht mehr wollte. Er hatte ihre Verkleidung durchschaut, sie gedemütigt und sie aufgefordert zu gehen.

„Vertrau mir." Shay übte Druck auf Cassies Rücken aus und führte sie voran. „Lass uns nach oben gehen, wo es ruhiger ist."

Cassie wollte nur noch nach Hause. Doch ihr Haus war von Einsamkeit und Verzweiflung erfüllt. Es war niemand da, der sie trösten konnte. Mit einem stummen Nicken erlaubte sie ihnen, sie in den Hauptraum zu führen, vorbei an den neugierigen Blicken der Gäste und geradewegs durch die gesicherte Tür. Die Umkleideräume nahm sie bloß verschwommen wahr, genau wie die Treppe nach oben. Sobald sie die verlassene *Shot of Sin*-Bar erreicht hatten, wurde sie wortlos zu einem Hocker geführt.

„Willst du darüber reden?", fragte Zoe und rieb mit ihrer warmen Handfläche über die nackte Haut von Cassies oberem Rücken.

„Komm schon, Honey." Shay schob ein Glas Wasser über den Tresen, das Stückchen Spitze über ihren Augen noch immer perfekt an seinem Platz. „Du kannst es uns sagen."

Das Gefühl der Demütigung erhitzte Cassies Wangen. Dies waren die letzten Menschen, denen sie es erzählen sollte. Selbst der Gedanke es Jan zu erklären, wenn sie nach Hause kam, brannte mehr als sie ertragen konnte.

„Ich weiß, ich trage nicht die passende Kleidung", fuhr Shay fort, „aber ich arbeite schon eine Weile hier. Ich bin sicher, was immer mit T.J. passiert ist, war ein Missverständnis. Normalerweise ist er ein wirklich netter Kerl. Er macht im Moment nur eine schwere Zeit durch."

Eine schwere Zeit? Es war erniedrigend, dass die Zerstörung von Cassies Ehe mit so einfachen Worten beschrieben werden konnte. „Ich weiß." Sie sah in die mitfühlenden Augen der Barkeeperin. „Ich weiß auch, wer du bist, Shay."

Die Frau runzelte die Stirn und schüttete nicht länger Wein in das Glas, das sie vorbereitet hatte. „Es tut mir leid", sagte sie in einem vorsichtigen Ton und schob sich den Streifen Spitze, der ihre Augen bedeckte, auf ihre Stirn, um Cassie prüfend zu mustern, „aber ich kann dein Gesicht unter der Maske nicht zuordnen."

„Wir sind uns noch nie begegnet." Cassie ergriff die Unterseite ihrer Maske und seufzte, als sie das Material von ihrem Gesicht hob. Sie sollte das nicht tun. Diese zwei waren T.J.s Freunde. Sein Supportnetzwerk, nicht ihres.

„Ich habe von meinem Mann viel von dir gehört." Sie zog die Maske über den Kopf und begegnete dem Blick der Barkeeperin. „Ich bin T.J.s Ehefrau, Cassie."

Shays Augen weiteten sich, aber es war Zoes Keuchen, das Cassie dazu brachte, sich auf ihrem Hocker umzudrehen. „Es tut mir leid, dass ich wegen meines Namens gelogen habe. Ich wollte nicht riskieren rausgeworfen zu werden."

Zoe schüttelte mit offenem Mund den Kopf. „Ich bin nicht gekränkt. Ich bin schockiert, dass T.J. verheiratet ist. Er hat es den Gästen gegenüber nie erwähnt. Ich habe immer angenommen, er sei single."

Er hatte seine Ehe nie erwähnt. In einem Sexclub, umgeben von Frauen und Männern, die nach Sinnlichkeit und Vergnügen gierten, hatte er den Mitgliedern nie gesagt, dass er vergeben war. Niemand wusste von ihrer Liebe. Wieso erfüllte sie dieses Wissen mit Entsetzen?

„Keine Panik." Zoe streckte eine Hand aus und drückte Cassies Schulter. „Ich habe ihn noch nie mit jemandem gesehen. Ich sehe ihn überhaupt selten unten. Es war lediglich eine Vermutung."

Cassie spielte mit dem Gummiband ihrer Maske, um ihre Hände zu beschäftigten, weil sie keine Kontrolle über ihren Verstand hatte.

„Ich habe es bis vor Kurzem auch nicht gewusst", fügte Shay hinzu. „Ich denke, er ist zu sehr Gentleman, um seine persönlichen Einzelheiten in einem Arbeitsumfeld breitzutreten."

Ja, vielleicht war es das. Er hatte vor langer Zeit zugegeben, dass er nicht wollte, dass sie etwas mit dem Sexclub zu tun hatte. Nicht solange sie keine Maßnahmen ergriffen hatten, um die Identitäten aller Beteiligten zu schützen.

„Er hat einen starken Beschützerinstinkt." Cassie senkte ihren Blick auf ihren Schoß und fädelte das Gummiband zwischen ihren Fingern hindurch. „Vor Jahren habe ich an beruflichen Veranstaltungen mit teilgenommen. Aber sobald sie anfingen über die Eröffnung vom *Vault of Sin* zu sprechen, wollte T.J. mich so weit wie möglich von allem fernhalten. Er wollte meine Mitwirkung nicht riskieren für den Fall, dass die Privatsphäre des Clubs jemals verletzt würde."

„Moment." Shay beugte sich in Cassies Sichtfeld. „Wenn er so beschützerisch ist, wieso hat er dich dann heute Abend reingelassen? Worum ging es in dem Streit?"

Cassie schnitt eine Grimasse und begegnete Shays Blick. „Er hat mich nicht reingelassen. Ich habe einen gefälschten Ausweis benutzt."

„Oh, Shit. Brute wird angepisst sein, dass du an ihm vorbeischlüpfen konntest."

„Nicht so angepisst wie T.J., als er herausfand, dass er seine Frau geküsst hat und keine Fremde."

Shay klappte die Kinnlade herunter. „Er wusste es nicht?"

Cassie schüttelte den Kopf und griff nach ihrem Haarteil. „Ich habe mir große Mühe gegeben mich unkenntlich zu machen." Sie zog die Perücke von ihrem Kopf und legte sie auf die Bar. „Ich bin blond." Sie zerzauste ihr Haar und bemühte sich, aus den verklebten Strähnen, die sie im Spiegel hinter der Bar sehen konnte, ansatzweise ihre normale Frisur zu formen. „Alles an mir ist anders, abgesehen von meinem Gewicht. Obwohl ich eine Kleidergröße abgenommen habe, seit mein Mann mich über die Scheidung in Kenntnis gesetzt hat."

„Wolltest du Vergeltung?" Zoes Tonfall war sanft, von Trost und Besorgnis erfüllt. „Warum tauchst du in seinem Sexclub auf und gibst vor, jemand anderes zu sein?"

„Weil ich ihn liebe." Cassie ließ den Kopf hängen. „Ich will keine Scheidung, und ich weiß mit jeder Faser meines Körpers, dass T.J. sie auch nicht will."

„Weshalb sollte er sie dann beantragen?"

„Es ist kompliziert." Sie lachte höhnisch. „Trotzdem irgendwie simpel. Wir haben beide einen Fehler gemacht, für den er sich allein die Schuld gibt. Er denkt, er hätte mich enttäuscht. Sobald es um mein Wohlergehen geht, geht er in die Defensive."

„Okay." Shay räusperte sich. „Du musst uns schon etwas mehr erzählen. Ich brauche Details."

Anspannung bildete sich in Cassies Brust, und das Bedürfnis ihre Seele zu offenbaren wurde immer mächtiger.

Niemand in ihrem Alltagsleben würde es verstehen. Diese Frauen kamen einem sachkundigen Gesprächspartner am nächsten, und sie musste sich von den Schuldgefühlen der Vergangenheit befreien. „Meine Ehe mit T.J. war fehlerlos—"

„Wirklich?", fragte Shay ungläubig.

„Lass mich ausreden. Wir haben selten gestritten. Wir haben uns perfekt ergänzt. Er gab mir alles, was ich von einem Liebhaber und einem Freund brauchte, und ich habe versucht, ihm im Gegenzug dasselbe zu geben." Die Frauen starrten sie an, lauschten jedem ihrer Worte. „Durch ihn habe ich viel über mich selbst gelernt. Sexuell gesehen, meine ich."

Räuspernd versuchte sie sich von dem Unbehagen in ihrer Kehle zu befreien. „Als frisches Paar haben wir absolut alles ausprobiert. Mit der Zeit fingen wir an Grenzen zu überschreiten. Ich hatte nur begrenzte Erfahrungen, als wir uns kennenlernten, und T.J. öffnete mir die Augen für neue Möglichkeiten. Bei ihm fühlte ich mich so wohl, dass ich über Dinge fantasieren konnte, die nicht der gesellschaftlichen Norm entsprachen."

„Zum Beispiel?"

Cassie hob die Schultern. „Es fing recht simpel an, mit Toys und stilvollen Pornos."

„Stilvolle Pornos?" Zoe hob eine Braue, ein Lächeln erhellte ihre Züge. „Gibt es sowas überhaupt?"

„Naja, es gibt Schmuddelpornos und es gibt solche, die den leisesten Hauch einer romantischen Handlung haben. Keines von beiden bietet gutes Schauspiel."

Zoe gluckste. „Okay. Erzähl weiter."

„Das entwickelte sich zu leichtem BDSM, aber abgesehen von T.J.s üblicher Dominanz war das nicht unsere Szene. Wir fingen an über andere Themen wie Voyeurismus und Exhibitionismus zu sprechen. Das war ungefähr zur selben Zeit, in der über das *Vault* als zusätzliches Standbein des Unternehmens diskutiert worden ist." Cassie winkte ab. „Ich schweife ab. Ihr wollt das alles gar nicht hören."

„Natürlich wollen wir das." Shay schnappte sich eine Flasche Wein aus dem Kühlschrank in der hinteren Ecke unter dem Tresen. „Ich werde sogar für Erfrischungen sorgen.“

Die mündliche Erleichterung ihrer Seele schien den festen Klammergriff um Cassies Herz nicht zu lockern. Es half nicht. Doch in ein einsames Haus zurückzukehren würde das ebenso wenig. „Um eine lange Geschichte relativ kurz zu fassen: T.J. verlässt mich, weil wir vor etwa einem Jahr beschlossen haben, unseren ersten Sexclub zu besuchen. Es kam aus heiterem Himmel. Unerwartet. Wir waren unterwegs, übernachteten in Brutes Apartment in Tampa. In Florida sind die Menschen wesentlich offener als hier. Also gingen wir aus einer Laune heraus in einen Club ... Es war der schlimmste Einfall meines Lebens.“

„Dir hat es nicht gefallen?“ Shay unterbrach das Befüllen des ersten der drei Weingläser auf der Theke.

„Ich glaube nicht, dass das erste Mal jemals einfach ist“, meinte Zoe. „Erst recht nicht, wenn man in einer festen Beziehung ist und in Betracht ziehen muss, wie es sich auf die gemeinsame Zukunft auswirken könnte.“

„Es war eine Katastrophe.“ Cassie sog den Atem ein, hielt ihn so lange an, bis der Schmerz die Nerven in ihrem Magen überwältigte, dann ließ sie ihn abrupt entweichen. „Es war der größte Fehler meines Lebens.“

Shay verzog das Gesicht. „Es ist nicht für jeden etwas. Verdammt, ich war am Anfang selbst angewidert.“

„Ihr habt ja keine Ahnung.“ Sie rang die Hände in ihrem Schoß und wischte sich den Schweiß von den Handflächen. „Zum einen habe ich den Gedanken an einen Sexclub verherrlicht. Ich habe Verführung und Leidenschaft erwartet. Eine edle Einrichtung und Männer, die ihre Frauen verehren wie T.J. mich. Der Laden, in den wir gingen, war kalt, feucht und schäbig.“

„Das klingt nicht gut.“ Shay schob ein Glas Wein in Cassies Richtung und ein weiteres zu Zoe.

„T.J. wollte sofort verschwinden. Ich konnte seinen Verdruss spüren. Aber die unerwarteten Zustände taten meiner Neugier keinen Abbruch. Wir waren außerhalb unserer Stadt, endlich an einem Ort, an dem ich nicht befürchten musste, dass meine Freunde oder Familie von unseren sexuellen Vorlieben erfuhren." Cassie legte die Maske neben die Perücke auf die Theke und griff nach dem Weinglas. „Wir hatten so lange darüber geredet, mal in einen Club zu gehen ... die Arbeiten am *Vault* hatten bereits begonnen. Und obwohl die Szene alles andere als erotisch war, wollte ich herausfinden, was es mit Sexclubs auf sich hatte. Es musste doch einen Grund geben, wieso dort Frauen waren, oder? Also bat ich T.J., auf einen einzigen Drink zu bleiben."

Sie nippte an ihrem Wein, und der süße Geschmack explodierte auf ihrer Zunge, ganz im Kontrast zu dem Getränk, das sie an dem Abend in Tampa zu sich genommen hatte. Der Barkeeper – in ein ausgefranstes Unterhemd und eine schlechtsitzende Seidenboxershorts gekleidet – hatte sie lüstern gemustert, als er ihr das mit billigem Wein gefüllte Sodaglas übergab. Er war bloß einer von vielen Männern gewesen, die sie wie ein Festmahl beäugt hatten, das sie unbedingt probieren wollten.

„T.J. hat nichts getrunken. Er blieb an meiner Seite, seine Hand immer beschützend auf meine Hüfte gelegt, während wir zuschauten, wie sich Männer spitz wie Nachbars Lumpi durch die Gegend vögelten. Es gab keine Verführung. Kein Interesse daran, jemandem außer sich selbst Vergnügen zu bereiten. Die Frauen waren lediglich Objekte, die man benutzen konnte."

„Unter Drogen gesetzt?", fragte Shay.

Zoe drehte sich auf dem Hocker, wobei ihr Knie Cassie Oberschenkel streifte. „Bezahlte Callgirls, würde ich vermuten."

„Genau." Cassie nickte in Zoes Richtung. „Offenbar ist das nicht ungewöhnlich. T.J. flüsterte mir zu, dass einige Clubs, die keine willige weibliche Kundschaft gewinnen können, tatsächlich Callgirls für ihre Teilnahme bezahlen. Also war ich rückblickend betrachtet wohl so etwas wie ein Regenbogeneinhorn – die einzige willige Frau, die ohne finanzielle Entschädigung in diesem schmuddeligen Laden aufgekreuzt war." Sie tat ihre Dummheit mit einem Achselzucken ab, schließlich hatte sie das Schlimmste noch nicht einmal angesprochen. „Ich unternahm einen vergeblichen Versuch den Abend zu retten. Ich ignorierte unsere Umgebung und gab mein Bestes, mich sexy zu fühlen, während ich mich bis auf die Unterwäsche auszog. Doch mein halbherziger Versuch T.J. in Stimmung zu bringen, trug keine Früchte."

Der Versuch einem Ehemann einen blasen zu wollen, der keinen Steifen bekommen konnte, war genauso erniedrigend wie die Naivität, mit der sie eine Umgebung betreten hatte, in der sie kein Recht hatte zu sein. „Nach zwanzig Minuten dort drin hatte ich jede Hoffnung verloren, diesen Teil unserer Sexualität zu erkunden."

„Oh, Süße." Zoe legte eine Hand auf Cassies Schulter. „Du kannst den Lifestyle nicht anhand eines zwielichtigen Clubs beurteilen."

Cassie fuhr gedankenlos mit ihrem Finger durch den Ring aus Kondenswasser, den ihr Glas auf der Theke hinterlassen hatte. Die Zeit hatte die Erinnerung an diesen Abend nicht verblassen lassen. Es war der erste bedauerliche Moment ihres Ehelebens gewesen. Einer, der eine fortlaufende Reihe von verheerenden Ereignissen ausgelöst hatte.

„Es wird noch schlimmer", murmelte sie. „Unser Apartment war eine halbe Autostunde entfernt, also beschloss ich die Toilette zu benutzen, bevor wir aufbrachen. T.J. ebenfalls. Es war das erste Mal, dass er von meiner Seite wich, worüber er nicht gerade glücklich war. Er sagte mir, sobald er fertig sei, werde er direkt vor der Tür zur Damentoilette warten, und dass ich mit niemandem sprechen solle, solange wir getrennt sind."

Sie starrte auf die polierte Bar, während sich die Erinnerung vor ihrem inneren Auge abspielte. T.J. war blass vor Sorge gewesen, was das Adrenalin in ihren Adern auslöschte und durch Angst ersetzte. Er hatte ihre Oberarme umklammert und wiederholt betont, sie dürfe mit niemandem sprechen. Nicht einmal mit den Frauen.

Sie hatte genickt und getan, was er verlangte, hatte die leere Damentoilette betreten und die Einrichtungen so schnell benutzt wie möglich. Sie war im Begriff gewesen die Toilettenspülung zu betätigen, als das Schwingen der Eingangstür ankündigte, dass jemand anderes hereingekommen war. Sobald sie ihre Handtasche an sich gepresst hatte, hatte sie die Kabinentür geöffnet, bereit, ihren Kopf gesenkt zu halten, während sie ihre Hände wusch, um anschließend umgehend an T.J.s Seite zurückzukehren.

„Ein Mann war mir auf die Toilette gefolgt." Es war einer der jüngeren Männer, etwa Ende zwanzig, vermutete sie. Groß und hager, mit dem Glanz eines durch Drogen hervorgerufenen Highs in den Augen. „Zuerst dachte ich, er sei vielleicht orientierungslos. Dass er die falsche Toilette gewählt habe. Doch er war keineswegs schockiert, als er mich aus der Kabine kommen sah. Er hatte gewusst, dass ich da drin war."

Sie sah ihn lebhaft vor ihrem inneren Auge. Er hatte öliges, blondes Haar und eine scharfkantige, vogelähnliche Nase. Seine Augen, hellblau und wild, hatten keinerlei Emotionen gezeigt. Er hatte keine charakteristischen Narben gehabt, nur ein permanentes Stirnrunzeln in seinem Gesicht. An seine Boxershorts erinnerte sie sich jedoch am deutlichsten. Vermutlich, weil das Bild seiner Erektion, die gegen den Schritt drückte, ihr immer noch die Übelkeit in den Hals steigen ließ.

„Ich lächelte leicht nervös, als ich auf das Waschbecken zuging, um mir dir Hände zu waschen. Ich witzelte darüber, dass er im falschen Waschraum sei. Obwohl etwas in mir schrie, dass ich weglaufen sollte, wollte ich mich nicht zum Narren machen, falls er wirklich einen Fehler gemacht hatte." In ihren Ohren rauschte es, ihr Geist war in der Erinnerung versunken. „Er machte keine Anstalten zu gehen. Stattdessen kam er auf mich zu. Und wieder tat ich nichts. Ich verleugnete immer noch, was ganz offensichtlich passierte.

Ich dachte nicht, dass ein Mann jemals versuchen würde, mich an einem öffentlichen Ort zu verletzen, wenn mein Ehemann im Waschraum nebenan war."

Es war zu unverfroren gewesen, um wahr zu sein. Niemand konnte so dumm sein. Niemand außer ihr offensichtlich. „Er fing an zu reden, fragte lallend, was meine Pläne für den Abend seien. Er wollte wissen, wieso ich dort war. Ob ich mit meinem derzeitigen Liebhaber unzufrieden sei, da T.J. offensichtlich nicht in Stimmung war."

Sie hatte sich die Hände gewaschen und im Spiegel verfolgt, wie er sich weiter näherte. „Er hatte uns beobachtet. *Mich*. Und meinen erbärmlichen Versuch T.J. einen zu blasen." Obwohl sie sich dadurch schmutzig gefühlt hatte, war immer noch keine konkrete Gefahr vorhanden, nur ihre Intuition, die sie anschrie zu verschwinden. „Ich versicherte ihm, ich sei aus Neugierde dort und habe beschlossen, mich nicht länger für den Lifestyle zu interessieren. Ich ging auf die Tür zu, doch er trat vor mich und versperrte mir den Weg."

Er hatte augenscheinlich über ihre Worte nachgedacht, während sein Blick ihren Körper von Kopf bis Fuß auf eine Weise taxierte, wie sie es noch nie zuvor erlebt hatte. „Ich wollte nicht schreien. Ich hatte bereits angefangen mir selbst die Schuld zu geben. Wäre ich nicht dorthin gegangen, hätte dieser Mann keinen falschen Eindruck von mir bekommen. Er dachte, ich sei leicht zu haben, und das war ich nicht. Ich versuchte ihm gut zuzureden, ihm zu versichern, dass ich nicht in den Hauptbereich zurückkehren würde."

Seine Augen waren leer gewesen, eisblaue Iriden, die eine ebenso leere Seele widerspiegelten. Der erste Schritt, den er auf sie zugegangen war, hatte sie erkennen lassen, dass sie handeln musste. Es war endlich in ihr Bewusstsein vorgedrungen. Er war eine Bedrohung, der sie entkommen musste. „Ich bin nicht interessiert." Sie hatte ihr Kinn gereckt und ihn böse angestarrt, während in ihrem Kopf zu viele Gedanken umherschwirrten, um zu begreifen, was zu tun war. Sollte sie versuchen ihn zu verletzen? Sollte sie weglaufen? War T.J. direkt vor der Tür, wie er es versprochen hatte, oder war ihm auch etwas zugestoßen? „Ich werde schreien."

„Hey." Zoes Hand lag wieder auf Cassies Rücken und rieb in beruhigenden Kreisen darüber. „Du bist jetzt in Sicherheit."

Cassie versuchte den Alptraum abzuschütteln, aber er kam immer näher. „Viel mehr ist nicht passiert." Sie wollte nicht noch einmal erleben, wie seine Hand unter ihren losen Rock gekrochen war, um den String von ihr zu reißen. Erst danach hatte sie es geschafft zu schreien. „Ich rief um Hilfe, und einen Augenblick später war T.J. da. Mein Mann war nicht wiederzuerkennen, seine Miene war vor Angst und Wut verzerrt, als er den Mann niederstreckte und begann, dessen Gesicht mit seinen Fäusten zu bearbeiten. Wieder und wieder. Als der Bastard auf dem Boden aufhörte sich zu bewegen, betraten weitere Leute die Toilette."

Cassie begegnete abwechselnd den verstörten Gesichtern der beiden Frauen, die von ihrer Geschichte gefesselt waren. „Sie mussten T.J. von ihm runterzerren." Er war rasend vor Wut gewesen. „Er brüllte, während sie ihn aus dem Etablissement schleiften. Seine Stimme war dermaßen laut, als er verlangte, losgelassen zu werden, und schrie, sie sollten die Hände von mir nehmen, als sie mich hinter ihm herzogen. Ihre gierigen Hände berührten mich an Stellen, die ich lieber vergessen würde."

Sie erinnerte sich nicht daran, wie sie in das Apartment zurückgekommen waren, überhaupt waren die Erinnerungen an alles danach wie Fotos. Schnappschüsse. Sie hatte auf dem Duschboden gesessen, ihre Knie an ihre Brust gepresst, während das Wasser über ihren Körper strömte. Die Dunkelheit des Zimmers, als sie im Bett lag, während sie hörte, wie sich T.J. im Badezimmer übergab. Der verhaltene Flug nach Hause. Und die Stille, die sie beide in den folgenden Wochen geteilt hatten.

„Er wollte die Polizei rufen. In der Nacht fuhr er sogar zu einer nahegelegenen Polizeistation. Aber ich konnte es nicht tun." Sie kniff kurz die Augen zu. „Es gab so viele Gründe meinen Mund zu halten. Ich hatte mich in diese Lage gebracht. Ich war dumm gewesen. Ich weiß, das entschuldigt nicht, was passiert ist. Allerdings konnte ich auch keine öffentliche Untersuchung riskieren. Meine Familie wäre zutiefst erschüttert gewesen. Ich hätte meinen Job verloren oder wäre durch die Abscheu der anderen dazu gedrängt worden zu gehen. Doch der entscheidende Faktor war das *Vault of Sin*. T.J., Leo und Brute sind loyale Männer. Ich wollte nicht, dass sie in Erwägung zogen, ihre Pläne für den privaten Teil des Clubs aufzugeben, um meine Ehre zu wahren. Also habe ich T.J. gesagt, ich würde nicht wollen, dass jemand davon erfuhr. Nicht die Polizei, nicht die Familie und definitiv nicht unsere Businesspartner."

Sie hatten nie mit jemandem darüber gesprochen, was passiert war. Auch T.J. hatte den Abend die letzten zwölf Monate fast nie erwähnt. Dennoch weigerte sie sich, sich jetzt schuldig zu fühlen, weil sie den Mund aufgemacht hatte. Wenn es ihr dabei half, ihre Ehe zu retten, würde sie jedes kleinste Detail preisgeben, zum Teufel mit ihrem Stolz und ihrem Ruf.

„Dieses Arschloch verdient es, erschossen zu werden", zischte Shay.

Cassie senkte ihren Kopf. „Ja. Es war nicht die beste Erfahrung, die ich je gemacht habe. Andererseits hatte ich Glück, dass T.J. mich gerettet hat. Es war nur nicht genug für ihn. Er gibt sich die Schuld, und ich glaube, dass das, was passiert ist, ihn mehr erschüttert hat als mich. Nach diesem Abend habe ich ihn nie wirklich zurückbekommen."

Er hatte sie wochenlang nicht mehr ansehen können. Er konnte sie nicht berühren, ohne dass sich seine Augen verklärten, weil er sich erneut in seinen Schuldgefühlen verlor. Seiner Meinung nach lastete das Versäumnis, vorher den Club nicht recherchiert zu haben, allein auf seinen Schultern, und er war nicht gewillt, sie einen Teil der Verantwortung übernehmen zu lassen. Er betrachtete es als seine eigene Schwäche, weil er der Versuchung erlegen war, ihr etwas Neues zu zeigen. Er genoss es, ihr Sexleben zu bereichern, und konnte es sich nicht verzeihen, sich unvorbereitet hineingestürzt zu haben.

„Es verging ein Monat, bevor er auf der Couch zu schlafen begann mit der Begründung, er wolle mich mit seiner Rastlosigkeit nicht wachhalten. Aus einer Nacht wurden alle Nächte, bis ich bemerkte, dass im Gästebett geschlafen wurde. Sechs Monate später zog er aus.“

„Ich muss meinen Kopf freibekommen. Nur für ein paar Tage. Vielleicht eine Woche.“

An dem Tag, als er ihr gemeinsames Haus verließ, war er ungewöhnlich aufgewühlt. Als hätten ihn die monatelangen Schuldgefühle eingeholt, und sie wollte ihn auf keinen Fall noch mehr verletzen, indem sie ihn zum Bleiben überredete.

„Ich weiß nicht, was ich sagen soll“, flüsterte Shay.

Cassie schaute sie an und verzog das Gesicht angesichts des Kummers, der ihr entgegenblickte. „Es gibt nichts zu sagen. Ich wollte nicht glauben, dass es ihm mit der Scheidung ernst ist, aber nach heute Abend ist mir klar, dass er die Vergangenheit nicht hinter sich lassen kann. Er hat mich noch nie zuvor so wütend angesehen.“

Sie nippte an ihrem Wein und fühlte sich unbehaglich in der Stille mit den beiden Frauen, die praktisch Fremde waren. Nur das Geplapper der Menschen war in der Ferne zu hören, bis Schritte von der Treppe zum *Vault* hochhallten und immer lauter wurden.

„Schnell“, sagte Shay, „setz die Perücke wieder auf. Die Maske auch.“

Cassies Herzschlag beschleunigte sich zu einem rasenden Tempo. Obwohl T.J. wusste, dass sie hier war, wollte sie nicht, dass jemand anderes es herausfand.

Während Shay sich aufrichtete und Zoe sich zur Treppe wandte, brachte Cassie das falsche Haar wieder in Position und schob die Maske an ihren Platz. Sie war immer noch dabei, die verirrten Haarsträhnen zu glätten, die in seltsamen Winkeln abstanden, als die Schritte verstummten.

„Ladies.“ Leos honigsüßer Ton machte sie nervös. „Es scheint ein Missverständnis zu geben, dem ich auf den Grund gehen muss." Erneut ertönte das Geräusch seiner Schuhe auf dem Boden, die immer näherkamen. „T.J. ist überzeugt, dass jemand ein Callgirl bezahlt hat, um ihn zu verführen."

Was? Cassies Blick schwang zu Shay, in der Hoffnung, etwas Klarheit zu gewinnen, während sie ihrem Geschäftspartner weiter den Rücken zukehrte.

„Hattest du nicht gesagt, er wüsste, dass du hier bist?", fragte Zoe flüsternd.

Das stimmte. T.J. hatte ihren Namen geflüstert, als sie sich küssten. Kurz bevor er sie zum Gehen aufgefordert hatte.

„Shay." Der Name war ein tiefes, maskulines Knurren. „Bitte sag mir, dass du nichts davon weißt. Ich habe T.J. versichert, meine bezaubernd süße Freundin sei nicht so dumm, ihren Job zu riskieren, um bei sowas mitzumachen."

Shay stieß ein nervöses Kichern aus. „Liebling, du sagst die nettesten Dinge, aber dein Tonfall sagt mir, dass du mich nicht für so süß hältst."

„Ja", knirschte er. „Ich sollte daran arbeiten."

Shay schlenderte um die Bar herum und auf Leo zu. Cassie drehte sich auf ihrem Hocker um und hielt ihr Gesicht im Schatten ihrer Haare verborgen, als Shay vor ihrem Freund stehenblieb und sich vorbeugte, um ihm etwas ins Ohr zu flüstern.

Als das leise Wispern ihrer Worte seine Wirkung entfaltete, schoss Leos kritischer Blick zu Cassie. Sein Stirnrunzeln vertiefte sich, und die Falten wurden mit jeder Sekunde mehr, bis Shay zurücktrat.

„Was geht hier vor sich?" Leo näherte sich, die Hände in die Taschen gesteckt in dem vergeblichen Versuch, nonchalant zu wirken.

Zoe rutschte auf ihrem Hocker zur Seite, bis ihre Knie Cassie berührten. „Wenn du jetzt verschwinden willst, ohne weitere Fragen zu beantworten, sag es mir einfach. Ich begleite dich nach draußen. Du musst nicht mit ihm sprechen. Wir können woanders hingehen, um darüber zu reden."

Wir. So ein einfaches Wort, und doch löste die Freundschaft dahinter eine explosionsartige Wärme in Cassies Körper aus. „Danke, aber ich denke, er verdient es zu wissen, wieso ich unten eine Szene verursacht habe."

Zoe neigte ihren Kopf. „Es ist deine Entscheidung."

Cassie nahm ihre Maske ab und überprüfte im Spiegel an der Wand hinter der Bar ihr Spiegelbild. In absehbarer Zukunft würde sie keine Schönheitspreise gewinnen, und selbst ohne die Maske war sie kaum zu erkennen.

Sie stieß sich vom Hocker und straffte ihre Schultern, dann trat sie Leo gegenüber, einem Mann, den sie schon oft getroffen hatte, aber nicht gut genug kannte, um vorherzusehen, wie er reagieren würde. Sie schenkte ihm ein trauriges Lächeln und zog ihre Perücke ab, wodurch das blonde Haar darunter freigelegt wurde.

Er sah sie aus zusammengekniffenen Augen an, sein Blick musterte erst ihr Gesicht, dann wanderte er nach unten, bis zu ihren in High Heels steckenden Zehen.

„Falsche Nägel." Sie legte die Perücke auf die Bar und wackelte mit den Fingern. „Künstliche Bräune." Mit einer fließenden Handbewegung wies sie auf ihren Körper. „Kontaktlinsen." Sie zeigte auf ihre Augen. „Alles unecht."

„Oh, Shit." Seine Stimme war kaum hörbar. „Cassie? Bist das wirklich du?"

Sie nickte bedauernd. „Hi, Leo."

„Herr im Himmel." Er massierte seine Stirn und begann, auf und ab zu laufen. „Ich muss es ihm sagen."

„Nein." Cassie ging rasch auf ihn zu, ihre Absätze klackerten hektisch über den Boden. „Warte." Sie packte seinen Arm, als er sich umdrehte, um zu gehen. „Was meintest du damit, als du sagtest, T.J. würde denken, dass jemand ein Callgirl bezahlt hat?"

„Genau das, was ich sagte, Cass. Er ist da unten, prügelt sich fast mit Brute, weil er glaubt, dass die Frau, mit der er rumgeknutscht hat, eine Prostituierte ist."

Cassie schüttelte den Kopf. „Er sagte meinen Namen. Er wusste, dass ich es bin."

Leo sah zu ihr hinunter und schien ihre Gedanken zu lesen, obwohl nicht einmal sie selbst sie verstand. „Du kannst da hineininterpretieren, was immer du willst, aber er ist da unten und denkt, er hätte seine Frau betrogen. Er hat keine Ahnung, dass du hier bist."

„Hat er nicht?" Sie fühlte sich wie ein Papagei und wiederholte die Worte immer wieder in ihrem Kopf. Aber wenn er nicht wusste, dass sie hier war, wieso hatte er dann ihren Namen gesagt? „Er muss an mich gedacht haben." Ein Lächeln stahl sich auf ihre Lippen. Ein schwaches, fast kraftloses Lächeln, das ihr leidendes Herz mit Hoffnung füllte.

Dann traf es sie wie einen Peitschenhieb. Er mochte an sie gedacht haben, seinem Wissen nach hatte er jedoch eine andere Person geküsst. Er hatte sie hintergangen ... mit ihr.

„Cassie, es tut mir leid, ich weiß, dass du leidest." Leo strich mit seinen Fingerknöcheln über ihre Wange. „Aber du musst gehen. Ich kann mich nicht daran beteiligen, nicht nur, weil er mein Businesspartner ist, sondern, weil er in erster Linie mein Freund ist."

„Und mein Ehemann." Sie schluckte über die Trockenheit in ihrer Kehle hinweg und ließ seinen Arm los. „Ich werde alles tun, um ihn zurückzubekommen."

„Wir werden uns gemeinsam einen neuen Plan überlegen", bot Shay an.

„Shay", warnte Leo. „Ich will davon nichts hören."

„Dann geh, Süßer."

Seine ozeanblauen Augen verdunkelten sich verächtlich. „Du verstehst das nicht. T.J. dreht völlig durch. Er ist außer sich. Ich habe ihn noch nie so verstört gesehen."

„Das könnte zum Vorteil für Cassie sein." Der Klang von Zoes Schritten näherte sich. „Wenn es noch eine emotionale Verbindung gibt, muss es doch einen Weg geben, die Scheidung aufzuhalten."

„Ihr beide müsst euch da raushalten", knirschte Leo. „Wir dulden kein Drama im Club. Egal, wer darin verwickelt ist. Das heute Abend war schon schlimm genug. Das einzige, was dich rettet, Cass, ist die Tatsache, dass er nicht weiß, dass du es warst."

Sie hatte nicht die Absicht gehabt, Drama zu verursachen. Sie hatte nicht einmal geplant, ihn zu verführen. Das war ein Bonus. Einer, der ihr einen Tritt in die Eier verpasst hätte, wenn sie welche gehabt hätte. „Ich entschuldige mich für das Chaos, das ich verursacht habe. Ich kann ihn nicht einfach gehenlassen. Ich weiß, er liebt mich noch immer."

Leo neigte den Kopf. „Das weiß ich auch."

Moment, was? „Tust du?"

„Ja." Sein Tonfall war tröstlich, obwohl ein Stirnrunzeln sein Gesicht zierte. „Du verstehst nicht, was unten vor sich geht. Ich war die letzten zehn Minuten mit ihm im Waschraum verschanzt. Er plaudert Geheimnisse aus und rastet völlig aus. Es ist offensichtlich, dass er dich liebt."

Ein erster echter Hoffnungsschimmer. Sie hatte begonnen, ihre Überzeugung von T.J.s Zuneigung anzuzweifeln. Nun war ihr Vertrauen erneuert worden. „Er hat euch von dem anderen Club erzählt." Es war keine Frage. Sie konnte Verständnis in seinen Augen sehen.

Er nickte und schenkte ihr ein düsteres Lächeln. „Er erwähnte es. Unter anderem. Und um ehrlich zu sein, verstehe ich seine Gründe für die Scheidung. Vielleicht ist es so am besten."

Der magere Hoffnungsschimmer zersprang und hinterließ ein hohles Gefühl in ihrer Brust. Es waren nicht Leos Worte. Es war das Mitleid in seiner Miene. Der völlig fehlende Glaube an jegliches Glück in ihrer Zukunft.

„Wieso?", fragte Shay anklagend. „Eine schlechte Entscheidung sollte keine Ehe beenden. Wie konnte er sie nach dem, was passiert ist, verlassen? Wenn überhaupt, sollte er sich dafür schämen, nicht zu ihr zu halten. Er hat sie verlassen, als sie ihn am meisten brauchte."

Leo senkte den Kopf. „Er bereut es bitter. Aber hier geht es nicht um einen einzigen Fehler. Es gibt noch weitere andauernde Probleme, die zu seiner Entscheidung geführt haben."

„Andauernde Probleme?“ Cassie streckte die Hand aus, auf der Suche nach Halt, nach irgendetwas. Dann ließ sie den Arm wieder an ihre Seite fallen. „Sag es mir. Wenn da noch mehr ist, verdiene ich es, davon zu erfahren.“

„Ich bin nicht bereit mich einzumischen.“ Kapitulierend hielt er seine Hände hoch. „Nicht mehr, als ich es schon habe.“

Ein sengender Schmerz durchflutete Cassies Herz. Je mehr sie nach Antworten verlangte, desto undurchsichtiger wurde alles. Es konnte nicht noch weitere Gründe für die Scheidung geben. Sie weigerte sich, das zu glauben. Sie waren beide glücklich und zufrieden gewesen, oder etwa nicht?

„Nun, vielleicht sind da Dinge, die ich auch nicht mehr für dich tun will“, gurrte Shay.

Leo drehte sich zu seiner Freundin und warf ihr einen selbstbewussten Blick zu, der seinen Unglauben signalisierte. „Du musst dich da raushalten.“

Shay verschränkte die Arme vor der Brust. „Während ich mich da raushalte, wirst du dich ebenfalls aus etwas raushalten.“ Ein verwegenes Grinsen hob ihre Mundwinkel. „Aus meiner Pussy.“

„Danke für die Erläuterung, Sweetheart. Ich hätte sonst nicht gewusst, was du meinst.“ Er rollte mit den Augen und drehte sich mit einem Achselzucken zurück zu Cassie. „Hör zu, es ist dein Leben und deine Ehe. Ich werde dir nicht vorschreiben, was du zu tun hast. Aber ich muss T.J.s Entscheidung respektieren.“ Er ergriff ihre Hand, küsste ihre Fingerknöchel und ließ sie genauso schnell wieder los. „Ich hoffe, du findest eine Lösung.“

Er ging davon, seine schweren Schritte hallten durch den Club, bevor er hinter der Tür verschwand, die nach unten führte.

„Also, wie machen wir jetzt weiter?“ Shay trat in Cassies Blickfeld.

„*Wir* machen gar nicht weiter.“ Die beiden Frauen waren wundervoll. Ohne dazu animiert werden zu müssen, hatten sie sich mit ihr angefreundet und versucht, sie nach der

Demütigung unten wiederaufzubauen. „Vielen Dank, dass ihr beide so nett zu mir seid. Ich weiß das zu schätzen."

Es war an der Zeit zu gehen. Ihr Kopf war voller Nebel, ihr Herz von den unzähligen emotionalen Hieben entzweigerissen. Sie musste dringend nach Hause und ihre Wunden lecken. Sehen, ob sie sich erneut aufraffen und auf das Schlachtfeld zurückkehren konnte, nachdem sie jetzt keinerlei Vorstellung mehr hatte, wer oder was ihr Feind war.

„Hör nicht auf ihn." Shay deutete mit einer Hand auf die Tür, hinter der Leo verschwunden war. „Was auch immer passiert, er wird darüber hinwegkommen."

„Shay, vielleicht solltest du dich *wirklich* raushalten." Zoe stellte sich neben Cassie. „Ich werde helfen, wo ich kann."

„Nein." Cassie ging zur Bar und schnappte sich die Perücke vom Tresen. Sie zog sie erneut über und starrte ihre Reflektion im Spiegel an, sofort versucht, sich den Juckreiz von der Kopfhaut zu kratzen. „Ihr solltet euch beide da raushalten. T.J. zu unterwandern ist das Letzte, was ich will."

Sie wandte sich um und schenkte ihnen ein unechtes Lächeln. „Ich schaffe das schon."

Zoe kam näher und half ihr, die Perücke wieder in Position zu bringen. „Hast du einen Plan?"

Sie schüttelte den Kopf. Sie hatte gar nichts. Anscheinend kannte sie nicht einmal den wahren Grund, wieso T.J. die Scheidung wollte. „Ich habe Entschlossenheit. Und fürs Erste ist das alles, was ich brauche."

KAPITEL ZEHN

*D*rei Tage später war Cassie immer noch wie betäubt, als sie vom Supermarkt nach Hause fuhr. Sie hatte jeden wachen Moment damit verbracht zu grübeln, was ihre Scheidung notwendig gemacht haben könnte, wenn es nicht der Vorfall im Sexclub war. Sie fand keine Antwort darauf. Hatte nicht einmal eine Ahnung. Und schlimmer noch, sie hatte auch keinen neuen Plan, wie sie T.J. zurückgewinnen konnte.

Wenigstens bekam sie wieder etwas herunter. Ihre Appetitlosigkeit war von einer Fressattacke abgelöst worden, und gegenwärtig war ihr Auto voller Junkfood.

Bald würde sie akzeptieren müssen, dass ihr Ehemann nicht mehr zurückkam. Ganz gleich, wie sehr er sie noch immer liebte. Sein Dickkopf würde siegen, und sie würde schlussendlich allein zurückbleiben.

Sie bog in ihre Straße ein und nahm beim Anblick eines unbekannten Autos in ihrer Einfahrt den Fuß vom Gaspedal. Sie neigte nicht dazu, bei fremden Fahrzeugen in ihrer Auffahrt besorgt zu reagieren, doch nachdem T.J. sie mit der Scheidung überrascht hatte, war sie skeptisch Fremden gegenüber, die zu Besuch kamen.

Ihre Finger glitten über die Fernbedienung für die Garage und drückten den Knopf, der das Tor öffnete. Als sie das

Fahrzeug zu ihrer Linken passierte, erhaschte sie einen flüchtigen Blick auf langes, dunkles Haar. Eine Frau. Großartig. Vielleicht würde die heutige Überraschung aus einer schwangeren Geliebten oder einer eifersüchtigen Freundin bestehen.

Sie brachte den Wagen zum Stehen, griff nach ihrer Handtasche und umklammerte sie in einem vergeblichen Versuch sich Mut zuzusprechen. Mit hoch erhobenem Kinn und vor Erschöpfung schweren Gliedern stieg sie aus dem Fahrzeug. Sie zwang sich ein Lächeln auf die Lippen und trat auf Höhe des Kofferraums ihres Wagens einer wunderschönen Brünetten gegenüber.

Die Gesichtszüge der Frau wurden von der *Sinner*-Baseballmütze auf ihrem Kopf überschattet, ihr lockeres T-Shirt und ihre kurzen Shorts offenbarten eine beneidenswerte Figur.

„Shay?" Cassie blinzelte in die Sonne.

„Ich sehe anders aus, wenn ich etwas anhabe, nicht wahr?" Shay lächelte und ließ damit die wohltuende Freundschaft von Donnerstag wiederaufleben. „Genau wie du."

„Was machst du denn hier?"

„Ich bin eigentlich gar nicht hier. Ich bin im Fitnessstudio." Ihr Lächeln wurde breiter. „Ich wollte sehen, wie es dir nach neulich Abend geht."

Cassie verzog das Gesicht bei der schmerzhaften Erinnerung und entschied sich, das Thema umzulenken. „Möchtest du auf einen Kaffee reinkommen?"

„Liebend gerne."

Cassie ignorierte die Einkaufstaschen auf ihrem Rücksitz und führte Shay ins Haus. Die Frau war umwerfend, ihr Gesicht im Tageslicht noch freundlicher. Der verschmitzte Glanz in ihren Augen entfachte in ihr ein beunruhigendes Gefühl der Vorahnung.

„Wie sieht der Schlachtplan aus?" Shay rieb ihre Hände aneinander und lehnte sich in dem Esszimmerstuhl zurück.

„Es gibt keinen Plan." Jedenfalls noch nicht, und ihr lief die Zeit davon. „Ich dachte, du sollst dich nicht einmischen."

„Es scheint, als hätte ich ein Problem mit Autorität. Wenn man mir sagt, dass ich etwas nicht tun soll, macht es mir das im Normalfall unmöglich, mich fernzuhalten. Und außerdem törnt es mich total an, wenn Leo sauer wird."

„Hat er dir gesagt, wo ich wohne?" Leo auf ihrer Seite zu haben, wäre ein Schritt in die richtige Richtung. Was immer T.J. auch durchmachte, er brauchte seine Freunde, und wenn diese Freunde ihre Bemühungen ihn zurückzugewinnen unterstützten, würde es ihr Leben einfacher machen.

„Ich darf nicht verraten, wie ich an diese Information gekommen bin. Sagen wir einfach, ich wäre in großen Schwierigkeiten, wenn dein Mann oder mein Freund es herausfänden."

Cassie nickte und versuchte ihre Enttäuschung zu verbergen.

„Und wie geht es jetzt weiter? Ich hatte gedacht, wir würden uns Samstagabend im Club wiedersehen."

„Nein. Ich habe kein Interesse daran, den gleichen Fehler zweimal zu machen." Ihr erster Versuch ihrem Mann näherzukommen war gescheitert. „Ich habe mich am Freitag auf die Suche nach einem Rechtsbeistand gemacht, um gegen die Scheidung anzukämpfen. Jeder, den ich angerufen habe, war optimistisch, mein Geld zu nehmen, um dann im Vergleich mehr Vermögen für mich zu erzielen, aber das ist nicht das, was ich will. Ich will meinen Mann. Ich will meine Ehe. Das konnte niemand nachvollziehen."

Cassie starrte ausdruckslos in ihren Kaffee und sah nichts außer T.J. vor ihren Augen. „Die einzige Möglichkeit, das Verfahren zu stoppen, ist, ihn davon zu überzeugen, seine Meinung zu ändern, und ich bin nicht mehr sonderlich zuversichtlich, dass mir das gelingt."

„Hey." Shays Stimme war kraftvoll. Nachdrücklich. Sogar ein bisschen sauer. „Du darfst nicht aufgeben."

Cassie hob ihren Blick und wurde mit der Entschlossenheit in Shays grimmigen braunen Augen konfrontiert. „Ich will nicht aufgeben. Aber irgendwann werde ich es müssen. Ich weiß, dass er einen Fehler macht, und eines Tages wird auch er das erkennen. Ich bin nur nicht sicher, wie lange ich zu kämpfen bereit bin, während ich darauf warte, dass er es einsieht. Ich habe ein Jahr meines Lebens verloren, in dem ich auf die Rückkehr in unsere perfekte Ehe gewartet habe." Sie schluckte schwer. „Wann ist es mir erlaubt aufzugeben?"

„Noch nicht, so viel ist sicher. Du musst dich mehr anstrengen."

Cassie seufzte. „Ich weiß nicht, ob ich das kann. Es tut zu sehr weh." Am schlimmsten war es nachts, wenn sie allein in ihrem Bett lag, mit nichts als den Decken, um sie zu trösten.

„Es wird noch mehr wehtun, wenn es keine Hoffnung mehr gibt. Die Scheidung ist noch nicht endgültig."

„Nein, aber er hat eine andere geküsst. Zumindest glaubt er das. Er geht schon seiner Wege."

Shay beugte sich vor und forderte damit Cassies volle Aufmerksamkeit. „Er quält sich herum. Er will mit niemandem reden. Was auch immer der Kuss für ihn bedeutet, ist nichts Gutes, das versichere ich dir. Ich glaube, er hasst sich selbst dafür."

Cassie verzog das Gesicht. Sie wollte sich nicht über sein Leiden freuen, aber ein kleiner Teil von ihr tat es. Etwas in ihr entflammte zu neuem Leben in dem Wissen, dass er genauso unglücklich war wie sie. „Was kann ich tun?"

Ein verstohlenes Grinsen umspielte Shays Lippen. „Du hast neulich angedeutet, dir würde ein Teil des Unternehmens gehören. Dass du ein Partner seist. Stimmt das?"

Cassie hob langsam die Schultern. „Ich bin stille Teilhaberin. T.J. und ich teilen uns ein Drittel des Unternehmens. Ich habe meinen eigenen Vollzeitjob behalten, weil wir nicht sicher waren, ob der Club und das Restaurant erfolgreich sein würden."

„Bist du gesetzlich verpflichtet eine stille Teilhaberin zu bleiben?"

„Nicht, dass ich wüsste." Cassie zog ihre Worte in die Länge, nicht sicher, wohin das Gespräch führen sollte. „Es wurde nie wirklich besprochen. Zumindest nicht zwischen T.J. und mir. Ich bin nicht sicher, was mit Leo und Brute abgemacht ist." Ein Schauer lief ihr über den Rücken, als sich Shays Lippen zu einem hinterhältigen Lächeln kräuselten. „Wieso? Woran denkst du?"

„T.J. versucht sich vor jeglichen Gedanken und Erinnerungen an dich abzuschotten. Er hasst es, an seine Ehe erinnert zu werden. Ich bin sicher, er versucht, dich aus seinem Kopf zu bekommen, damit er neu anfangen kann."

„Fantastisch", sagte Cassie gedehnt. Der Gedanke versetzte ihr einen Stich. Sie würde ihn nie aus ihrem Kopf bekommen. Mit der Zeit konnte sie den Schmerz vielleicht mit ein oder zwei Affären betäuben, doch er würde immer in ihrem Herzen sein. Er würde immer ein wichtiger Teil ihres Lebens bleiben.

„Lass mich ausreden." Shay hielt eine Hand hoch. „Teilhaberin zu sein bedeutet, du kannst deinen rechtmäßigen Platz als Managerin des Clubs beanspruchen. Sag ihm, dass du nicht länger eine stille Partnerin sein willst. Verlange eine Position innerhalb des Unternehmens."

Cassie schüttelte den Kopf. „Das kann ich nicht. Er hat mir bei der Scheidung im Tausch gegen meinen Anteil ein beträchtliches Vermögen hinterlassen. Bald werde ich überhaupt kein Recht mehr haben, dort zu sein."

„*Bald*. Aber jetzt noch nicht. Die Scheidung ist noch nicht rechtskräftig. Du hast noch ein paar Wochen Zeit, oder?"

„Ja ..." Sie weigerte sich die Tage herunterzuzählen.

„Weißt du, die Wirtschaft ist momentan nicht besonders gut. Die Arbeitslosigkeit ist auf einem Allzeithoch." Shay schnappte theatralisch nach Luft und hielt sich die Hand vor den Mund. „Oh mein Gott, Cass, was würdest du tun, wenn du deinen Job verlieren würdest? Du hättest keine andere Wahl. Du müsstet mit deinem Mann arbeiten, zumindest bis du eine andere Einkommensquelle gefunden hast."

„Du willst, dass ich meinen Job kündige?" Auf *gar keinen* Fall. Es verzehrte sie danach, ihre Ehe zu retten, aber so hinterhältig war sie nicht.

Shay zuckte die Achseln. „Wie sehr willst du deinen Ehemann zurück?"

Ihr Handy klingelte auf der Küchentheke und kündigte eine eingehende Nachricht an ... oder vielleicht honorierte es einen erfolgsversprechenden Einfall. Sie stand auf, um sich in Richtung des Geräts zu schleppen, und nahm es in die Hand. „Sie werden ablehnen. Nicht nur T.J., auch Brute und Leo. Keiner von ihnen wird mich dort haben wollen. Sie werden kämpfen, damit ich keinen Fuß in ihren Club setzen darf."

„Es ist euer Club", stellte Shay klar. „Und überlass Leo mir. Ich habe Mittel und Wege, um ihn dazu zu animieren zu kooperieren."

Cassie lächelte halbherzig. „Bleiben noch zwei übrig."

„Zu unserem Glück geht Brutes Herzlosigkeit in beide Richtungen. Wenn er denkt, dass es in T.J.s bestem Interesse ist, verheiratet zu bleiben, wird er dich unterstützen." Shay rollte mit den Augen. „Nicht, dass er sich die Mühe machen würde, es zu zeigen. Ich muss ihn nur davon überzeugen, dass T.J. keine Scheidung will. Was er wirklich braucht, ist ein Tritt in den Arsch."

Bei Shay klang es so einfach, und vielleicht war es das für eine Frau wie sie auch. Cassie war nicht so begeistert davon, Entscheidungen zu treffen, die andere verletzen oder verärgern würden. Es war eine Sache, T.J. aus seiner Komfortzone zu drängen, um ihn zurückzugewinnen. Es war etwas ganz Anderes, seine besten Freunde gegen ihn aufzubringen und sich in ihren Betrieb zu drängen.

„Ich weiß nicht ..." Sie entsperrte ihr Handy, weil sie Zeit zum Nachdenken brauchte, und hielt beim Anblick von T.J.s Namen auf dem Bildschirm den Atem an.

„Kann ich heute vorbeikommen?"

„Was gibt's denn?"

Cassie wurde erst bewusst, dass sie lächelte, als sie Shays Blick begegnete. „Es ist T.J. Er will vorbeikommen."

„Warum?" Shay runzelte die Stirn.

„Ich weiß es nicht. Ich schätze, um zu reden. Vielleicht hat er seine Meinung geändert." Das war ihr erster Gedanke und der, an den sie sich klammern würde. Ihr Herz flatterte bereits, ihr Unterleib wurde von Sehnsucht erfüllt.

„Frag ihn." Shay stand auf und ging auf sie zu. „Stell keine Vermutungen an. Vor allem nicht, wenn die Alternativen schmerzhaft sein könnten. Du musst dich zusammenreißen. Bleib stark."

Cassie wollte über die möglichen Gründe für seine Nachricht nicht nachdenken. Sie würde positiv bleiben. Das musste sie. „Also, was soll ich antworten?"

„Gib her." Shay nahm Cassie das Telefon aus der Hand und begann zu tippen. „So."

„*Warte*. Noch nicht abschicken." Sie schnappte sich das Gerät zurück und las die Nachricht, die Shay bereits versendet hatte. „*Wieso? Ich habe viel zu tun heute und dachte, du hättest dir schon alles von der Seele geredet.*"

Herrgott nochmal. „Er wird wissen, dass das nicht von mir kommt. So habe ich noch nie mit ihm geredet." Sie war keine Unruhestifterin wie Shay.

„Er muss wissen, dass du nicht seelenruhig abwartest und jede Minute damit verbringst, einen Weg zu finden ihn zurückzubekommen. Er ist—"

„Aber das tue ich." Dass ihr Mann dachte, sie würde die Vergangenheit hinter sich lassen, war das Letzte, was sie wollte. Es würde ihm nur einen weiteren Vorwand geben, das Gleiche zu tun.

„Dass er das nicht weiß, kann unserer Sache nur helfen. Kämpf mit harten Bandagen. Wenn er denkt, du wärst beschäftigt, wird er sich fragen, mit wem. Zumindest bis wir herausfinden, was er will."

Das Geräusch einer eingehenden Nachricht ertönte erneut in ihren Händen.

„*Es muss nicht heute sein. Ich will nur meine Sachen abholen und sie dir aus dem Weg schaffen.*"

„Es ist schlimm, oder?", fragte Shay.

Schlimm. Entsetzlich. Niederschmetternd. Cassie schluckte, entschlossen, das Kribbeln in ihrer Nase nicht in

Tränen ausarten zu lassen. „Er ist bereit, all seine Habseligkeiten abzuholen."

Es waren seine Shirts, die sie durch die einsamen Nächte brachten. Sein Duft haftete noch immer an dem Stoff. Die weiche Baumwolle half ihr dabei, die Fantasie zu erwecken, er wäre immer noch da. Immer noch in ihrem Ehebett. Was würde sie ohne die steten Erinnerungen machen?

„Du hast Recht", murmelte Cassie. „Ich muss auf schmutzige Tricks zurückgreifen. Wenigstens bis das hier vorbei ist."

„Also wirst du im *Shot of Sin* arbeiten."

Cassie reckte ihr Kinn und begegnete dem unheilverkündenden Ausdruck in Shays Augen. „Ja. Ich werde meinen Job kündigen."

KAPITEL ELF

"*W*ar heute nicht ein schöner Tag?"

T.J. hob eine Braue bei Shays ungewöhnlich heiterer Stimme. „Bist du high?"

„Nein." Sie grinste. „Nur froh, am Leben zu sein."

Nicht high, aber sie führte eindeutig nichts Gutes im Schilde. Niemand sollte froh darüber sein, an einem Donnerstagabend an der *Shot of Sin*-Bar festzustecken, wenn man es normalerweise entspannt angehen lassen und im *Taste of Sin* aushelfen würde. Sie beide waren für eine Privatparty zu einem einundzwanzigsten Geburtstag einer verwöhnten Göre mit zu viel Geld eingeteilt worden. Keines der Kids hatte Manieren, und T.J. war überzeugt, dass keines von ihnen noch stehen würde, wenn die Uhr Mitternacht schlug. Entweder würde ihnen der Alkoholhahn abgedreht werden, weil sie es mit dem Konsum übertrieben, oder sie würden infolge eines Verstoßes aus dem Club geschmissen werden.

„Weißt du", begann sie und schaute ihn nachdenklich an, „dieser Ort braucht eine weiblichere Note. Meine Magie, all die übermännlichen Einflüsse zu übertönen, ist begrenzt."

„Dem Club geht es prima, Shay." Er übergab einen Himbeer-Wodka an eine Frau, die viel zu jung erschien, um legal trinken zu dürfen. „Unten ist ebenfalls alles in Ordnung, genau wie im Restaurant."

Sie zuckte mit den Schultern. „Es war nur ein Gedanke.“

Wenn sie nur ihre Gedanken für sich behalten könnte, wäre das Leben süß. Nun, nicht unbedingt zuckersüß, aber viel besser, als wenn sie sich über seine persönlichen Probleme ausließ. „Ich sehe mal nach dem Restaurant. Ich bin später wieder zurück.“

Er schritt um die Bar herum, in die kleine Menschengruppe hinein und schnitt eine Grimasse, als ihre Stimme erneut an seine Ohren drang.

„Solltest du nicht gerade ein Meeting mit Leo und Brute haben?“

Verwirrt drehte er sich zu ihr um. Sie konzentrierte sich mit gerunzelter Stirn auf ihre Armbanduhr.

„Jepp.“ Sie sah zu ihm auf. „Ich bin sicher, Leo sagte neun Uhr abends.“

„Das ist das erste Mal, dass ich davon höre.“

Ein fester Klaps traf seine Schulter, bevor Brute ihn umrundete. „Was für ein Meeting? Ich sehe dich schon viel zu oft.“

T.J. runzelte die Stirn, als Leo an seiner anderen Seite vorbeilief. „Ich habe um kein Meeting gebeten.“

Er sah von Brutes finsterer Miene zu Leo, der mit den Achseln zuckte, bevor er seinen Fokus auf Shay lenkte. Die Barkeeperin wischte den Tresen ab und gab vor, ihr Gespräch zu ignorieren. Er hatte das ungute Gefühl, dass sie mehr darüber wusste, was vor sich ging, als er. „Shay?“

Sie hob ihren Blick, und die Zuversicht darin schwand, als sie den Mund öffnete. „Ja?“

Sein Hörsinn schärfte sich, blendete die Musik des DJs und das Geplapper der Trinkenden aus, um sich auf das sexy Klackern der Absätze zu konzentrieren, das sich von hinten näherte. Leo und Brute sahen beide auf dieselbe Stelle hinter seine Schulter und ihre Mienen spannten sich beinahe unmerklich an.

„Guten Abend, Gentlemen.“

T.J. schloss beim Klang von Cassies Stimme die Augen. Er drehte sich nicht um, machte sich nicht einmal die

Mühe, ihrem Blick zu begegnen, als sie sich neben ihn stellte.

„Danke, dass ihr euch mit mir trefft."

„Du hast das arrangiert?" Brute verschränkte die Arme vor der Brust – seine übliche Abwehrhaltung.

„Oh." Cassie atmete hörbar ein und erhob ihre Stimme, um gegen die Menschen anzukommen, die um sie herum tanzten. „Habe ich meinen Namen etwa nicht unter die E-Mail gesetzt? Verdammt, ich hätte schwören können, ich hätte es getan."

Unwissenheit vorzutäuschen sah ihr nicht ähnlich. Sie war nicht dumm, und das wussten sie alle. Er wollte sie darauf ansprechen, nur konnte er seinen Mund nicht öffnen, ohne dass dabei Worte aus ihm herauspurzelten, die seiner unerschütterlichen Position widersprechen würden, die er in Bezug auf ihre Scheidung aufrechtzuerhalten versuchte.

„Ich hoffe, es macht dir nichts aus, dass ich deine E-Mail-Adresse benutzt habe, T.J., ich habe keinen eigenen Businessaccount und musste mich so schnell wie möglich mit euch in Verbindung setzen."

„Natürlich nicht", knirschte er, immer noch nicht in der Lage sie anzusehen. Er hatte begonnen mit dem Schmerz zu leben, von ihr getrennt zu sein. Wenn er ihrem liebevollen Blick begegnete, würde er von vorne anfangen müssen. Kaum verheilte Wunden wieder aufreißen.

„Was können wir für dich tun, Cassie?", fragte Leo.

Sie seufzte, und der feminine Laut drang in seine Ohren und jagte einen Schmerz durch seine Brust.

„Ich habe meinen Job verloren."

T.J.s Herz sank und schließlich drehte er sich zu ihr um. Sie wirkte nicht bestürzt, obwohl ihre Position im Hotel sie früher mit Stolz erfüllt hatte. Stattdessen war sie wunderschön, ihr blondes Haar hing über ihren Schultern, ihr schwarzer Rock zeigte Beine, die er so gerne mit seinen eigenen verflochten hatte. Sie hatte einen entschlossenen Glanz in den Augen und ihr Selbstvertrauen war ihrer perfekten Körperhaltung anzusehen.

„Da die Scheidung in die Wege geleitet ist und mein eigenes Einkommen jetzt nichtexistent ist, habe ich meine Position als stille Teilhaberin überdenken müssen."

Sein Herz pochte, hämmerte. In seinem Kopf schwirrten zahllose Gedanken, als er versuchte sich zusammenzureimen, was als nächstes von ihren schönen Lippen fallen würde.

„Ich habe Tage damit verbracht, meine Optionen zu überdenken, und bin jedes Mal zum gleichen Schluss gekommen. Ich habe keine andere Wahl, als hier zu arbeiten. Zumindest bis ich einen anderen Job finde."

Niemand sagte ein Wort. Er war sich nicht sicher, ob seine Freunde aus Fassungslosigkeit schwiegen oder darauf warteten, dass er die Beherrschung verlor und sie einschreiten konnten. So oder so befand er sich in gefährlichen Gewässern, unfähig, zuzulassen, dass Cassie sich zurück in sein Leben schlich, aber auch außerstande sich von ihr abzuwenden, wenn sie Hilfe brauchte.

„Was für ein Zufall", kicherte Shay. „Ich habe T.J. vor ein paar Minuten erzählt, wie dringend wir hier einen weiblichen Touch brauchen."

Er starrte Shay finster an. Die selbstgefällige Art, mit der sie seinem Blick begegnete, während sie weiterhin die Gäste an der Bar bediente, ließ seinen Blutdruck steigen.

„Shay", sagte Leo warnend.

„Es ist nicht für immer." Cassies Stimme war lieblich und irgendwie tröstlich. „Ich suche bereits nach einer neuen Anstellung. Nur geht es in meinem Berufsgebiet gerade langsam voran."

„Ich gebe dir das Geld", knirschte T.J. Er würde ihr alles geben, jetzt und auch nach der Scheidung, sie brauchte nur zu fragen. Was er ihr nicht geben konnte, war Zugang zu seinem Leben. In ihrer Nähe zu sein, ohne sie berühren oder schmecken zu dürfen, würde seine ohnehin schon brüchige Beherrschung in Stücke reißen.

„Nein", beharrte sie. „Ich nehme dein Geld nicht. Ich muss meine Unabhängigkeit wiedererlangen."

Er rührte sich nicht, wollte nicht einmal mit einer Hand

durch seine Haare fahren, weil es seine zitternden Finger offenbart hätte.

„Ich finde, das ist eine großartige Idee", rief Shay von der Bar und ging zum gegenüberliegenden Ende, um das Geburtstagskind zu bedienen. „Willkommen im Team."

T.J.s Nasenflügel bebten. Leo war ebenfalls nicht begeistert. Er funkelte seine Freundin böse an, seinen Kiefer störrisch angespannt, während Brute sein übliches Desinteresse an den Tag legte.

„Wann willst du anfangen?", fragte Leo.

„Tatsächlich habe ich mich darauf eingestellt, heute Abend die Grundlagen zu lernen. Seit ich das letzte Mal hier war, hat sich im Club viel verändert, und ich dachte, ich könnte mich die nächsten Stunden neu einarbeiten."

Unter T.J.s Auge begann es nervös zu zucken. Er wusste genau, wo Cassie hinwollte, und das würde er nicht zulassen. Nicht, wenn er nicht mit ihr zusammen sein konnte. Das *Vault of Sin* war ein Ort des Vergnügens, und er könnte sie niemals mit dorthin nehmen, ohne ihr nicht jeden Wunsch zu erfüllen.

Es war sein sexuelles Begehren gewesen, sie mit dem Club vertraut zu machen. Der Welt zu zeigen, wie hinreißend und empfänglich sie war – die perfekte Ehefrau. Er war nicht der Typ zu prahlen. Doch er hatte sich immer den Moment vorgestellt, an dem er sie nach unten begleiten würde und die Gäste mit eigenen Augen sehen konnten, wie viel Glück er hatte.

„Vielleicht ein andermal." Vorzugsweise, wenn er tot und begraben war. „Geh nach Hause. Wir werden uns überlegen, wie wir damit umgehen werden."

„Ich fürchte, du verstehst mich nicht." Sie drehte sich zu ihm. „Es ist auch mein Unternehmen. Ich habe bei all euren Entscheidungen ein Mitbestimmungsrecht."

Brute räusperte sich. „Lasst uns das nicht zu einem Problem machen. Ich führe sie herum. Sie kann an ruhigen Abenden an der Bar im Restaurant arbeiten oder bei der Buchhaltung helfen. Keine große Sache."

T.J. hielt seinen Blick auf sie gerichtet und wünschte, er könnte die stumme Drohung ignorieren, die tief im unschuldigen Hellblau ihrer Augen verborgen lag. „Sie wird nicht nach unten gehen."

„Es gibt keinen Grund über mich zu sprechen, als wäre ich nicht hier. Wir können uns diesbezüglich beide wie Erwachsene verhalten."

„Können wir das?" Er hob eine Braue. Sie benahm sich nicht wie sie selbst. Anfangs hatte er es an der Art bemerkt, wie sie am Sonntag auf seine Nachricht geantwortet hatte. Ihre Trotzhaltung war ihm fremd. Er war an die süße, fürsorgliche, atemberaubende Cassie gewöhnt. Die Frau vor ihm war jemand anderes, jemand mit einem boshaften Lächeln. „Du wirst nicht da runter gehen, solange du hier bist."

„Das hier ist auch mein Betrieb. Wohin ich gehe und was ich tue, geht dich nichts an, solange ich meine Arbeit mache."

Er stieß ein hämisches Lachen aus. Sie irrte sich. Sie würde ihn immer etwas angehen – heute, morgen und in zwanzig Jahren. Das war das Problem. Er konnte sie nicht gehenlassen. Doch er versuchte es. Jeder Zentimeter von ihm litt jeden einzelnen Tag in seinem Bemühen sie loszulassen. Wenn sie hier arbeitete, würde er von dem Bedürfnis verzehrt werden in ihrer Nähe zu sein . Er würde seinen Versand verlieren. Daran bestand kein Zweifel.

Er löste seinen Blick von ihrem und schaute abwechselnd Brute und Leo an. „Sie darf nicht da runter gehen, hört ihr mich?"

Er wartete nicht auf eine Antwort. Er wandte sich um und machte sich auf zu seinem Büro im Obergeschoss, so weit von Cassie weg wie möglich. Es gab viele Dinge, zu denen er im Moment fähig war – Wahnsinn, schwerer Körperverletzung, Mord –, was er nicht konnte, war so tun, als würde er sie nicht von ganzem Herzen lieben.

Cassie hatte zu viel zu verlieren, wenn sie zusammenblieben. Sie mochte es nicht wissen, aber er würde sich umbringen, um die Fehler seiner Vergangenheit wiedergutzumachen.

Cassies Wangen schmerzten von dem falschen Lächeln, das sie die letzten drei Stunden auf ihr Gesicht geheftet hatte. Sie war nervös und ihr war übel, weil sie T.J. schlecht behandelt hatte. Manipulation war nichts, was sie gutheißen konnte, und das Einzige, was sie dortbleiben ließ, war das Wissen, dass sie T.J. unter die Haut gegangen war.

„Ich würde gerne das Kellergeschoss sehen." Sie wartete darauf, dass der Kopf ihres Mannes zu ihr hochruckte.

Sie stand schon seit einigen Minuten in der Tür zum Büro im Obergeschoss und hatte beobachtet, wie er lediglich an dem massiven Eichentisch saß, einen Laptop vor sich. Er war in Gedanken versunken und hatte sich nicht bewegt, seitdem sie sein Versteck gefunden hatte. Er blinzelte kaum, während er auf den Bildschirm starrte, dessen Schein sich auf seinem attraktiven Gesicht widerspiegelte.

„Nicht heute Abend." Seine Stimme war leise, erreichte kaum ihre Ohren.

„Wieso nicht? Ich würde es gerne sehen." Sie trat in den Raum. Er war absolut perfekt – sein Gesicht glattrasiert, seine Haare gestylt wie üblich, sein Anzug makellos. Er hatte sich von seinem Fehltritt am Donnerstag erholt und steckte nun ihre Scheidung ohne große Mühe weg, während ihr sogar das Atmen schwerzufallen schien. „Brute sagte, er führt mich gerne herum."

Sein Blick hob sich langsam zu ihrem, seine Augen wuterfüllt. „Das ist nicht verhandelbar."

Sie schnaubte. Wer war dieser Mann? Er hatte die Bedingungen für ihre Scheidung diktiert, und obwohl sie weitestgehend zu ihren Gunsten ausfielen, nahm sie es ihm übel, dass er nicht in der Lage gewesen war, irgendwas davon zuerst mit ihr zu besprechen. Und nun schrieb er ihr vor, wohin sie gehen durfte und wohin nicht?

„Du hast Recht." Sie behielt ihren freundlichen Tonfall bei, nicht bereit, sich von Frustration, Schmerz, Wut und Kummer leiten zu lassen. „Ich *werde* da runtergehen. Das ist nicht verhandelb—"

Sein Stuhl flog zurück, und das raue Schaben über die Holzdielen versetzte ihr Herz in einen schnellen Rhythmus. „Treib es nicht zu weit, Cassie", sagte er über den Schreibtisch gebeugt, bevor er sich aufrichtete und schwer atmend auf sie zu schritt. „Ich sagte Nein."

Sie hatte Angst – dass sie ihn weiter von sich trieb statt zurück in ihre Arme. Dass er anfing sie zu hassen anstatt zu erkennen, wie sehr er sie liebte. Dass ihr Plan nach hinten losging und sie sich ihr eigenes Grab schaufelte. Doch seine Wut war weitaus erfreulicher, als wenn er ihre Existenz ignorierte.

„Warum bist du so dagegen, dass ich da runter gehe? Der Teil des Clubs ist heute Abend nicht einmal geöffnet. Er ist leer. Es ist ja nicht so, als wäre ich verheiratet und würde ohne die Anwesenheit meines Partners einen Sexclub betreuen."

Sein Kiefer spannten sich an, seine Hände ballten sich zu Fäusten. „Du hast gesagt, du hättest kein Problem damit, dass ich da unten arbeite."

„Und das hatte ich auch nicht." Nicht bis er sie mit dem Ende ihrer Ehe konfrontiert hatte. „Du hast also kein Recht zu sagen, dass ich nicht runtergehen kann, wenn gerade niemand dort ist. Wenn ich nicht einmal die Szenen miterleben kann, mit denen du mich heiß gemacht hast. Oder all das Vergnügen erfahren kann, das du mir einmal versprochen hast. Ich gehe da runter, T.J., ob es dir gefällt oder nicht." Je mehr er sich weigerte, desto mehr wollte sie ihn unter Druck setzen, in der Hoffnung, er würde nachgeben.

„Nicht jetzt, Cassie."

Die rohe Wildheit in seiner Stimme, als er ihren Namen sagte, schnürte ihr vor Kummer die Kehle zu. „Wann dann?"

Wehmut flackerte über seine Züge und verriet ihr, dass es nie einen passenden Zeitpunkt geben würde. Sie wusste nicht, was sein Problem war. Es war ein leerer Sexclub. Wieso beharrte er darauf, dass sie die heiligen Mauern nicht betreten durfte? Konnten es Schuldgefühle sein? Noch mehr deplatzierter Schutzinstinkt? Oder wollte er den Club für sich alleine beanspruchen und versuchte, den verruchten Bereich nicht durch seine Ehefrau beflecken zu lassen, damit er leichter über sie hinwegkommen konnte?

„Ich weiß es nicht."

Sie lächelte traurig und zuckte mit den Schultern. „Nun, ich denke, jetzt ist der perfekte Zeitpunkt. Und ich bin sicher, ich muss dich nicht daran erinnern, dass ich immer noch Miteigentümerin bin, sodass deine Erlaubnis nicht erforderlich ist." Sie drehte sich um und schlenderte die wenigen Schritte zur Tür. „Ich werde mit Brute runtergehen, sobald die private Party vorbei ist."

Als sie die Türschwelle erreichte, hatte er immer noch nicht geantwortet und brach ihr damit erneut das Herz, weil er so schnell aufgehört hatte zu kämpfen. Was er tat, ergab für sie keinen Sinn mehr. Sie konnte ihn nicht mehr durchschauen. Konnte seine Gedanken oder Handlungen nicht mehr vorhersehen, nachdem seine Liebe einst eine Kraft gewesen war, auf die sie sich immer hatte verlassen können.

Mit hängendem Kopf betrat sie den Flur. Keine Tränen flossen, obwohl der Schmerz sie verzehrte. Sie war ausgeweint. Der Damm würde nicht erneut brechen. Tränen würden nichts in Ordnung bringen, das konnte nur sie selbst. Warum zum Teufel war sie dann nicht in der Lage den Mann zu verstehen, den sie besser kannte als sich selbst?

„Cass ..."

Sie hielt inne und straffte ihre Schultern, während das dumpfe Dröhnen der Musik im Erdgeschoss um sie herum pulsierte.

„Tu mir das nicht an", flehte er. „Ich habe dir das Auto, das Haus und den Hund gegeben. Lass mir das *Vault*. Gib mir nur diese eine Sache."

Ihre Kehle schnürte sich zu, ihr Herzschlag beschleunigte sich, bis das rhythmische Pochen schmerzhaft wurde. „Ich tue dir das an?" Sie schwang herum und hoffte, die Wut in ihren Adern deckte sich mit ihrem Gesichtsausdruck. „Wie kannst du es wagen? Du brichst mir das Herz, stellst mein Leben auf den Kopf und erwartest, dass ich dir einen Gefallen tue? Und das mit derselben Art von Etablissement, das unsere Ehe zerstört hat? Mein Gott, T.J., wer zum Teufel bist du?"

Er stand in der Tür, unfähig, ihr in die Augen zu sehen, dann öffnete er den Mund, um etwas zu sagen.

„Nein." Sie hob eine Hand und stoppte ihn. „Vergiss es. Ich gehe mit Brute nach unten. Du kannst deinen verdammten Club haben, sobald die Scheidung rechtskräftig ist. Bis dahin gewöhnst du dich besser daran, dass ich gehe, wohin ich will."

Statt zu streiten, wie sie es erwartet hatte, trat er zurück, verschwand im Büro und schloss die Tür hinter sich.

Zum Teufel mit ihm.

Je mehr sie stritten, desto mehr stellte sie infrage, was sie tat. Seine ungewohnten Reaktionen ließen sie die Ehe anzweifeln, die sie einmal gehabt hatten, ebenso wie T.J. im Allgemeinen. Bislang hatte sie geglaubt, er könne ihre Erinnerungen an sie als Paar niemals trüben. Jetzt war sie sich da nicht mehr so sicher. Er war im Begriff, alles zu beschmutzen. Ihre Liebe. Ihr gemeinsames Glück.

Shay lag falsch. Ihm nahe zu sein hatte ihr nicht die Oberhand verliehen. Es hatte den gegenteiligen Effekt. Denn nun glaubte sie langsam, dass die Scheidung genau das Richtige für sie beide war. Vielleicht waren sie getrennt besser dran.

KAPITEL ZWÖLF

Cassie stellte die letzten Weinflaschen in den Kühlschrank unter der Bar und richtete sich auf. Shay und Leo begleiteten die letzten Gäste der Privatparty zum Clubeingang, während Brute neben ihr die schmutzigen Gläser von der Theke räumte.

„Bist du soweit?", fragte sie.

Er sah sie nicht an, hörte nicht auf, die Gläser zu einem hohen Turm zu stapeln, den er gegen seine Brust stützte. „Wo ist T.J.?"

„Immer noch oben."

Er nickte und stapelte weiter. „Wir warten noch einen Augenblick."

Cassie runzelte die Stirn. „Er kommt nicht, falls es das ist, worauf du wartest."

Er wischte im Vorbeigehen die Bar ab, gestapelte Gläser in einer Hand, das feuchte Tuch in der anderen, bis er den Geschirrspüler erreichte.

„Brauchst du Hilfe?"

„Nein. Leo und Shay können den Rest erledigen, wenn sie zurückkommen. Ich warte nur noch eine Minute."

„Worauf wartest du ..." Sie verstummte, als oben ein dumpfer Knall ertönte, dann das schwere rhythmische Stampfen wütender Schritte.

„Darauf", brummte Brute. „Lass uns gehen." Er schloss den Geschirrspüler, kam um die Bar herum und führte sie zur verschlossenen Tür auf der gegenüberliegenden Seite des Clubs.

„Wartet." T.J.s Ruf schoss ihr den Rücken hinunter, bis in die Zehen.

Brute blieb nicht stehen, schaute nicht einmal über seine Schulter, also tat sie es auch nicht. T.J. würde sie nicht aufhalten. Das hier war ihr letztes Hurra. Der letzte Vorstoß, bevor sie für immer verschwand.

Sie holte ein ums andere Mal tief Luft, um sich zu beruhigen, während Brute das schwere Vorhängeschloss öffnete, das den Treppenzugang zum *Vault of Sin* sicherte.

„Wartet", grummelte T.J. „Ich komme mit."

Ihr Kopf schwang ruckartig herum, und ihre Augen verschlangen gierig den Anblick ihres Mannes, der auf sie zukam. Er war außer sich vor Zorn. Und all diese Wut und Feindseligkeit waren direkt gegen sie gerichtet. Falls er versuchte sie einzuschüchtern, scheiterte er kläglich. Ihr Körper hatte die gegenteilige Reaktion. Ihre Brustwarzen pulsierten, ihre Kehle war eng, ihre Lippen trocken.

„Bringen wir es hinter uns."

Ihr naives Herz flatterte. Ihr Verstand wusste, es hatte nichts zu bedeuten, dass er sie begleitete. Es war lediglich eine Kontrollmaßnahme. Trotzdem wurde sie von Erwartung erfüllt. Das hier war das erste und vielleicht auch das letzte Mal, dass sie mit ihm diese Treppe hinunterging. Was einst ein Wunschtraum gewesen war, war jetzt kaputte Realität, und dennoch würde sie dankend nehmen, was sie kriegen konnte.

Brute schwang die Tür auf und bedeutete ihr mit einem Armwinken einzutreten. Vor ihr lag Dunkelheit. Sie konnte die Treppe zu ihrer Linken erahnen, weil sie wusste, dass sie da war. Allerdings hatte sie keine Ahnung, wo der Lichtschalter war.

„Geh weiter", brummte T.J. und schob sich an ihr vorbei.

Er schaltete das Licht ein und beleuchtete damit die Treppe, an die sie sich von Donnerstagabend erinnerte.

Hedonistische Bilder von Sex und Vorspiel säumten die Wände und ließen ihre Mitte pochen. Während sie die Treppe hinunterging, rieben ihre Schenkel aneinander, was ihre Erregung nur noch verstärkte und die Feuchtigkeit ihres Geschlechts ihr Höschen durchnässen ließ. Sie fragte sich, ob es T.J. interessieren würde. Oder wie er reagieren würde, wenn sie es ihm sagte. Und doch machte ihr der Gedanke es ihm zu sagen Angst. Insbesondere, weil sie sich mittlerweile anstrengen musste, ihren Mann wiederzuerkennen.

Seine große Gestalt war angespannt, sein Rücken kerzengerade, als er voranging, während Brute hinter ihr folgte. Es hätte einschüchternd sein können – ihr wütender Ehemann vor ihr, ein gnadenloser Mann hinter ihr –, und vielleicht war genau das ihre Absicht. Stattdessen weckte es Fantasien, die sie umso mehr darauf brennen ließen, das *Vault* zu erkunden, wenn es voll besetzt war, diesmal ohne Verkleidung.

Als T.J. die unterste Stufe erreichte, streckte er seinen Arm aus und machte weitere Lampen an, die den Eingangsbereich sichtbar machten. Sie erhielt keine geführte Tour. T.J. beachtete die Türen nicht einmal, die zu den Schließfächern und dem Umkleideraum führten. Er stürmte vorbei, zu dem Tastenfeld, das am Ende des Flurs den Eingang zum *Vault of Sin* absicherte.

Er rammte in schneller Folge seinen Zeigefinger gegen vier Zahlen, dann gab das Panel einen ätzenden Piepton von sich. Er wiederholte es, diesmal noch ungestümer, und erntete im Gegenzug einen weiteren Piepton.

„Fuck.“

Seine Hand zitterte, sein Kopf war nun gesenkt, Haare verdeckten seine Augen. Seine Verletzlichkeit verzehrte sie, spülte ihre Erregung fort und ersetzte sie durch das Bedürfnis, ihn beruhigen zu wollen. Er war nicht bloß wütend. Das wusste sie. Hinter seinem Groll verbarg sich Schmerz.

„Soll ich mal?", fragte Brute.

„Fick dich." T.J. richtete sich auf und ließ seinen Finger wieder über das Tastenfeld schweben. Diesmal gab er die Zahlen langsamer ein, dieselben vier Ziffern, die sie seit ihrer Kindheit auswendig kannte – eins, sechs, eins, null.

„Mein Geburtstag", flüsterte sie, als sich das Schloss mit einem Klick entriegelte. Er mochte sich gerade bemühen sie wegzustoßen, aber damals, als der Club eröffnet wurde, selbst nach dem Übergriff in Tampa, war sie das erste gewesen, woran er auf der Suche nach einem Sicherheitscode für den Sexclub gedacht hatte.

Kraftvoll zog er die Tür auf, hielt sie offen und sah ohne Emotionen auf sie herab, als sie in den Raum schlenderte und darum rang, ein Grinsen zu unterdrücken. Das erste flüchtige Bild unterschied sich von dem in ihrer Erinnerung. Der große Bildschirm, auf dem letztes Mal Pornos liefen, war schwarz. Verstummt. Der Raum war in steriles, fluoreszierendes Licht getaucht, anstelle der Beleuchtung der dimmbaren Lampen, die halfen, die richtige Atmosphäre zu erzeugen. Doch es war nicht das *Vault*, das sie interessierte. Es war T.J.s Reaktion. Er beobachtete sie, nicht wütend, nicht hämisch, sondern mit schmerzerfüllter Neugier.

Könnte sie ihn bloß mit dem Lob überschütten, das er für die Gestaltung eines so respektvollen, seriösen Umfelds verdiente. Ihr war durchaus bewusst, dass die Eröffnung des Clubs schwierig für ihn gewesen sein musste nach dem, was sie durchgemacht hatten. Und obwohl er sie nie mit nach hier unten gebracht hatte, war ein Teil von ihr in jedem Element des *Vaults*. Sie spiegelte sich in dem strengen Prüfungsprozess wider, der eingeführt wurde, um zu gewährleisten, dass die Teilnehmer aufrichtig und ehrlich waren. Sie spiegelte sich in den eleganten Möbeln und sauberen Laken wider. Sie befand sich im Herzen dieses Clubs, und er würde es nie über sich bringen, sie daraus zu entfernen.

„Hier bleiben die Frischlinge, bis sie sich sicher genug fühlen, mit den großen Kids zu spielen", sagte Brute gedehnt und zwängte sich an ihr vorbei.

Sie neigte den Kopf. „Die Idee gefällt mir."

Aus dem Augenwinkel heraus beobachtete sie weiterhin T.J. Seine Körperhaltung war verkrampft, sein Unbehagen sogar aus ihrem Augenwinkel ersichtlich. Als sie sich näherte, schritt er voran und ließ sie und Brute allein in dem kleinen Bereich zurück.

„Warum verhält er sich so?" Sie drehte sich zu Brute um.

Ihr Businesspartner hob eine Braue. „Vielleicht, weil er die Scheidung will, und du ihn nicht gehen lassen willst."

Sie presste ihre Lippen zusammen und verkniff sich eine Erwiderung bezüglich seiner Herzlosigkeit. In seinen Zügen war kein Mitgefühl zu sehen. Keine Güte. Keine Verärgerung. Nichts. Er war völlig emotionslos.

„Gutes Argument." Sie ging an ihm vorbei, in den offenen Hauptraum des *Vault of Sin*.

Alles war so arrangiert wie während der Maskeradenparty. Zu ihrer Linken befand sich eine Ecklounge, im vorderen Bereich lag die Bar und der Eingang zur Treppe, die zu dem um die Ecke gelegenen Parkplatz führte. Die Sexschaukel hing immer noch in der hinteren Ecke. Rechts von ihr stand ein riesiges Bett, und jeder Zentimeter des Raumes schrie nach verführerischer Verkommenheit, obwohl keine sich windenden Körper zu sehen waren.

Sie tat so, als nähme sie die Umgebung in sich auf, während ihr Fokus regelmäßig zu T.J. zurückkehrte, der mit dem Rücken zwischen zwei Hockern an der Bar lehnte. Er beobachtete sie mit Argusaugen. Verfolgte eingehend, wie sie alles in sich aufnahm, was ihre Erregung erneut entfachte.

„Mir gefällt die Sexschaukel", verkündete sie an niemand bestimmten gerichtet. „Ich nehme an, das Personal hat freien Eintritt." Es war ein Scherz. Ihr halbherziges Glucksen tat ihren Humor kund, den niemand erwiderte.

T.J.s Nasenflügel bebten, die Arme hatte er vor seiner Brust verschränkt. „Ich sterbe eher, bevor ich dich hier unten mitmachen lasse."

Sie schlenderte lächelnd auf die Bar zu, um die Distanz zwischen ihnen zu überbrücken. „Und wirst du mir den gleichen Respekt erweisen?" Sie hob eine Braue und versuchte, das Knurren in ihrer Stimme zu unterdrücken. „Oder ist es dafür schon zu spät?"

Er machte ein langes Gesicht. Ungetrübte Reue legte sich auf seine Züge. Seine Augen, vorher hart vor Verärgerung, füllten sich mit Niedergeschlagenheit. Dann, im Handumdrehen, hatte er seine Miene wieder im Griff, als er sich aufrichtete und die Achseln zuckte. „Soweit es mich betrifft, kannst du tun und lassen, was du willst, Cassie. Du wirst es nur nicht hier drin tun."

Er begegnete ihrem Blick und ihr ruhiger, sanfter Mann war nirgendwo zu sehen. Stattdessen starrte sie einen Mann an, der von Qualen erfüllt war, die sie nicht lindern konnte. Irgendetwas hatte ihn gebrochen. Wenn es nicht der Club in Tampa gewesen war, konnte sie nicht sagen, was es war. Und es machte ihr Angst über die Möglichkeiten nachzudenken.

„Genau mein Reden", murmelte sie. „Du hast die Frage nicht beantwortet."

Es war gemein ihn mit Schuldgefühlen zu quälen, die er nicht fühlen sollte. Mit Reue, die er nicht verdient hatte. Doch sie hatte nur sehr wenig Asse im Ärmel, und das Wissen, dass er am Donnerstag einen Fehler gemacht hatte, war eines davon.

„Ich schätze, ich sollte zufrieden sein." Sie packte die Sitze der Hocker, zwischen denen er stand, ihre Schuhe berührten sich beinahe. „Sobald die Scheidung endgültig ist, werde ich endlich all die Dinge erforschen können, die du mir einmal versprochen hast."

Er brach den Augenkontakt ab, sein Kiefer zuckte. Sein Brustkorb hob und senkte sich, sein Kinn war gereckt, bereit, ihren Angriff abzuwehren. Sie wich nicht zurück, verließ seinen persönlichen Bereich nicht. Sie konnte es nicht. Diese schroffe Seite von ihm machte Dinge mit ihrem Unterleib und mit Stellen, die viel tiefer lagen. Wenn er nur seinem Verlangen nach ihr nachgeben würde. Sie wusste, es war da, verborgen unter seiner Angst.

„Ich wünsche dir alles Gute bei der Suche nach dem, was

du brauchst." Seine Worte waren wie eine Stahlklinge – tödlich, steril, kalt. Tief im Inneren wusste sie, dass er es nicht so meinte. Das war nicht möglich. Doch ihre Stärke ihn herauszufordern schwand angesichts seiner Gleichgültigkeit.

Sie spielten ein Spiel. Jeder schubste den anderen und wartete darauf, dass der Gegner aufgab. Entweder würde er seinem Verlangen nach ihr erliegen und das armselige Exemplar einer Scheidung widerrufen, oder sie würde sich seiner Herzlosigkeit beugen, zu verletzt, um weiter gegen ihn anzugehen.

„Macht es euch etwas aus, die Tour kurz zu unterbrechen, damit ich mich frisch machen kann?" Sie konnte ihre robuste Fassade nicht viel länger aufrechterhalten. Sie brauchte etwas Abstand. Ein paar Augenblicke, um sich zu sammeln, bevor sie mit neuem Elan zurückkehrte.

„Kein Problem." Sein Blick durchbohrte sie. Er konnte in sie hineinsehen und wusste, dass er den Krieg gewinnen würde. Und dem Anflug von Mitleid in Brutes Augen nach zu urteilen, wusste er es ebenfalls.

T.J. beobachtete, wie sie im Vorraum zu den Waschräumen verschwand. Er war schwach geworden, sein Blick hatte jede ihrer Bewegungen verfolgt, während sich seine Gefühle für sie wieder in den Vordergrund gedrängt hatten.

„Für jemanden, der vorher noch nie hier unten war, kennt sie sich wirklich gut aus", meinte Brute gedehnt.

T.J. riss seine Aufmerksamkeit von der Tür los und machte ein finsteres Gesicht. „Wie meinst du das?"

Achselzuckend tat Brute so, als wären seine Worte keine Bombe gewesen. „Ich habe ihr ganz sicher nicht gezeigt, wo die Toiletten sind."

Panik durchflutete ihn. „Sie kann doch ..." Es wäre unmöglich für sie gewesen, Zutritt ins *Vault* zu bekommen.

„Du kümmerst dich um die Zutrittsangaben. Wie hätte sie ohne dein Wissen hier reinkommen sollen?"

Brutes Augen verengten sich. „Hör ich da einen Vorwurf in deinem Ton?"

Nein. Es war Rage. Wie zum Teufel war seine Ehefrau ohne seine Zustimmung ins *Vault of Sin* gelangt? Fragen nach dem Wie, Was, Wo und Wann überfielen ihn. War es vor Kurzem passiert? War es vor all den Monaten, als das *Vault* eröffnet hatte? Oder vielleicht war es vor ein paar Tagen auf der Maskeradenparty gewesen, auf der sie sich unter einer Verkleidung hatte verstecken und zusehen können, wie er ihr Eheversprechen verletzte.

„Wann?", fragte er durch zusammengebissene Zähne. „Wie konnte das passieren?"

Sein Mund wurde trocken, als er versuchte sich einen Reim darauf zu machen. Das *Vault* war abgeschlossen, wenn es nicht in Betrieb war. Mit einem Bolzenschloss. An Veranstaltungsabenden war nicht nur der Eingang im Erdgeschoss mit einem digitalen Alarm gesichert, die Tür im Obergeschoss und der Eingang zum Parkplatz waren zusätzlich mit Security besetzt. Wenn sie abgebrüht genug war, das *Vault* an einem Abend zu besuchen, an dem es geöffnet hatte, hätte sie den Genehmigungsprozess durchlaufen müssen – Fotos, Ausweis, den Check an der Tür. Es war unmöglich.

„Vielleicht hat sie wild drauflosgeraten, wo sie sein könnten." Er sah Brute hoffnungsvoll an.

Sein Freund hob eine Braue. Mehr war nicht nötig, um seinen Unglauben zum Ausdruck zu bringen.

Fuck. „Bestimmt war es Shay." Seit sie von seiner Scheidung erfahren hatte, war sie ihm auf den Wecker gegangen.

Brutes Blick verengte sich zu einer finsteren Miene. „Shay ohne Beweise zu beschuldigen wird dich nur in eine Welt des Schmerzes stürzen."

Als wäre er dort nicht bereits. „Um ihretwillen hoffe ich, dass ich mich irre."

Shay war eine Freundin, doch vor allem war sie eine Angestellte. Eine, die mehr Interesse an Klatsch zu haben schien als an den Pflichten ihres Jobs. Sie hatte zu viele Fragen über seine Scheidung gestellt. War ihm gefolgt wie Kaugummi, das an seinem Schuh klebte. Und als Cassie heute Abend aufgetaucht war, war Shay kein bisschen überrascht gewesen, als hätten sie das Wiedersehen gemeinsam geplant.

„Moment, verdammt nochmal." Er drehte sich zu dem Raum um, in dem seine Frau verschwunden war. „Shay hat Cassie noch nie getroffen. Wieso zum Teufel schienen sie sich dann zu kennen, als Cassie heute Abend aufgetaucht ist?"

Brutes Mundwinkel zuckten leicht, als er wiederholt die Schultern hob.

Mistkerl. Etwas ging hier vor sich, und es war an der Zeit, dass T.J. dem ein Ende setzte.

„Du mischst dich da besser nicht ein." Er zeigte mit einem bedrohlichen Finger auf Brutes Brust und stürmte davon, wild entschlossen die Antworten zu finden, ohne die er nicht leben konnte.

KAPITEL DREIZEHN

Cassie wusch sich gerade die Hände, als die Waschraumtür aufflog und mit einem ohrenbetäubenden Geräusch gegen die Wand schlug. Sie wandte sich um, aufgeschreckt durch ein Gefühl der Angst, das sie aus einer ähnlichen Situation noch gut in Erinnerung hatte, und blickte in die wütenden Augen T.J.s, der in der Türöffnung erschien.

„Du warst schon einmal hier unten."

Sie klappte ihren offenstehenden Mund zu und setzte eine neutrale Miene auf. *Durchatmen.* Sie analysierte seine Worte in ihren Gedanken in der Hoffnung, sich selbst davon zu überzeugen, dass sie aus Eifersucht und nicht aus Hass gesagt worden waren. „Ich weiß nicht, wovon du sprichst."

Seine große Gestalt näherte sich ihr langsam, seine Nasenflügel bebten, und zum ersten Mal wirkte er bedrohlich. „Du hast dich selbst verraten."

Sie drehte sich zum Waschbecken zurück und senkte den Kopf, während sie ruhig nach dem Handtuch griff und ihre Hände abtrocknete. „Was habe ich verraten?"

Er knurrte, ein tiefes Grollen in seiner Brust, das ihre Ohren liebkoste. Er stellte sich hinter sie, schnappte sich das Handtuch und warf es zurück auf den Tresen. „Sieh mich an."

Sie schluckte, dann richtete sie ihren Blick auf den Spiegel und den wütenden Mann, der daraus zurückstarrte. Einen Moment lang hatte sie Angst, nicht vor ihm, sondern davor, dass sich ihre Ehe mit jeder Sekunde mehr in ein verwüstetes Wrack verwandelte. Bald wäre sie nicht mehr zu retten. Bald wäre alle Hoffnung verloren.

Er packte ihr Handgelenk und drehte sie zu sich herum. Obwohl er höllisch wütend war, war sein Griff dennoch eine leichte, liebevolle Berührung seiner Finger. Sie sah zu ihm auf, erhaschte einen flüchtigen Blick auf die Traurigkeit in seinen Augen, bevor sein Blick auf die Stelle fiel, an der sie sich berührten. Er ließ sie los.

Emotionen flackerten über seine Züge – Herzschmerz, Sehnsucht, Verwirrung, bevor sie sich schließlich wieder in Wut verwandelten. „Antworte mir", knurrte er.

Sie schnaubte. „Soweit ich weiß, hast du mir nur Vorwürfe entgegengeschleudert. Mir ist noch keine Frage gestellt worden." Sie trat dicht an ihn heran und reckte ihr Kinn, sodass sie sich fast auf Augenhöhe gegenüberstanden. „Und selbst wenn du Antworten von mir verlangst, hast du kein Recht mehr auf sie. Ich gehe dich nichts mehr an."

„Spiel nicht mit mir, Cass." Er trat zwischen ihre Schenkel, kam ihr bedrohlich nahe.

Sie war noch nie immun gegen seine Dominanz gewesen. Außerhalb des Schlafzimmers waren sie ein ganz normales Paar. Nein, falsch. Außerhalb des Schlafzimmers waren sie ein beneidenswertes Paar, ihre Liebe für jeden offensichtlich, der sie zusammen erlebte. Hinter verschlossenen Türen änderten sich die Parallelen ihrer Beziehung. Er war nicht länger der Beschützer. Er war das Raubtier. Der Mann mit einem unersättlichen Verlangen nach ihr, einer Leidenschaft so animalisch, dass sie schweißgebadet aus bloßen Träumen davon erwachte.

„Ich kann es nicht ertragen, dich so zu sehen." Seine Nase rümpfte sich vor Abneigung. „Gehässigkeit steht dir nicht."

Gehässigkeit? *Gehässigkeit.* Konnte er nicht sehen, dass sie hier um ihr Leben kämpfte? Um seine Liebe?

„Ja?" Sie hob trotzig eine Braue. „Nun, ein Feigling zu sein steht dir auch nicht besonders."

„Ich bin kein Feigling, Cass."

„Hmm?" Sie verengte ihre Augen. „Wie würdest du es denn dann nennen? Du läufst vor einer perfekten Ehe davon. Du versteckst dich vor etwas, von dem du mir nicht einmal erzählen willst. Wenn das keine Feigheit ist, dann weiß ich es nicht."

„Es gibt vieles, was du nicht weißt."

„Weil du es mir nicht sagen willst." In ihrer Stimme lag ein Flehen.

„Es ist besser so. Du musst dich damit abfinden."

„Nein. Du musst dich damit abfinden, dass ich uns nicht aufgeben werde." Ihrem Tonfall mangelte es an Überzeugung. Genau wie ihrem Herzen. Sie konnte all das nicht viel länger ertragen. Für einen Mann zu kämpfen, der nicht mehr umkämpft werden wollte. Für eine Sache zu fechten, die bereits verloren war. „Solange ich nicht alle Antworten habe, kann ich nicht aufgeben. Ich brauche einen richtigen Schlussstrich." Sie ging auf ihn zu und legte ihre Unterarme auf seine Brust. „Sag mir, warum du unsere Scheidung brauchst. Sag mir, was sich geändert hat, wenn es nicht der Abend in Tampa war."

Sie fuhr sich mit der Zunge über ihre Unterlippe, konnte sich nicht davon abhalten, wenn er ihr so nah war. Ihr Mund sehnte sich nach ihm. Alles, was sie brauchte, war ein Kuss. Eine Verbindung. Der geringste Kontakt würde ausreichen ihn zu überzeugen, bei ihr zu bleiben.

„Du begehrst mich noch immer." Sie unterbrach ihren Blickkontakt nicht. „Ich glaube, das wirst du immer."

„Du hast Recht. Aber dass ich mich zu dir hingezogen fühle, stand immer außer Zweifel."

Seine Aufrichtigkeit brachte sie ins Straucheln. „Was ist es dann? Liebst du mich nicht mehr?"

Ihre Finger klammerten sich in sein Hemd und ihr Blick musterte seine Miene auf der Suche nach Antworten. Allmählich näherte sie sich dem Kern der Sache. Wenn sie wusste, wogegen sie ankämpfte, konnte sie sich besser wappnen und würde nicht länger im Dunkeln kämpfen.

„Tate, *bitte* sag es mir."

Sein Blick erweichte sich und seine Lippen teilten sich, als wollte er etwas sagen. Dann machte er die Schotten dicht und seine Stirn runzelte sich genervt, bevor er mit einem verächtlichen Lachen zurücktrat. „Fast hättest du mich gehabt."

Er schüttelte den Kopf, fuhr mit einer Hand über die dunklen Stoppeln seines Kinns. „Aber lass uns auf den eigentlichen Grund zurückkommen, wieso ich hier drin bin, ja?" Ihr Herz sank, sein bissiger Tonfall war zurück. „Sag mir, Cassie. Wann bist du ohne mich ins *Vault* gegangen?"

Wie zum Teufel hatte sie den Spieß einfach umdrehen können? Er konnte in ihrer Gegenwart nicht klar denken. Sie verwirrte ihn. Wechselte das Thema, ohne dass er es bemerkte. Er war nicht hier reingekommen, um dem emotionalen Flehen in ihren Augen zu erliegen. Er war hier, um Antworten zu erhalten.

„Wie bist du reingekommen?" Er versuchte kontrolliert zu wirken, auch wenn er sich langsam zurückzog, sich schrittweise von ihr entfernte.

Sie schnaubte. „Ich schätze, wir haben beide Fragen, die nicht beantwortet werden."

Entschlossen und energisch musterte sie ihn, was ihn beinahe in der funkelnden Pracht ihrer Überzeugung ertrinken ließ. Sie hatte unendliches Vertrauen in sie beide. In ihre Liebe. Und verdammt, es zerriss ihn innerlich in Stücke. Er wollte es ihr sagen, ihr die Wahrheit offenbaren und sie wissen lassen, dass er keine Scheidung *wollte*.

Er *brauchte* sie – um Cassie zu beschützen.

Er hatte sie verändert. Hatte eine wunderbar unschuldige Frau durch seine Wünsche und Begierden in eine talentierte Verführerin verwandelt. Wegen ihm war sie neugierig auf einen Ort wie den schäbigen Laden in Tampa geworden. Doch das war nur ein Teil seines Problems. Der Rest lag außerhalb seiner Kontrolle. Es gab so viel, das sie nicht wusste, und es ihr zu sagen, würde ihr nur noch mehr Schmerzen zufügen.

„Ich schätze, wir sind hier fertig." Sie hielt einen Moment inne, wartete auf Worte, die er nicht finden konnte. Mit einer übertrieben dramatischen Bewegung warf sie die Haare über die Schulter, drehte sich auf dem Absatz um und verließ das Badezimmer, während er in Verliebtheit versank.

Er konnte es nicht verhindern. Konnte nicht dagegen ankämpfen. Ganz gleich, wie viel Zeit sie getrennt verbrachten, er würde sie immer wollen. Immer brauchen. Darum betteln, zwischen ihren himmlischen Schenkeln sein zu dürfen und ihren Lippen verehrendes Gemurmel entlocken zu können. Betteln, um sie einfach zu halten. Ihr Trost zu spenden. Er würde all ihre gemeinsamen Jahre geben, wenn sie dadurch neu anfangen könnten. Er hatte keine Kontrolle über die Reaktionen seines Körpers auf Cassie. Seine Handflächen juckten danach, sie zu berühren, seine Lippen brannten beim Gedanken an einen Kuss.

Es hatte nie etwas Anziehenderes gegeben als die Liebe und Zuneigung, die er einmal in ihren Augen gesehen hatte. Doch hier und jetzt war der entschlossene Funke, den er in ihren Augen hatte lodern sehen, wie eine physische Streicheleinheit für seinen Schwanz.

Er joggte beinahe durch den Waschraum und schleuderte mit zu viel Kraft die Tür auf. „Wie bist du hier runtergekommen?" Seine Stimme war laut, fast ein Schreien. Er brauchte immer noch Antworten. Mehr noch, er brauchte ihre Nähe.

Sie blieb in der Mitte des Raumes am Fußende des großen Bettes stehen und stemmte eine Hand in ihre Hüfte. „Ich bin dir hinterhergegangen, weißt du noch?"

„Du weißt, dass ich nicht von heute Abend spreche." Er stapfte auf sie zu, ballte die Hände an seinen Seiten zu

Fäusten, um nicht nach ihr zu greifen. „Sag mir, ob du schon einmal hier unten gewesen bist."

„Oder was?" Sie hob eine Braue. „Was tust du, wenn ich nichts sage?"

Er knurrte frustriert, das Grollen brannte von seiner Brust bis in seine Kehle. „Ich kenne die Antwort schon. Deine mangelnde Überraschung, als du heute Abend hier reingekommen bist, hat dich verraten. Ich war bis jetzt nur zu abgelenkt, es zu realisieren. Es hat keinen Sinn, die Wahrheit zu leugnen, Cass. Ich weiß, dass du hier unten warst."

Ihre Lippen formten sich zu einer verführerischen Kurve. „Vielleicht."

„Wer hat dich reingelassen?"

Die Kurve ihrer Lippen nahm zu. „Das geht dich nichts mehr an, erinnerst du dich?"

Eifersucht, schwer und mächtig, pulsierte durch seine Adern. „Cassie." Ihr Name vibrierte in einer tödlichen Kombination aus Wut und Kummer von seinen Lippen.

„Tate", ahmte sie ihn nach.

„Wann?" Das Bett war direkt neben ihm. Eine verlockende Möglichkeit sie auf die Matratze zu werfen und zu fesseln, bis er sich in ihrem suchterregenden Körper gesättigt hatte. „Hat dich ein Angestellter herumgeführt? War es Travis? Shay? Oder war es während eines Themenabends?"

„Warum willst du es so unbedingt wissen?" Sie genoss das hier. Aufregung lag in ihren Augen, in ihrem Schmunzeln. Er legte seine Karten offen. Zeigte ihr, dass er sich immer noch sorgte. „Warum, T.J.? Du hast deutlich gemacht, dass du mich nicht mehr liebst."

Er kniff seine Augen zu, nicht gewillt, in ihre Falle zu tappen. Er wollte es leugnen, ihr genau beschreiben, wie viel ihm ihre Liebe bedeutete. Aber er konnte es sich nicht leisten, heute Abend noch einen weiteren Schritt zurück zu machen.

„Du hast den Club ohne mein Wissen betreten. Ich will wissen, wie." Er öffnete die Augen und spähte auf sie herab, überbrückte mit einem Schritt die letzte Distanz zwischen ihnen. Sie hatte ihn in ihrer Gewalt. Jedes Glied, jeden Atemzug. Er konnte den Gedanken an sie hier unten ohne ihn nicht ertragen. Das Bedürfnis die Wahrheit zu kennen brannte wie Feuer in seinen Adern. Die Vorstellung von ihr inmitten der Clubbesucher war eine Qual.

„Bitte." Er fuhr mit den Fingern über ihren Kiefer, nahm sanft ihr Kinn und genoss es, wie ihre Augen zu flatterten. „Du bist absolut hinreißend, Cassie. Ich kann mir geradezu vorstellen, welche Wirkung du bei deinem Besuch auf die Stammgäste hattest."

Er glitt mit dem Daumen über ihr Kinn, streifte die empfindliche Haut direkt unter ihrem Mund. „War es so, Sweetheart? Bist du zum Spielen hergekommen? Hat Brute dich gesehen? Leo?"

Sie geriet in seinen Bann, ihre Lippen teilten sich sehnsuchtsvoll. Das Problem war, dass er ebenso wie sie von Verlangen zerfressen war. Sein Glied pulsierte, pochte in einem unaufhörlichen Gleichtakt mit seinem Puls.

Er fuhr mit einer Hand durch ihr loses Haar und legte die andere auf ihre Hüfte, höher und höher, bis seine Handfläche fast die Wölbung ihrer Brust erreichte. „Sag es mir", flüsterte er. „Wann warst du hier unten?"

Sie schüttelte den Kopf, verweigerte ihm ihre Gedanken, aber nicht ihren Körper. Ihr Kopf lehnte an seiner Hand, ihre Brust an seiner, und die Wärme ihres Unterleibs versengte seinen Schwanz.

Klarheit entglitt ihm, sein Kopf nun von Lustgedanken erfüllt, sein Körper verloren an die Aussicht auf Erlösung. Er beugte sich vor, strich mit seinen Lippen über die perfekte, glatte Haut unter ihrem Ohr und atmete ihr Parfüm ein.

„Sag es mir." Er war sich nicht länger sicher, wonach er fragte. Konnte sich nicht mehr erinnern, wieso er überhaupt hier war, spürte nichts als das Bedürfnis sie zu haben.

Ihre Hände legten sich auf seine Brustmuskeln. Das gierige Kratzen ihrer Nägel auf seinem Hemd trieb ihn in den Wahnsinn vor Verlangen. Es war mehr als zwölf Monate her, seit er sich in ihrem Körper verloren hatte. Mehr als 365 Tage. Eine Ewigkeit.

Sein Verstand wusste, dass es viel zu lange her war. Sein Glied wusste das auch. Es war sein Herz, das schmerzhafte Stechen in seiner Brust, das den Moment trübte und ihn daran erinnerte, dass er die Entscheidung getroffen hatte, dieses Vergnügen aufzugeben. Er durfte unter dem Gewicht der Anziehungskraft nicht nachgeben.

Doch er hatte aus einem Grund mit diesem Spielchen begonnen. Er brauchte nach wie vor Antworten. Er würde nachts nicht schlafen können, solange er nicht herausfand, wann sie hier gewesen war und was sie getan hatte. Er zog sich zurück, wartete, bis sich ihre Augen öffneten, bevor er ihr Haar um seine Faust wickelte und es ihr damit unmöglich machte sich zu bewegen. „Ich will es wissen."

„Und ich will dich." Sie wanderte mit ihren Fingerspitzen seine Brust hinunter, über seinen Bauch, bis zum Schritt seiner Hose. Ihre Hand umfasste seinen Schwanz, während sie leise ein verlangendes Stöhnen von sich gab.

Er knurrte, hasste es, wie schwach sie ihn machte, und kämpfte gegen das Feuer ihrer Anziehungskraft an, während sie mit ihrer Nase über seine strich. *„Sag es mir."*

Er wartete nicht auf eine Antwort, von der er wusste, dass sie nicht kommen würde. Stattdessen presste er seinen Mund auf ihren und packte ihren Hinterkopf, um sie an Ort und Stelle zu halten. Er teilte mit seiner Zunge ihre Lippen und rieb seine Erektion an ihr.

Er konnte sie überall spüren – an seiner Brust, in seinem Verstand, in seiner Seele.

„Sag es mir", knurrte er in ihren Mund hinein.

Sie wimmerte, ihr Körper butterweich an seinem eigenen. Ihre Lippen waren die zarteste Seide, ihr Duft eine berauschende Mischung aus allem Süßen und Verletzlichen auf der Welt. Sie packte sein Hemd und zog es aus seiner Hose, ihre Finger auf seiner Haut wie ein Brandeisen.

Sein Bedürfnis nach Antworten verlor sich in der Notwendigkeit sie zu haben. *Zwölf Monate,* wiederholte er immer wieder in seinem Kopf. Zwölf Monate lang hatte er darauf verzichtet. Wie hatte er leben können? Wie hatte er geatmet?

Er hob sie hoch, legte sie auf die sauberen Laken des Bettes in der Raummitte und ging dann zur Tür, um sie mit einem harten Stoß seiner zitternden Hand zuzuschlagen.

Als er sich zu ihr umdrehte, lag sie rücklings auf ihre Ellbogen gestützt, ihr Körper eine Vision, der er beraubt worden war. Er wollte es richtig machen, die Leuchtstoffröhren ausschalten und sie in den warmen Schein der Lampe tauchen, aber es ging nicht darum, die richtige Stimmung zu erzeugen oder ihre ohnehin schon unfehlbare Wirkung auf ihn zu verstärken. Es ging einzig darum, Antworten zu bekommen. *Und nur darum.*

Wenn er sich nur konzentrieren könnte.

Er stürmte auf sie zu und machte nicht Halt, bis seine Knie gegen die Matratze stießen und das Bettgestell erschütterten. „Sag es mir", verlangte er. „Wann warst du hier?"

Ihre Stirn legte sich in Falten, und der glasige, erregte Blick verschwand. „Ich schätze, das hier war ein Fehler." Sie setzte sich auf und wandte sich zur gegenüberliegenden Seite des Bettes, um es zu verlassen.

Von wegen. Er stürzte sich auf sie, packte sie um die Taille und zog sie zurück in die Matratzenmitte. Als er sie diesmal losließ, funkelte etwas Neues in ihren Augen. Etwas Wildes und herrlich Ungezogenes. Etwas, das er in Cass noch nie zuvor gesehen hatte.

Er stürzte sich erneut auf sie, diesmal auf ihren Mund, und rammte seine Lippen mit genug Kraft gegen ihre, dass es ihr den Atem raubte. Sie klammerte sich an ihn, bohrte ihre Fingerspitzen in seine Schultern und fuhr ihm mit einer Hand durchs Haar. Er war verloren, im Delirium, und kam der Erlösung immer näher.

Mit seinem Knie schob er ihre Beine auseinander, legte seinen Körper zwischen ihre Oberschenkel und pinnte sie damit auf das Bett. Sie protestierte nicht, verweigerte sich ihm nicht, und doch war ihr Blick tödlich, als er sich zurückzog. Eine Warnung, und er würde es sicherlich in naher Zukunft bereuen, sie nicht beachtet zu haben.

Während sein Becken ihren Unterkörper fixierte, griff er in die Nachttischkommode und holte einen Schal aus der Schublade. Sie leckte sich die Lippen, als er sich über sie beugte, und ihr Blick verfolgte seine Bewegungen, als er zunächst ihr linkes, dann ihr rechtes Handgelenk an das schmiedeeiserne Kopfende des Bettes fesselte.

Sie war ein Augenschmaus. Zur Schau gestellt für sein Vergnügen. Eine Göttin, die seiner Gnade ausgeliefert war. *Exquisit.* Jetzt musste nur noch ihre Kleidung auf dem Boden liegen und ihre Beine von Fesseln gespreizt werden, dann wäre sie perfekt.

Er strich mit einer Hand über ihren Körper – ihren Arm hinunter, über die Wölbung ihrer Brüste, zur Weichheit ihrer Taille. „Ich könnte dich stundenlang berühren."

Sie bäumte sich auf, drückte ihm ihren Unterleib entgegen, sodass seine Finger sich danach sehnten tiefer zu wandern. „Und doch hast du es seit Monaten nicht getan."

Er ignorierte sie, konnte ihr keine Antwort geben, die ihn nicht in Selbsthass stürzen würde. Er hatte geschworen ihr fernzubleiben, sie weiterziehen zu lassen. Wichtiger noch, er hatte sich selbst versprochen, seinen Sehnsüchten nicht nachzugeben, um ihr keine Hoffnung zu machen ... Was tat er also hier?

Fuck. Er musste hier raus. *Sofort.* „Wann warst du hier, Cass?"

Sie wimmerte, rieb ihre Hüften an seinen. „Küss mich." Ihre Stimme war atemlos – ein verführerisches Flehen.

Er senkte seinen Kopf in ihren Nacken, um seinen Schmerz vor ihr zu verbergen. Zweifellos dachte sie, es ginge hier um Lust, und, ja, er brannte darauf, sie zu haben. Doch was ihn hierhielt, war Angst. Die Panik, dass sie neugierig genug war, ohne ihn einen Sexclub zu besuchen. Dass sie eines Tages in die Falle eines anderen Raubtieres tappen könnte, wenn er nicht da wäre, um auf sie aufzupassen. Und es ging um Eifersucht. So viel gottverdammte Eifersucht, dass er vor Schmerz aufschreien wollte.

Es gab keinen anderen Mann für sie. Es durfte keinen geben.

Nicht jetzt und nicht später.

Er fuhr mit seinem Mund über ihren Hals, ihren Kiefer, ihre Wange. Jeder Berührung folgte ein leises Wimmern ihrerseits, und ein heftiges Pulsieren seines Schafts. „Ich nehme an, ich kann dir deine Neugier nicht verübeln." Er überschüttete sie mit zarten Küssen. „Ich bin nur enttäuscht, dass ich nicht dabei war, als du das erste Mal ins *Vault* kamst."

Am Boden zerstört traf es eher.

Ihre Augen waren geschlossen, ihre Hände umklammerten den um ihre Handgelenke gewickelten Schal. Er leckte den Saum ihrer Lippen, neckte ihre Zunge mit seiner eigenen. Sie war so empfänglich. Ihr Körper hob sich seiner Hand entgegen, die langsam nach unten wanderte, über ihren Oberschenkel und zum Saum ihres kurzen Rocks.

So weit hatte er nicht gehen wollen. Er würde eine Million Tode sterben, bevor er darüber hinwegkam. Aber sie fühlte sich einfach zu gut, zu richtig an.

„Gott, wie ich diesen Körper vermisst habe." Er hatte es nicht laut aussprechen wollen. Ihre Kurven machten verrückte Dinge mit ihm. Sie war perfekt, eine makellose Frau in jeder erdenklichen Hinsicht. Er schloss die Augen, als seine Fingerspitzen ihr Höschen erreichten, die Hitze ihres Geschlechts so nah. „Sag mir, meine Schöne. Bist du hergekommen, um mich zu sehen?"

Sie wimmerte wieder, und diesmal hob sie ihren Kopf, um einen Kuss zu verlangen, den er nicht geben würde.

„Du kannst es mir sagen." Er hatte Schwierigkeiten genug Kraft zum Sprechen aufzubringen. Genug Kraft, um aufzuhören. Er wollte sich seiner Hose entledigen und in sie hineinfahren, wohl wissend, dass ihr Schoß klitschnass für ihn sein würde.

„Ja." Sie nickte und zerrte an ihren Fesseln. „Ich war hier."

Er erstarrte, jeder Nerv war angespannt, jeder Muskel

verkrampft. „Wann?", fragte er, obwohl seine Kehle sich zuzuschnüren drohte.

„Ist das wichtig?", keuchte sie.

Er knurrte, konnte seine Frustration kaum noch zurückhalten. Seine Fingerspitzen fuhren durch den kurzen Haarstreifen zwischen ihren Oberschenkeln und stoppten an der angeschwollenen Perle direkt darunter. „Alles ist wichtig", flüsterte er ihr krächzend ins Ohr. „Erzähl mir alles."

Sie schüttelte den Kopf, während ihre Hände fester am Schal zerrten.

Er rieb über ihre Klitoris, einmal, zweimal, und empfand jedes Mal, wenn sie wimmerte, sadistische Befriedigung. Das Verlangen nach ihr rann tief durch seine Venen und pulsierte mit unbestreitbarer Absicht. Er musste ihr Vergnügen bereiten. Sie zum Höhepunkt bringen, wie er es schon so oft getan hatte.

„Ich war letzte Woche hier."

Er hörte auf zu atmen. Seine Sicht verschwamm. „Auf der Maskeradenparty?"

Jammernd nickte sie.

Ein Schwindelgefühl überkam ihn. Der Arm, mit dem er sich abstützte, um sich aufrechtzuhalten, versank tiefer in der Matratze, während sich seine Finger im Laken festkrallten. Er zwang seine andere Hand dazu, weiter ihre Klitoris zu streicheln, und verbot sich selbst zu fliehen, bevor er nicht jedes kleinste Detail wusste.

„Warst du mit jemanden zusammen?"

Sie öffnete die Augen, ein Teil ihrer Erregung hatte Platz gemacht für einen prüfenden Blick aus zusammengekniffenen Augen. „Ja." Das Wort klang nachdrücklich, selbstsicher und schoss ihm einen Pfeil durch die Brust.

„Sag mir mit wem, Cass." Er konnte die stählerne Härte seines Tonfalls nicht kontrollieren. Er würde den Mann töten. Ihn mindestens entmannen. „Mit wem warst du zusammen?"

Ihre Miene wurde weicher, und die liebevolle, sanfte Frau, die er kannte, schien durch. Sie lehnte sich vor, dann fiel sie aufgrund ihrer Fesseln zurück und schnaubte frustriert. Mit der Zunge befeuchtete sie ihre von Küssen geschwollenen Lippen. „Ich war mit dem Mann zusammen, den ich liebe."

Fuck. Ihre Worte waren wie Dynamit, das ihn in Stücke riss. Er rutschte vom Bett und wollte nicht glauben, was ihre Worte andeuteten.

„Ich war mit dir zusammen", fuhr sie fort.

„Nein." Sein Herz pumpte mit der Geschwindigkeit eines Güterzuges. In seinem Kopf blitzten Bilder mit lebhafter Klarheit auf. Das neue Mitglied – die Frau mit den schwarzen Haaren und den braunen Augen. *Herr im Himmel.* Sie hatte sich große Mühe gegeben, ihn auszutricksen.

„Doch", flüsterte sie. „Du hast *mich* geküsst, T.J. Du hast dich zu *mir* hingezogen gefühlt."

Verdammte Scheiße. Er war vor Schuldgefühlen fast gestorben wegen ihr. Und doch hatte er es irgendwie gewusst. Er hätte unmöglich eine andere küssen können. Sein Unterbewusstsein hatte gewusst, dass sie es war, trotz ihrer Verkleidung.

„Ich wusste, du liebst mich noch immer", sagte sie überzeugt. „Donnerstagabend war der Beweis dafür. Du konntest nicht widerstehen. Genauso wie du es jetzt nicht kannst. Wir sind nicht dazu bestimmt, voneinander getrennt zu sein, T.J."

Er ignorierte sie und fuhr sich mit einer Hand übers Gesicht, dann begann er, auf und ab zu gehen. „Wie bist du reingekommen?"

Sie zerrte an ihren Fesseln und schnaubte. „Kannst du mich losmachen?"

„*Wie*, Cassie?"

Sie ließ sich in die Kissen zurückfallen. „Mit einem gefälschten Ausweis."

Er blieb stehen und gestand sich mit einem Nicken seine Niederlage ein. Er hatte die Antworten erhalten, die er brauchte, um nachts schlafen zu können. Zusätzlich war ihm ein kleiner Teil seiner Schuld genommen worden. Nun war es an der Zeit zu gehen.

Er ging zum Kopfende des Bettes und konzentrierte sich

auf ihre Fesseln statt auf den Hoffnungsschimmer in ihren Augen. Er war ein verfluchter Bastard. Ein Feigling, genau wie sie vorhin gesagt hatte. Er beugte sich hinunter und küsste die glatte Haut ihres Handgelenks direkt über dem Schal.

„Ich weiß, dass du mich noch liebst." Sie streckte den Arm nach seinem Gesicht aus.

Er wich zurück, unfähig, die Zärtlichkeit ihrer Berührung zu ertragen. Das war's. Der letzte Hieb, damit sie endlich aufhörte das Ende ihrer Ehe anzuzweifeln. Er musste sie davon überzeugen, ihn hinter sich zu lassen. Und traurigerweise wusste er genau, wie er das erreichen konnte.

„Das einzige, was du ausgelöst hast, war Verlangen." Er richtete sich zu seiner vollen Größe auf und sah mit einem, wie er hoffte, überzeugend mitleidigen Blick auf sie herab. „Sonst nichts."

Die Lüge tat weh, und jedes Wort, das er sprach, verwandelte ihre entschlossene Miene mehr in eine Maske herzzerreißender Qualen.

„Ich glaube dir nicht."

Ein Teil von ihm jubelte, dass sie ihn so gut kannte. Der Rest von ihm wurde von dem Bedürfnis erdrückt, noch einen draufzusetzen. Er zuckte mit den Achseln und warf ihr einen Blick zu, der die Schuldgefühle, die auf ihn einprasselten, Lügen strafte. „Ich werde keine Zeit damit verschwenden, unserer Ehe nachzutrauern. Ich werde weitermachen und schlage vor, dass du das Gleiche tust."

Ihr Gesicht wurde blass, der letzte Hieb hatte ins Schwarze getroffen. Er drehte sich um, weil er es nicht ertragen konnte, sie so zu sehen. Er konnte es nicht ertragen, obwohl er derjenige war, der sie innerlich zerriss. Mit jedem Schritt von ihr weg zur Tür brach mehr Kummer über ihn herein.

Sie würde sich nicht mehr davon erholen. Das wusste er, weil er sich ebenfalls nicht mehr erholen würde.

KAPITEL VIERZEHN

„*T.J.*", schrie Cassie der Tür entgegen, die ihr Mann hinter sich geschlossen hatte, bevor sie zurück in die Kissen sank. Demütigung überkam sie und ließ Tränen ihre Wangen hinunterströmen.

Er würde nicht zurückkommen, um sie loszubinden.

Sie war allein. Schluchzend versuchte sie sich von dem Seidenschal zu befreien, mit dem er ihre Hände gefesselt hatte. Vergeblich. Ihre Haut brannte bereits von der Reibung, doch der Schmerz kam nicht annähernd an das heran, was sie in ihrer Brust fühlte.

Das ferne Geräusch von Schritten näherte sich, das Klicken einer Türklinke war zu hören, gefolgt von einem Quietschen, als sich die Tür einen Spalt breit öffnete.

„T.J.?"

„Bist du salonfähig?" *Brute*. Großartig. Ihre Nacht konnte nicht noch schlimmer werden.

„Nicht wirklich", murmelte sie. Ihre Nase lief, ihr Rock war bis zu ihren Hüften hochgeschoben und legte ihre Seidenunterwäsche frei. Die einzige Rettung war das Höschen, das ihren Intimbereich bedeckte ... denselben Bereich, der immer noch pochte von der Berührung ihres Ehemannes.

Er hatte noch nie Schwierigkeiten damit gehabt, sie zu

erregen. Es war immer seine Mission gewesen dafür zu sorgen, dass sie vor ihm kam. Meistens mehr als einmal. Dass er verschwand, während sie wild vor Verlangen war, war ein Zeichen dafür, dass sie es endlich einsehen sollte. Ihr Ehemann war weg, und der Mann, der seinen Platz eingenommen hatte, scheute sich nicht davor zurück, ihr das Gefühl zu geben, wertlos und schmutzig zu sein.

„Wie bedauerlich." Brute trat in das Zimmer, auf dem Gesicht wie immer eine undurchdringliche Miene, die keinen Schock, keine Abneigung darüber zeigte, dass sie ans Bett gebunden war, ihre Wangen tränenüberströmt, ihre Kleidung und Haare zerzaust. „Sieht aus, als hättet ihr Spaß gehabt."

Sie funkelte ihn böse an, als er an die Seite des Bettes trat und den Schal an ihrem rechten Handgelenk entwirrte. „Ja", knirschte sie. „Es war wie im verdammten Disneyland hier drin."

Er hielt inne. Ob es an ihrer ungewohnt ordinären Sprache oder an ihrer gebrochenen Stimme lag, konnte sie nicht sagen. Ihr Handgelenk fiel vom Material befreit auf die Matratze, und sie drehte ihren Kopf zur anderen Seite des Zimmers, unfähig, seiner emotionslosen Prüfung standzuhalten.

„Du bist ein Risiko eingegangen, ihn zur Rede zu stellen." Brute begab sich auf die andere Seite des Bettes. „Leider ist der Schuss nach hinten losgegangen."

Sie starrte stur geradeaus und zog mit einer Hand am Saum ihres Rockes, während er sich ihrem anderen Handgelenk näherte.

„Gibst du jetzt auf? Vermutlich wäre es besser, eine Art Freundschaft, oder was auch immer ihr normalen Menschen habt, zu bewahren, anstatt später überhaupt nicht mehr in der Lage zu sein, miteinander zu kommunizieren."

Keine der beiden Optionen war akzeptabel gewesen, bevor sie die Treppe hinuntergekommen war. Jetzt war sie sich nicht sicher, ob es so eine schlechte Idee war, T.J. nie wiederzusehen. Er hatte Erinnerungen besudelt, von denen sie nie gedacht hätte, dass sie verdorben werden konnten. Er zerstörte nicht nur ihre gemeinsame Zukunft, er beschmutzte auch ihre Vergangenheit.

„Ich konnte nicht glauben, dass er uns aufgibt." Sie befreite ihr Handgelenk, nachdem er den Knoten gelöst hatte. „Ich musste für das kämpfen, was wir hatten."

Er neigte mit unbekümmerter Miene den Kopf. Sie hätte ihm jegliches Mitgefühl abgesprochen, wäre da nicht das Baumwolltaschentuch, das er aus seiner Hose zog und ihr hinhielt.

Sie putzte sich die Nase und trocknete ihre Wangen. „Ich war am Abend der Maskeradenparty hier. Er hat mich geküsst."

„Denkst du, ich wusste nicht, dass du hier bist?" Er lachte schroff. „Niemand geht durch diese Türen, ohne dass ich es weiß. Allerdings hast du ziemlich gute Arbeit geleistet mit dem gefälschten Ausweis, ich war nicht ganz überzeugt, dass du es bist, bis du hier aufgetaucht bist."

„Du wusstest es?" Ihre Stimme wurde lauter. „Warum hast du nichts gesagt? Warum hast du es T.J. nicht erzählt?"

Er zuckte mit den Schultern. „Es stand mir nicht zu. Du hast dir offensichtlich große Mühe gegeben, Zugang zum Club zu erhalten, und ich hatte keinen Zweifel daran, dass du so versuchen wolltest, ihn zurückzugewinnen. Und außerdem wollte ich sehen, ob du den Mumm hast, hier aufzukreuzen. Ich hätte nie gedacht, dass du so verschlagen sein kannst."

Er setzte sich neben sie aufs Bett, streckte einen Arm nach ihr aus und strich ihr mit gerunzelter Stirn das tränennasse Haar von der Wange, ganz so, als wäre ihm eine so sanfte Geste fremd. „Er will dir nicht wehtun." Die Worte waren kaum zu hören, kaum zu glauben von einem so barschen Mann. „Das wissen wir alle. Es ist seine Art dich zu beschützen. Lass ihn. Es ist alles, was er noch hat."

Sie schnaubte und entzog sich seiner Berührung. „Mich wovor zu beschützen?"

„Vor der Vergangenheit." Seine Mundwinkel hoben sich. „Der Gegenwart." Sein Grinsen wurde breiter. „Der Zukunft."

„Ist das hier ein Spiel für dich?", blaffte sie ihn an und rutschte vom Bett.

„Nein." Er stand auf und schaute sie von der anderen Seite der Matratze an. „Allerdings fühle ich mich irgendwie, als wäre ich in einer nicht jugendfreien Seifenoper."

Sie machte ein finsteres Gesicht und erkannte sein Verhalten als das, was es war – eine Ablenkung. Er hatte zu viel Mitgefühl gezeigt, und jetzt musste er das ausgleichen, indem er sich wie ein Arschloch verhielt. Musste seine weichere Seite verbergen, in dem Bestreben seine Verwundbarkeit zu schützen.

„Du tust mir leid." Das tat er wirklich. Er war kalt. Herzlos. Ihm fehlte die Fähigkeit sich aus dem Fenster zu lehnen, weil er zu große Angst hatte verletzt zu werden. „Du musst einsam sein."

„Einsam? Wieso? Ich habe alles, was ich brauche – Geld, Prestige und zahllose Frauen, die mir zur Verfügung stehen."

„Aber keine Liebe."

Er schnaubte höhnisch. „Gibt es sie überhaupt?"

Jetzt war sie an der Reihe, ihn mitleidig anzusehen. „Natürlich gibt es sie. Ich sollte es wissen. Ich habe sie jahrelang mit T.J. erlebt."

Sie schenkte ihm zum Abschied ein trauriges Lächeln und ging dann zur Tür. Sobald sie die Schwelle erreicht hatte, hielt sie inne und wurde sich bewusst, dass sie nicht verschwinden konnte, ohne die Treppe wieder hinauf zu gehen und eventuell ihrem Mann zu begegnen.

„Soll ich dir etwas holen?", fragte Brute hinter ihr.

Sie sackte in sich zusammen und nickte. „Bitte." Sie wollte durch den Hintereingang verschwinden. Sich verkriechen wie das dreckige Ungeziefer, zu dem T.J. sie gemacht hatte. „Meine Handtasche und Schlüssel sind unter der Hauptbar."

Brute drückte sich an ihr vorbei und folgte ohne zu zögern ihrer Bitte. Wahrscheinlich war auch er froh, sie gehen zu sehen. Die gesicherte Tür fiel in der Ferne zu und hüllte sie in Stille. Sie atmete tief durch und wartete. Die

Minuten verstrichen wie langsame, trostlose Tage. Sie prägte sich ihre Umgebung ein, wanderte um die Möbel herum, fuhr mit den Fingern die Sofarückenlehnen entlang.

Sie weigerte sich in den Spiegel hinter der Bar zu schauen. Ihr Spiegelbild würde ihr verraten, was ihr schmerzendes Herz bereits wusste – es war vorbei. Sie hatte keinen Willen mehr zu kämpfen. Alle Hoffnung war verloren.

In ein paar Wochen wäre sie single. Allein. Gebrochen. Als könnte sie noch mehr zerbrechen als jetzt.

Das Schwingen der sich öffnenden Tür erschreckte sie, und sie machte sich auf den Weg in den Newbie-Bereich.

„Ist das alles?", fragte Brute und hielt ihre Tasche und ihre Schlüssel hoch.

„Ja", nickte sie und nahm ihm ihre Habseligkeiten aus der Hand, bevor sie die Arme um ihre Brust schlang. „Ich schätze, jetzt heißt es Lebewohl."

Er presste seine Lippen aufeinander, seine harten Gesichtszüge wurden immer steriler, während er stirnrunzelnd zu ihr hinunterblickte. „Ich denke schon."

Sie unterdrückte ein bitteres Lachen und drehte sich auf dem Absatz um. Das *Shot of Sin* war ein großer Teil ihrer Ehe gewesen, als es eröffnet wurde. Jetzt würde es zu einer Erinnerung verblassen.

„Cass, warte."

Sie sah sich über die Schulter, zu dem eisernen Ausdruck, der sich nicht verändert hatte. Der einzige Unterschied war Brutes Haltung: Er hatte seine Arme erhoben und geöffnet.

Sie wandte sich stirnrunzelnd zu ihm um.

„Komm schon", brummte er. „Das ist für mich unangenehmer als für dich."

Sein Unbehagen zauberte ein kurzes Lächeln auf ihre Lippen. „Du bist ein verwirrender Mann, Bryan."

Er rollte mit den Augen, trat vor und schloss sie in die Arme. Lange Zeit hielten sie sich einfach nur fest, ihr Kopf auf seine Schulter, seine Arme um ihren Rücken gelegt.

„Ich habe T.J. immer bewundert", sagte er in ihr Haar. „Er setzt sich selbst an letzte Stelle, egal in welcher Situation.

Und er ist viel zu gutmütig für sein eigenes Wohl. Lieber stößt er dich von sich und quält sich damit selbst, als dass er dich etwas Verletzendem aussetzen würde. Ich beneide ihn um seine Selbstlosigkeit."

Cassie drückte sich von Brutes Brust weg und sah ihm in die Augen. „Im Moment verabscheue ich sie."

„Verständlich." Er neigte den Kopf. „Aber obwohl er sich so verhält, glaube ich, dass er tief im Inneren möchte, dass du weißt, dass dein Schmerz ihn umbringt."

„Ich dachte, du mischst dich nicht in persönliche Angelegenheiten ein." Sie brachte ein halbherziges Grinsen zustande, war aber nicht in der Lage, es länger als einige Sekunden aufrecht zu erhalten.

„Ich schätze, ich habe eine Schwäche für Mädchen in Nöten."

„Nein." Kopfschüttelnd glitt sie aus seiner Umarmung. „Du hast ein großes Herz. Du hast nur zu viel Angst, es zu zeigen."

„Nee, habe ich nicht." Er sah in Richtung der Bar, wich ihrem Blick aus. „Geh zur Hintertür raus, ich schließe hinter dir ab."

Sie wollte über den abrupten Themenwechsel lachen. Stattdessen schlug sie ihm mit ihrer Handtasche auf die Schulter, um die Stimmung aufzulockern. „Wir sehen uns, Großer."

Er nickte, und seine Gesichtszüge kehrten in ihren emotionslosen Zustand zurück. „Pass auf dich auf."

„Mache ich." Sie steuerte auf die Treppe zum Parkplatz zu und ignorierte den drohenden Zusammenbruch, der auf ihren Schultern lastete. Es war Zeit nach vorne zu sehen. Keine weiteren Zweifel mehr. Keine Versuche mehr, gegen einen unbekannten Gegner zu kämpfen. Ihre Ehe war vorbei. Und nach heute Abend war sie entschlossen weiterzuziehen.

T.J. lehnte an der Wand neben dem Eingang zum *Vault* im Erdgeschoss und wartete darauf, dass Brute zurückkehrte. Sobald sich die Tür öffnete, richtete er sich auf und beobachtete, wie sein Geschäftspartner zur Bar ging.

„Ist sie weg?" Seine Stimme hallte durch den leeren Raum und verspottete ihn.

„Jepp." Brutes Tonfall war für T.J.s Geschmack zu abgestumpft. „Für immer."

Fuck. Er fuhr mit einer Hand durch sein Gesicht und sah zur Decke. „Geht's ihr gut?"

„Du willst nicht wissen, wie es ihr geht." Brute überquerte die Tanzfläche und ging auf Shay und Leo zu, die hinter der Bar standen.

„Doch, will ich." T.J. drückte sich von der Wand weg. „Sag es mir."

Brute schwang herum. „Sie ist am Arsch. Ist es das, was du hören willst?" Er warf die Hände in die Luft und ließ sie an seine Seiten fallen. „Du hast sie gebrochen. Sie ist erledigt. Verschwunden. Herzlichen Glückwunsch."

„Herrgott", flüsterte Shay.

„Du hältst dich verdammt nochmal da raus." T.J. stürmte zur Bar und zeigte drohend mit einem Finger auf sie, als seine geistige Verfassung zersprang. „Es ist deine Schuld, dass sie hier war."

Sie zuckte bei seinem boshaften Tonfall zusammen. „Was—"

„Habe ich dich in irgendeiner Weise respektlos behandelt? War es Vergeltung für etwas, das ich getan habe? Oder warst du nur ein herzloses, neugieriges Miststück, das dachte, es wüsste es besser, weil ich lediglich ein Mann bin, der keine Ahnung hat, wie es ist zu fühlen?"

Die Worte sprudelten aus seinem Mund, als wäre er in einer außerkörperlichen Erfahrung gefangen. Es waren seine Gedanken, aber sie hätten niemals ausgesprochen werden dürfen.

Ihr Mund öffnete und schloss sich wieder. Sie sah zu ihrer Linken, zu Leo an ihrer Seite, bevor sie sich wieder zu ihm wandte. „Keines von beiden. Ich—"

„Du hast sie ermutigt, heute Abend herzukommen, oder?"

„Ich ... Ich ..." Sie ließ ihre Schultern sinken und nickte kurz. „Ich weiß, du liebst sie. Ich dachte, ihr könntet die Dinge wieder in Ordnung bringen, wenn ihr etwas Zeit miteinander verbringt."

„Verdammt nochmal, Shay", brummte Brute.

„Es ist nicht ihre Schuld." Leo umrundete die Bar. „Ihr Herz war am rechten Fleck. Sie wollte nur helfen."

„Das hat sie aber nicht. Sie hat mich dazu gebracht, meiner Ehe ins Gesicht zu spucken. Und ich will wissen, was zum Teufel du dagegen unternehmen willst. Sie kann hier nicht mehr arbeiten. Ich will, dass sie verschwindet."

„Das ist der Schmerz, der da spricht", knurrte Leo. „Shay ist weit mehr als eine Angestellte für uns, und das weißt du."

T.J. reckte das Kinn und weigerte sich zuzustimmen.

„Okay, du bist stocksauer. Das wissen wir." Brute ging hinter die Bar und holte eine Dose *Scotch and dry* aus dem Kühlschrank. „Aber Cass ist jetzt weg. Sie sieht nach vorne. Du hast bekommen, was du wolltest. Gib niemand anderem die Schuld für etwas, das du in Bewegung gesetzt hast."

T.J.s Kiefer mahlte und er atmete schwer durch die Nase, in dem Bemühen, seine hasserfüllten Worte für sich zu behalten. Es war seine Schuld. Er war verantwortlich.

„Was hätte ich tun sollen?", fragte er. „Ich kann ihr nicht die Wahrheit sagen. Es würde sie umbringen."

„Was *ist* die Wahrheit, T.J.?", fragte Shay.

Leo schnitt eine Grimasse und schüttelte den Kopf, doch sein schweigender Protest reichte nicht aus, um die Worte aufzuhalten, die aus T.J. herauspurzelten. „Vor sechs Monaten wurde der Mann, der sie angegriffen hat, wegen einer brutalen Vergewaltigung angeklagt. Die Frau wäre fast gestorben."

Shay keuchte. „Cassie weiß es nicht?"

„Nein", grunzte er. „Und ich habe auch nicht vor, es ihr zu

sagen. Sie würde sich die Schuld geben, obwohl sie nichts dafür kann.“

Er allerdings schon.

Wäre er mit ihr nur nicht in diesen Sexclub gegangen. Hätte er nur auf sein Bauchgefühl gehört und ihr nicht erlaubt, von seiner Seite zu weichen, um auf die Toilette zu gehen. Sie wäre nie angegriffen worden, und er würde nicht die Schuld für zwei gepeinigte Frauen auf seinen Schultern tragen.

„Dann sag es ihr nicht ... aber du kannst dich deswegen auch nicht von ihr scheiden lassen“, bettelte Shay.

„Du erwartest, dass ich es für den Rest meines Lebens vor ihr geheim halte?“ Er starrte sie an. „Ich liebe sie, Shay. Ich würde alles für sie tun. Aber ich werde keine Ehe führen, die auf Lügen basiert. Sie verdient mehr als mich. Sie verdient mehr als einen Mann, der sie überhaupt erst in eine solche Lage gebracht hat.“

Er hatte nur deshalb von der Anklage erfahren, weil er einen Ermittler damit beauftragt hatte, ein wenig nachzuforschen. Fast genau auf den Tag sechs Monate nach dieser Nacht im Club hatte er eine E-Mail mit Bildern im Anhang erhalten. Eine Sechsundzwanzigjährige, schüchtern und hübsch, war in ein Auto gezerrt worden. Sie hatte keine Chance.

„Cassie denkt jetzt schon, die Scheidung wäre hart“, fuhr er fort. „Wenn sie herausfinden würde, was dieser Mann ihr hätte antun können oder was hätte vermieden werden können, wenn wir nur zur Polizei gegangen wären, würde sie sich nicht mehr erholen. Das kann ich ihr nicht antun.“

Er knirschte mit den Zähnen und richtete seinen finsteren Blick auf Shay. „Und ich erlaube dir nicht, deine Nase in unsere Angelegenheiten zu stecken und zu riskieren, dass sie es herausfindet, nur damit du deine eigenen Ziele erreichen kannst.“

„Es tut mir leid.“ Sie machte ein langes Gesicht. „Das wusste ich nicht.“

„Ein *Es tut mir leid* reicht da nicht aus.“ *Verdammt nochmal.*

Die Dinge, die er unten zu Cassie gesagt hatte ... Die Dinge, die er getan hatte. Selbst Gott würde ihm nicht verzeihen, dass er sie so hintergangen hatte.

„Das Angebot, ihn fertigzumachen, ist immer noch auf dem Tisch." Brute trank aus der Dose und machte sich nicht einmal die Mühe, seine volle Aufmerksamkeit darauf zu richten, dass T.J.s Leben im Begriff war zu enden.

„Nein, danke", sagte T.J. „Er wurde gefasst und strafrechtlich verfolgt. Sobald er im Gefängnis war, legte sich der Wind um die Geschichte, und so soll es auch bleiben."

„Er verdient auf die ein oder andere Weise Vergeltung."

T.J. neigte den Kopf. „Ja, aber auf die Gefahr hin, dass Cassie es herausfindet? Da ziehe ich es vor, dass er ihn seiner Zelle verrottet."

Shay wandte sich an Leo. „Wusstest du davon?"

„Ja. Seit der Maskeradenparty."

„Aber, T.J., du liebst sie so sehr." Sie erhob ihre Stimme. „Du kannst sie nicht verlassen."

Er hatte monatelang darüber nachgedacht, ob er eine Lüge leben konnte, nur um bei Cassie zu bleiben. Die Eheberatung hatte nicht geholfen. Er musste entweder die Wahrheit sagen und zusehen, wie sie jeden Tag unter den Konsequenzen litt, obwohl er wusste, dass es seine Schuld war. Oder er konnte sie verlassen und ihr die Chance geben, eine bessere Zukunft mit jemand anderem zu finden.

„Es ist die einzige Möglichkeit."

Brute knallte seine Dose auf den Tresen und holte sich eine weitere aus dem Kühlschrank. „Ich bin immer noch der Meinung, dass der Bastard leiden sollte."

„Und du denkst, ich bin anderer Meinung? Er sitzt im Knast. Was geschehen ist, ist geschehen." Cassie war weg. Er hatte sie bis an ihre Grenzen getrieben und bezweifelte, dass sie den Willen hatte, sich weiter zu wehren.

„Dann schlage ich vor, wir vergessen das Ganze." Leo verschränkte die Arme vor der Brust. „Vergessen *sie*."

Leicht gesagte Worte, die ihm solche Schmerzen

verursachten, dass ihm das Atmen schwerfiel. „Ja, einfach Schwamm drüber und gut ist, was?"

Als ob es jemals so einfach sein würde.

Leo knurrte wütend. „Hör zu, wir versuchen, für dich da zu sein, aber du machst es uns verdammt schwer."

„*Leo*", schalt Shay und überquerte die Tanzfläche. „Ich habe einen großen Fehler gemacht und es tut mir unendlich leid. Ich hätte Cassie nie in diese Situation gebracht, wenn ich das gewusst hätte. Bitte verzeih mir."

T.J. schaute weg. Er wollte sie nicht verletzen. Es war der Schmerz, die Wut und die Verzweiflung, die ihn unberechenbar machten. „Ich kann mir im Moment nicht einmal selbst verzeihen."

Sie nickte. „Dann sag mir, was ich tun kann, um zu helfen. Ich weiß, dass du am Sonntag deinen Kram abholen gehst. Lass mich das für dich tun."

Zum Teufel damit. Er würde ihn selbst abholen. Er gewöhnte sich langsam daran, seine Ehefrau bis zur Unkenntlichkeit gequält zu sehen. Niemand hatte es so verdient ihren Kummer mit anzusehen wie er. „Nein, ist schon gut."

Fehlgeleitet oder nicht, diese Menschen waren seine Freunde, und er bestrafte sie für etwas, das seine Schuld war. „Es ist mein Fehler. Lasst uns einfach so tun, als wäre der heutige Abend nie passiert." Und als wären die Jahre mit Cassie nur ein Traum gewesen. „Ich gehe nach Hause. Wir sehen uns morgen."

Schweigen und Bedauern folgten ihm, als er das *Shot of Sin* verließ. Er hatte das Richtige getan ... vielleicht nicht auf die richtige Art und Weise, doch es war sein Ziel gewesen, Cassie vor der Vergangenheit zu beschützen, und das hatte er erreicht. Jetzt musste er nur noch lernen mit den Konsequenzen zu leben.

KAPITEL FÜNFZEHN

*D*ie nächsten drei Tage versteckte sich Cassie. Sie ging nicht an die Tür, als Jan vorbeikam, und nicht ans Telefon, als Shay anrief. Nicht einmal den Fernseher schaltete sie ein, um die Außenwelt reinzulassen.

Stattdessen packte sie T.J.s Sachen zusammen. Gegenstand für Gegenstand legte sie die Habseligkeiten ihres Mannes in die leeren Kisten. Sie hätte sie in den Vorgarten werfen können in einer Art Vergeltungsaktion, aber sie war nicht davon überzeugt, dass es ihm überhaupt noch etwas ausmachen würde. Sie konnte nicht länger erahnen, wie er reagieren würde, oder ob er überhaupt auftauchen würde, um abzuholen, was sie zusammengepackt hatte.

Seit sie am Donnerstagabend aus dem Club geflüchtet war, hatte sie nicht mehr mit ihm gesprochen. Wenige Stunden später hatte sie angefangen seine Sachen aus ihrem Leben zu verbannen. Es war ein befreiender Prozess gewesen. Von jedem Kleidungsstück, jedem Paar Schuhe, jedem persönlichen Gegenstand und der Erinnerung, die sie in sich trugen, hatte sie sich verabschiedet.

Bei seinem Hochzeitssmoking war es ihr am schwersten gefallen. Sie hatte den Reißverschluss des Kleidungsschutzes geöffnet, das vertraute Outfit auf dem Bett plattgedrückt und sich draufgelegt. Mit stumm fallenden Tränen hatte sie die Augen geschlossen, die Arme des Jacketts um ihre Taille geschlungen und so getan, als wäre sie wieder zurück an ihrem besonderen Tag. Um ein Gelübde der Liebe und Hingabe abzulegen.

Aber jetzt war sie stärker. Alles, was von T.J. blieb, waren gestapelte Kisten neben ihrer Tür. Sie hatte ihn aus ihren Gedanken vertrieben. Ihn aus ihrem Herzen verbannt. Und würde mit hoch erhobenem Kinn nach vorne sehen.

Als dann jedoch Bear im Hinterhof zu bellen begann, konnte sie nicht sagen, wem sie etwas vormachen wollte. Das war das Ende. Nach dem heutigen Tag gab es keinen Grund mehr für ihn noch einmal vorbeizukommen. Es gab nichts, was ihn hierhalten würde.

Sie holte tief Luft und öffnete die Haustür.

„T.J.", grüßte sie.

Er schenkte ihr ein unbeholfenes Lächeln. „Hi, Cass."

Sie beendete den Augenkontakt, konnte es nicht ertragen, dass sich der ihr so vertraute Mann wie ein Fremder verhielt. „Ich habe deine Sachen gepackt und die Kisten neben der Tür gestapelt. Im Esszimmer sind noch ein paar mehr."

„Das hättest du nicht tun müssen."

Nein, hätte sie nicht. Sie schuldete ihm nichts. „Dann stör ich dich nicht weiter."

Er neigte den Kopf, seine Miene ernst, als er sich nach innen beugte und die erste schwere Kiste vom Stapel nahm.

Mit zu viel Gelassenheit machte er sich auf den Weg. Sie verstand es nicht. Konnte nicht begreifen, wie ein Mann, der einmal behauptet hatte, sie von ganzem Herzen zu lieben, es so einfach finden konnte, alle Verbindungen zu kappen. Aber darüber wollte sie nicht mehr nachdenken. Nein, kein einziges Mal mehr.

Sie ging in den hinteren Teil des Hauses und atmete durch den Schmerz, der ihre Lungen überfiel. Sie weigerte sich zu weinen. Sie hatte schon so viele Tränen vergossen und war damit durch. D-U-R-C-H. Oder vielleicht war das falsch buchstabiert. Sie war vielmehr D-E-F-E-K-T. Sie konnte es nicht sagen. Sie nahm alles nur noch irgendwie betäubt war.

Mehr als eine Stunde lang versteckte sie sich im Gästezimmer hinten im Haus, in die Ecke des Bettes gekuschelt, die Beine angewinkelt, während sie ausdruckslos aus dem Fenster starrte. Es war der Ort im Haus, der am weitesten von ihm entfernt war, und trotzdem verhöhnte das Kratzen von Pappe sie, während er langsam die Kisten voller Erinnerungen aus ihrem Leben entfernte.

„Cassie?" Sein Rufen drang durch den Flur.

Sie schwieg, wollte ihn nicht wiedersehen. Sie hatte keine Lust mehr auf sein Mitleid. Oder den Schmerz, den er ihr zufügte.

„Cassie? Ich bin durch."

Sie seufzte. Er war durch. Sie beide waren durch. Alles war durch.

„Okay", rief sie, ohne sich zu bewegen. „Ich schätze, wir sehen uns."

Sie hielt den Atem an und wartete darauf, dass sich die Haustür schloss. Als sich das Geräusch seiner Schritte im Flur näherte, schlug ihr Herz bis zum Hals. Sie erhob sich vom Bett und lief zum Fenster, damit sie so tun konnte, als hätte er sie dabei erwischt, wie sie etwas Faszinierendes beobachtete. Seine Gestalt füllte den Türrahmen.

„Ich bin dann weg."

Sie nickte erneut. Weg von ihrem Zuhause. Weg von ihr. „Viel Glück bei allem." Die Worte versengten ihr die Kehle.

„Geht es dir gut?"

Sein Tonfall verspottete sie. Und ihre Ehe. Natürlich ging es ihr nicht gut. Ihm sollte es auch nicht gutgehen.

„Großartig", sagte sie gedehnt.

Er kam näher, seine breiten Schultern füllten ihre periphere Sicht. „Gibt es noch etwas, was ich für dich tun kann, wenn ich schon einmal hier bin?"

Halte mich. Liebe mich. Bleib hier. „Ich denke, du hast genug getan."

Das Zimmer versank in Stille und eine beklemmende Fülle an Erinnerungen erfüllte den kleinen Raum. Sie wollte ihren Mund öffnen, ihn an all die kostbaren Momente erinnern, die er mit seinen jüngsten Taten ruiniert hatte. Er hatte sie alle verdorben. Nichts blieb unversehrt. Sie wusste nicht einmal mehr, ob irgendetwas, das sie geteilt hatten, echt gewesen war.

„Ich wollte nie, dass es so endet." Er stellte sich vor sie und lehnte sich mit der Hüfte gegen die Fensterbank. „Ich wollte dir nicht wehtun."

„Wirklich nicht?" Sie wandte sich ihm zu. „Ich bin noch nie so verletzt worden wie von dir in den letzten Wochen. Vor drei Tagen hast du meine Liebe zu dir gegen mich verwendet, mich an ein Bett gefesselt und mich dort zurückgelassen, gedemütigt und noch niedergeschlagener als an dem Tag, an dem du dafür gesorgt hast, dass ein Fremder mir die Scheidungspapiere überreicht."

„Ich weiß." Seine gerunzelte Stirn lag in unzähligen angespannten Falten. „Ich hasse mich für das, was ich getan habe."

Sie hasste ihn sogar noch mehr. Und trotz alledem liebte sie ihn noch.

„Warum hast du es dann getan? Warum nimmst du alles auseinander, was wir je hatten?"

Er sah zur Seite, aus dem Fenster. Er hatte etwas zu sagen, das konnte sie an seinen angespannten Gesichtszügen erkennen. Doch seine Lippen bewegten sich nicht.

„Scheinbar konntest du es Leo und Brute erzählen", fauchte sie, „nur mir ni—"

„Du hast etwas Besseres verdient", knurrte er.

Sie wich zurück. „So schlecht fandest du unsere Beziehung? Dass wir was auch immer für ein Problem nicht gemeinsam hätten lösen können?" Für sie war es ein lebendiges Schwarz-Weiß-Szenario – entweder man sprach über seine Probleme und löste sie, oder man hielt sie unter Verschluss und ertrank langsam daran. „Hattest du so wenig

Vertrauen in uns, dass du es nicht einmal mit mir besprechen konntest?"

„Nein." Sein Ton war scharf. „Mit dir zusammen zu sein hat alles für mich bedeutet. Das wird es immer, Cass. Ich kann es nur einfach nicht riskieren, dich noch mehr zu verletzen."

Die Anspannung in seiner Miene wuchs. Er hatte nicht gelogen, so viel wusste sie. „Dann rede mit mir. Erklär es mir." Sie ging auf ihn zu, unfähig, seinen Kummer zu ertragen. „Ich weiß, unsere Ehe ist vorbei. Wir sind fertig. Aber bitte sag mir, wieso."

Er streckte eine Hand aus und strich mit seinem schwieligen Finger ihre Kieferlinie entlang. Ihre Haut kribbelte überall dort, wo er sie berührte, jeder Nerv erwachte, während ihr Herz nach mehr hungerte.

„Ich hätte heute nicht herkommen sollen." Er streichelte mit seiner anderen Hand über ihre Wange und brachte sie mit seiner Sanftheit beinahe um. „Nachts schlafen zu gehen und zu wissen, dass du mich hasst, ist das schlimmste Gefühl der Welt. Ich wusste, sobald ich dich wiedersehe, würde ich meinem eigenen egoistischen Bedürfnis erliegen, dich zu berühren."

Cassie schloss ihre Augen. *Das* war ihr Ehemann. *Das* war der Mann, den sie geheiratet hatte. Mit seinem Herz auf der Zunge und seiner Liebe, die in Wellen von ihm ausging, brachte er ihr Herz zum Flattern. „Erzähl mir bitte mehr", flüsterte sie und öffnete ihre Augen, um seinem dunklen Blick zu begegnen.

„Du hast Recht, ich halte an meiner Schuld fest. Ich habe mich dafür gehasst, dich in Tampa nicht beschützt zu haben. Und ich habe mich noch mehr dafür verabscheut, dass ich dir anschließend nicht helfen konnte."

„Wir hätten das durchgestanden, hättest du nur mit mir geredet."

Er senkte den Kopf. „Vielleicht. Aber du hättest niemals dort sein dürfen. Meine Dummheit hätte dich teuer zu stehen kommen können."

„Hätte sie, aber hat sie nicht." Sie atmete heftig aus, als sie das sagte. Sie musste wissen, was ihm so zu schaffen machte, allerdings ließ der heftige Schmerz in seinen Augen sie daran zweifeln, ob sie es wirklich wissen wollte. „Du wirst es mir immer noch nicht sagen, oder?"

„Nein."

Sie verzog das Gesicht und rutschte zurück, um sich auf die Fensterbank zu setzen und etwas Abstand vom Schmerz zu gewinnen. Sein Geständnis brach ihr das Herz. Brannte in ihrer Brust. „Ich muss wissen, was du durchmachst, Tate. Ich muss wissen, was dich forttreibt."

Ihre Nase begann zu brennen, ihre Sicht verschwamm. Sie weigerte sich nach wie vor zu weinen. Ihre Tränen würden den bereits entstandenen Schaden nicht reparieren. Doch alles in ihr schmerzte angesichts der Ungerechtigkeit der Ereignisse.

„Ich liebe dich, Cass. Aber unsere Ehe ist vorbei."

An seine Liebe erinnert zu werden tat jetzt mehr weh denn je. Sie hatten so vieles falsch gemacht. Von der Nacht im Club, über seine Reaktion, bis hin zu ihrem schamlosen ersten Besuch im *Vault of Sin*, und allem dazwischen. Es war ein verworrenes Durcheinander, das sich nie entwirren würde.

„Aber ich ..." Sie wusste nicht, was sie sagen sollte. Sie schlang die Arme um ihren Oberkörper und wünschte sich, sie hätte mehr Kampfwillen. „Was wäre, wenn—"

„Nein." Er lächelte traurig und offenbarte mit einem einzigen Blick unendliche Emotionen. „Bitte kämpfe nicht mehr dagegen an. Ich halte das nicht länger aus."

Sie versuchte so ruhig zu bleiben wie er, aber war sich sicher, dass ihr das nicht gelang. Es war nicht leicht, wenn ihr Innerstes matsche war und das Pochen in ihren Adern sich anfühlte, als würde die Welt untergehen. Sie musste ihn berühren. Nur ein einziges Mal. Musste die Kraft unter ihrer Handfläche spüren und die Hitze, die ihre vereiste Seele wärmte. Sie strecke eine Hand nach ihm aus, fuhr mit den Fingern über seine Brust, spürte sein Herz schlagen.

„Ich werde nie aufhören dich zu lieben." Sie klammerte sich an sein Hemd und lehnte ihren Kopf an seine Schulter. Sie schloss die Augen, versank im hypnotisierenden Rhythmus seines Herzschlags und wünschte sich, sie wären an einem anderen Ort, zu einer anderen Zeit.

„Ich weiß. Aber wirst du mir jemals vergeben?"

Sein Flüstern durchdrang sie und berührte jeden Nerv. Sie kniff die Augen zusammen und umklammerte mit ihren Fäusten das Material, bis ihre Knöchel schmerzten. „Ich weiß es nicht."

Es gab so viel zu vergeben – dass er sie nach ihrer Reise nach Tampa monatelang ausgegrenzt hatte, dass er sie im *Vault of Sin* ans Bett gefesselt und beschämt und erniedrigt zurückgelassen hatte, vor allem aber die unbeantworteten Fragen.

„Es tut mir so leid, Cass. Ich wünschte, ich wüsste, wie ich meine Schuld erklären könnte, sodass du es verstehst." Sein Atem streifte ihr Ohr, seine Lippen streichelten zärtlich ihre Haut. „Ich hätte dich niemals in all das mit reinziehen dürfen. Ich hätte glücklich sein sollen mit dem, was wir hatten."

Hätten sie bloß die Grenze nicht überschritten. Hätte sie es bloß nicht so sehr genossen, mehr zu wollen. Hätten sie sich bloß nicht in ihrer atemberaubenden, Herzklopfen verursachenden Liebe verloren, dann wäre all das nie passiert.

Wäre es nur so.

Sie lehnte sich zurück, ihre Finger noch immer in seinem Shirt vergraben. „Ich habe deinen Lebensstil auch für mich gewählt. Ich wollte alles, was du mir offenbart hast. Ich hätte es dir gesagt, wenn es anders gewesen wäre."

Er schnitt eine Grimasse, die seine markanten Züge in etwas herzzerreißend Verletzliches verwandelten. „Ich wünschte ..." Er seufzte. „Ich sollte gehen."

Er wollte sich von ihr losmachen, doch sie verstärkte ihren Griff. Ja, es war an der Zeit Abschied zu nehmen, doch sie konnte es nicht ertragen, seine Wärme schon zu verlieren. Sie musste ihn noch etwas festhalten und seinen Duft tief einatmen, damit ihre Erinnerung niemals verblasste.

Er war wunderschön. Sein Gesicht ein Bild der Qualen und Hingabe. Trauer und Verehrung. Sie liebte diesen Mann. Das würde sie immer. Und nun musste sie ihn gehen lassen.

„Leb wohl, Tate." Sie lehnte sich ihm entgegen und strich mit ihrem Mund über seinen. Die zarte Berührung versengte sie bis zu den Zehenspitzen. Sie war exquisit in ihrer Geschmeidigkeit. Ein rein instinktives Spiel der Lippen.

Er erwiderte ihre Zuneigung, versank zwischen ihren Schenkeln und legte eine Hand in ihren Nacken. Sie wusste, der Kuss war ihr Abschied. Ihr Ende. Und doch konnte sie nicht anders als ihre Verbindung zu vertiefen, indem sie ihre Zunge in seinen Mund schob.

Ihre Finger klammerten sich fester an sein Hemd, ihr Körper und ihr Herz außerstande, ihm nahe genug zu kommen. Sie vergötterte diesen Mann. Das würde sie immer. Doch ihre gemeinsame Zeit war vorbei. Das hier war alles, was ihnen geblieben war.

Sie stöhnte in seinen Mund, küsste ihn härter. Die Teile ihrer Seele, die gestorben waren, als er aus ihrem Leben verschwand, erwachten mit der Kraft von einer Million winziger Nervenexplosionen wieder zum Leben. Er war überall – in ihrem Kopf, in ihrem Herzen, sein Geschmack auf ihren Lippen, seine Liebe in ihren Adern.

Sie konnte nicht genug bekommen.

Stöhnend zog er sich zurück und riss sie damit aus ihrer lustvollen Benommenheit. Sein Blick war warm, sein Atem ging in kurzen, flachen Zügen. Er stand am Abgrund, genau wie sie. Wollte noch weitergehen, obwohl er besser umkehren sollte.

„Das ist genug, Cass. Ich möchte dir keinen falschen Eindruck vermitteln."

„Ich weiß", sagte sie gegen seine Lippen. „Aber ich bin innerlich bereits tot. Mach, dass ich mich wieder lebendig fühle, ein letztes Mal."

Er schloss die Augen, seine Stirn von tiefen Furchen übersät. Als er sie wieder anschaute, sah sie Entschlossenheit. Verlangen. Leidenschaft so wild und hemmungslos, dass es sie überrumpelte, als er seine Lippen wieder auf ihre presste.

Er packte ihre Hüften und zog sie ruckartig zu sich an den Fenstersimsrand, während sein Körper zwischen ihren Schenkeln versank. „Gott, ich werde dich vermissen."

Sie ließ sein Hemd los und versenkte ihre Hände in seinen Haarsträhnen, wie sie es schon so oft getan hatte. „Mach Liebe mit mir, T.J."

Er knurrte und schüttelte den Kopf.

„Bitte." Sie sah ihn mit einem Blick an, der ihm ihre Resignation in Bezug auf ihre Ehe offenbarte. Sie wusste, dass es vorbei war. Er würde nie zulassen, dass sie ihre Zukunft aufs Spiel setzte, selbst wenn sie die Risiken abwägen und ihre Bedenken über Bord werfen würde.

„Ich will nicht, dass du denkst—"

„Es ist vorbei, T.J." Sie küsste seinen Mundwinkel, seine Wange, sein Ohrläppchen. „Zeig mir, wie sehr du mich liebst, bevor du gehst."

Er erstarrte, sein Rücken stocksteif, während ihr Puls in ihren Ohren widerhallte. *Bitte geh nicht.*

„Ich werde dich immer lieben." Das Klimpern seines Gürtels war wie eine Melodie, gefolgt vom Geräusch seines Reißverschlusses.

Sie zerrte an seinem Shirt, zog es ihm über den Kopf und ließ es zu Boden fallen. Sein Körper war definierter, als sie ihn in Erinnerung hatte. Seine Muskeln waren durchtrainiert, seine Haut straff und einladend.

Sie packte den Bund seiner Boxershorts und zerrte daran, um die Spitze seiner Erektion zu entblößen, die darum bettelte, befreit zu werden. Ihr lief das Wasser im Mund zusammen beim Anblick der dicken, geschwollenen Spitze, die sie mit ihrem Mund umschließen wollte.

„Cass ..." Er zerknitterte das Material ihres Kleides und schob es ihre Oberschenkel hoch. „Ich hatte eine lange Zeit keinen Sex mehr. Ich war mit niemandem zusammen außer dir."

Sie grinste und genoss seinen Mangel an Selbstbeherrschung.

„Findest du das lustig?", stichelte er und schob einen Finger unter den Stoff am Schritt ihres Slips. „Du wirkst mindestens ebenso wehrlos wie ich, schöne Frau."

Nickend streckte sie ihre Hüften seiner Berührung entgegen, suchte nach dem kleinsten Hauch einer Penetration, um das Verlangen in sich zu stillen. „Ich wollte dich noch nie so dringend in mir spüren wie jetzt gerade."

Sie zog sich das Kleid über den Kopf und warf es ziellos zur Seite. Es war ihr egal, ob die Nachbarn sie in ihrer Unterwäsche sehen konnten. Stattdessen verfiel sie dem Zauber der Lust und Liebe, in der ihr Mann sie badete, und weigerte sich zu glauben, dass es das letzte Mal war.

„Du bist immer noch die schönste Frau, die ich je gesehen habe."

Ihr Herz flatterte. „Du kommst wohl immer noch nicht viel unter die Leute."

„Ich komme genug unter Menschen, danke", knurrte er und griff um sie herum, um den Rückenverschluss ihres BHs zu öffnen.

Ihre befreiten Brüste kribbelten unter seinem bewundernden Blick. Er stürzte sich auf sie, nahm ihre verhärtete Brustwarze in den Mund und verwöhnte sie mit seiner Zunge in einem verschlungenen Muster, das ihren Lippen ein Wimmern entlockte.

„Der muss weg." Er zerrte ihren Slip hinunter, während er sich zur anderen Brust bewegte, um ihr dieselbe Aufmerksamkeit zu schenken.

Sie hob ihren Po von der Fensterbank, eine Hand am Rahmen abgestützt, die andere um seinen Nacken geklammert, während er das letzte Kleidungsstück ihre Beine hinunter und zu Boden beförderte.

„Spreize deine Oberschenkel", verlangte er. „Einen Fuß auf die Fensterbank."

Ihr Innerstes zog sich bei seiner Anweisung zusammen. „Ich bin nicht mehr so flexibel wie früher."

„Natürlich bist du das. Du brauchst nur die Verlockung eines Orgasmus, um über dich selbst hinauszuwachsen."

Da war er, der Mann, der ihre Grenzen sprengte. Derjenige, der kein Nein als Antwort akzeptierte, wenn es um ihr Vergnügen ging. Sie schob ihre Hüften vor und hob einen Fuß an, um ihn auf der Fensterbank abzustellen und damit alles von sich zu entblößen.

Er trat zurück, um ihren Anblick in sich aufzunehmen, während seine Brust sich in hektischen Atemzügen hob und senkte. „Verflucht."

Er sank auf die Knie und entlockte ihrer Kehle ein Keuchen, als er seine Arme grob um ihre Beine schlang und seinen Kopf zwischen ihren Schenkeln vergrub. Er war nicht zögerlich. Er war nicht gütig. Er verschlang sie regelrecht. Seine Zunge leckte ihr Geschlecht und teilte ihre Schamlippen, um ihre Erregung zu schmecken.

Sie kniff die Augen zusammen und konzentrierte sich auf das Streicheln seines Mundes, das raue Kratzen seiner Stoppeln auf ihrer Haut. Der dominante Griff seiner Hände um ihre Oberschenkel verstärkte sich und brachte sie ohne viel Aufwand dazu, sich ihm rückhaltlos zu unterwerfen.

Sie war ihm ausgeliefert. Nicht mehr als ein Blatt im rauesten Nordwind.

„T.J." Auf der Suche nach Halt streckte sie eine Hand aus und erwischte nichts als Luft. Ihre Vagina pulsierte. Tief in ihrem Inneren pochte jeder Nerv und wartete auf den nächsten Zungenschlag gegen ihre Klitoris.

Dann hörte er auf und ließ sie keuchend und mit brennenden Lungen zurück, bevor er aufstand und aus seiner Jeans schlüpfte. Seine restlichen Klamotten fielen an seinen Füßen zu Boden. Schwer atmend und mit seinen wilden Augen war er anbetungswürdig. Er betrachtete sie noch einmal ausgiebig, während sein Glied gegen den leichten Haarflaum pulsierte, der zu seinem Bauchnabel führte.

„Hast du es dir anders überlegt?" Sie hob eine Braue und schluckte über die Trockenheit in ihrer Kehle hinweg.

„Eigentlich", er räusperte sich, „überlege ich gerade gar nicht. Deine Schönheit macht das unmöglich."

Lächelnd lehnte sie sich zu ihm vor und schlang einen Arm um seinen Hals, um ihn an sich zu ziehen. Als er sich zu ihr hinunterbeugte, um sie zu küssen, gab es einen kurzen Augenblick, die wenigen Sekunden, die ihre leidenschaftlichen Blicke kollidierten, in denen ihre Verbundenheit sie in die Vergangenheit zurückversetzte.

Das zwischen ihnen war Perfektion.

Glückseligkeit auf jeder Ebene, emotional und physisch.

Sie küsste ihn hart, und stöhnte, als sie ihre Lust auf seinen Lippen schmeckte. Die Sonne schien auf ihren Rücken, aber es war seine Brust, seine Haut, von der Hitze abstrahlte, die sie von innen heraus wärmte.

Sie brauchte mehr – alles – von ihm.

„Ich muss dich haben." Ihr Hintern balancierte auf dem Rand der Fensterbank, während seine Erektion an ihrem Schoß rieb.

Er schob eine Hand zwischen sie und positionierte sich an ihrem Eingang. Schon das geringste Gleiten seines Glieds über ihr Geschlecht brachte sie zum Wimmern. Die Erinnerungen an das Vergnügen, das er ihr bereiten konnte, waren ausreichend, um sie an den Rand des Orgasmus zu treiben.

Er hielt inne, zweifellos in dem Versuch, ihre Erwartungshaltung anzuheizen, für die sie bereits zu erregt war, um sie zu schätzen zu wissen. Dann stieß er in sie und dehnte mit seinem Schaft Muskeln, die schon seit Langem nicht mehr benutzt worden waren.

„Herrgott." Seine Stimme war guttural. „Es wird nie eine andere für mich geben. Niemand wird ansatzweise—"

„Shh." Sie legte einen Finger auf seinen Mund und genoss, wie er bei ihrer Berührung seine Augen schloss. Mit ihrer Fingerspitze rieb sie über seine Unterlippe und holte überrascht Luft, als er seine Zähne in ihren Nagel versenkte.

„Niemand." Er blinzelte auf sie hinab, die rhythmischen Bewegungen seiner Hüften nun fordernder.

Sie nickte atemlos, als eine seiner großen Hände ihren Hinterkopf umfing und die andere ihre Hüfte packte. Er lehnte seine Stirn gegen ihre, hielt ihren Blick fest, während er weiter Liebe mit ihr machte und sich mit einem mit der Zeit perfektionierten Rhythmus in ihr wiegte. Vorwärts, zurück, vorwärts, zurück, jeder Stoß ein bisschen härter.

Ihre Lust geriet außer Kontrolle und steigerte sich mit einer Intensität, der sie sich nicht verwehren konnte. Sie klammerte sich an ihn, packte seine breite Schulter, krallte sich in seine Haare. Ein Schrei entwich ihren Lungen, als ihr Orgasmus einsetzte – ein Schrei der Lust und Verzweiflung. Sie schwebte auf dem Höhepunkt aller Höhen, doch auf der anderen Seite wartete Trauer. Sie spürte bereits, wie Kummer und Einsamkeit sie langsam durchdrangen.

Seine Stöße wurden brutal, und sein kehliges Stöhnen kündigte seinen Höhepunkt an. Sie würde nie vergessen, wie er aussah, seine Augen gefesselt von ihren, jedes Flackern seiner Gedanken sichtbar in den Emotionen auf seinem Gesicht.

Lebwohl, T.J.

Sie legte ihre Handfläche auf seine stoppelige Wange und wiegte ihr Becken fordernder, genoss den letzten schwächer werdenden Puls der Euphorie, bevor er für immer verschwunden war. Langsam kam er zur Ruhe, bis seine Hüften sich nicht mehr bewegten, sein Schaft tief in ihr vergraben.

Sie genoss seinen Duft, seine Schönheit, und war dankbar für diesen einen letzten gemeinsamen Moment. Nun blieb ihr nichts anderes mehr übrig, als nach vorne zu sehen.

„Danke." Damit meinte sie nicht den Sex. Ihr Dank galt der Art und Weise, wie es zwischen ihnen enden würde – in Liebe statt in Hass.

Er nickte und legte seine Arme um ihre Taille, um sie festzuhalten.

Sie wollte für immer so verharren. Weiter für das kämpfen, was sie hatten.

Wenn sie es nur könnte. Er würde ihr diese Option niemals geben.

Bedauerlicherweise wusste sie, dass sein Entschluss feststand. Es gab kein Zurück mehr. Sie legte ihre Stirn gegen seine und rieb mit dem Daumen über maskuline Haut, bei der sie immer das Bedürfnis verspüren würde, sie berühren zu müssen.

„T.J." Sie räusperte sich und straffte ihre Schultern. „Ich denke, du solltest gehen."

KAPITEL SECHZEHN

Eine Woche später.

Cassie war wieder mit Kistenpacken beschäftigt. In den Schränken des Gästezimmers hatte sie noch mehr von T.J.s Habseligkeiten gefunden. Dann noch weitere im Arbeitszimmer. Sie hatte nicht daran gedacht, seine Geschäftsakten auszuräumen oder seinen E-Mail-Account von ihrem Computer zu löschen ... bis jetzt, wo ihr Verstand endlich ihr Schicksal akzeptierte.

T.J. hatte bereits sein E-Mail-Passwort geändert. Die Software würde keine neuen E-Mails mehr downloaden. Doch das ließ die alten E-Mails nicht verschwinden. Es befanden sich immer noch geschäftliche E-Mails im *Posteingang*, auch sein *Gesendet*-Ordner war voller Nachrichten, ebenso der *Papierkorb*.

Sie mussten verschwinden. *Alles* musste verschwinden.

Mit einem Glas Wein in der Hand tauchte sie in seine Vergangenheit ein, um sich zu vergewissern, nichts Wichtiges zu löschen, bevor sie eine nach dem anderen endgültig entfernte. Sie bemühte sich so zu tun, als wäre sein Name nicht tröstlich. Als würden seine professionellen und zuvorkommenden Antworten an Kunden ihr keinen Herzschmerz verursachen. Das tat sie so lange, bis ihr Kopf vor Alkohol schwirrte und ihr Magen knurrend nach Essen verlangte.

Geschäftliche E-Mail – gelöscht. Geschäftliche E-Mail – gelöscht. Spam-E-Mail – gelöscht. Geschäftliche E-Mail – gelöscht. Sport-Newsletter – gelöscht. Private Nachricht ... Sie klickte auf Letztere, der Betreff – *Privat und Vertraulich* – hatte ihr Interesse geweckt.

Vielen Dank für Ihre E-Mail, Scott.

Es tut mir leid, dass es Stunden gedauert hat, um zu antworten. Ich bin ganz ehrlich, ich fühle mich für die Situation der jungen Frau verantwortlich.

Ich möchte mich herzlich für die Dateien und Links bedanken. Ich stimme Ihnen zu, dass Ihre Dienste nicht länger benötigt werden, jetzt, da der Mann in Haft ist. Bevor Sie mir jedoch die Schlussrechnung für die geleistete Arbeit zukommen lassen, möchte ich Sie bitten zu prüfen, ob ich die Frau finanziell entschädigen könnte, ohne dass eine Spur zu mir zurückführt.

Ich wäre für jede Information in dieser Angelegenheit dankbar, und weiß, wie üblich, Ihre Diskretion zu schätzen.

Tate Jackson

Cassie stellte ihr Weinglas auf den Tisch und starrte ausdruckslos auf den Bildschirm. Ein Schauer des Grauens lief ihr über den Rücken, und sie konnte die Eifersucht, die sich in ihrem Magen ansammelte, nicht abstreiten. War dies die Information, die bewies, dass es eine andere Frau gab? War die Entschädigung für ein Kind?

Sie scrollte tiefer, in der Hoffnung, Scotts Original-E-Mail unter T.J.s Text zu finden. Doch da war nichts. *Shit.* Sie druckte die kryptische Nachricht aus und suchte dann nach weiteren E-Mails, die an Scotts Adresse gegangen waren. Nichts. Falls noch weitere Nachrichten an diese Adresse geschickt worden waren, hatte T.J. sich alle Mühe gegeben, diese zu verbergen.

Ihr Herz klopfte heftiger, der berauschende Schwips des Alkohols von ihrer Angst überschattet. Ihre Beziehung mit T.J. hatte ein bittersüßes Ende gefunden. Der einzige Grund, wieso sie nachts schlafen konnte, war das Wissen, dass er sie noch liebte. Es erlaubte ihr einen winzigen Hoffnungsschimmer in sich zu tragen, dass er eines Tages aufwachen und seinen Fehler einsehen würde. Allerdings bekamen seine Schuldgefühle jetzt einen anderen Kontext.

Sie navigierte zum Ordner mit den gelöschten Nachrichten und suchte nach Scotts Namen. Wieder nichts. Da waren keine weiteren E-Mails von oder an diesen Mann.

„Verdammt." Sie konnte T.J. nicht anrufen und danach fragen. Es war aus und vorbei zwischen ihnen. Sie musste irgendwie anders an mehr Information herankommen.

Dateien und Links.

Es musste eine Internet-Spur geben. Oder Dokumente irgendwo auf dem Computer. Sie öffnete einen Internetbrowser, klickte auf den Verlauf und scrollte bis zum Datum der E-Mail zurück.

Vor sechs Monaten.

Aufgeregt richtete sie sich auf. Es musste etwas mit T.J.s Auszug zu tun haben, das wusste sie. Nur hatte sie bisher keine Beweise, nichts, was ihre Vermutung untermauert hätte. Es war der Schmerz in ihren Knochen, der ihr die Wahrheit verriet.

Sie umklammerte ihr Weinglas, nahm Schluck um Schluck, bis das Datum der Links mit dem der E-Mail übereinstimmte. Es gab nur zwei Links, die beide auf dieselbe Nachrichtenseite führten.

Ihre Hand zitterte, als sie auf die erste Websiteadresse klickte. Dann drohte alles in ihrem Magen zu revoltieren, als das Gesicht eines bekannten Mannes den Bildschirm ausfüllte. Gespenstische blaue Augen, eine markante Nase und ölverschmiertes Haar. Das Glas glitt ihr aus der Hand, der Fuß berührte den Tisch, bevor es zu Boden fiel.

Sie konnte nicht mehr klar sehen. Nicht denken. Sie versuchte zu blinzeln, zu fokussieren, doch alles, was sie sah, waren lebhafte Erinnerungen vor ihrem inneren Auge.

Serienvergewaltiger wieder hinter Gittern.

Sie hielt den Atem an und überflog den Artikel. Ihr Blick fiel auf fürchterliche Worte wie Vergewaltigung, brutal,

Krankenhausaufenthalt, vierzig Jahre Haft. Sie erhob sich vom Stuhl, stolperte zurück und bedeckte ihren Mund, um die Übelkeit zu bekämpfen, die ihr in den Hals stieg.

Nichts konnte den Sturm der Gefühle aufhalten, der sie überkam. Tränen fielen ohne ihre Erlaubnis. Ihre Brust drohte zu explodieren. Eine Frau war vergewaltigt worden. Das Leben einer unschuldigen jungen Frau war von demselben Mann ruiniert worden, der Cassie angegriffen hatte, und es war erst vor sechs Monaten geschehen.

Sie stolperte aus dem Zimmer und rannte den Flur entlang. Ihre Füße strauchelten, als sie sich durch die Badezimmertür stürzte, um sich gewaltsam ihres gesamten Mageninhalts zu entledigen.

T.J. hatte es gewusst. Seit über sechs Monaten hatte er es gewusst.

Sechs Monate. Seit dem Tag, an dem er sie verließ.

„Oh Gott." Sie würgte erneut und schloss die Augen, während ihr weiter die Tränen liefen.

Nun machte ihre Scheidung Sinn. Alles war auf einmal erschütternd klar. Die Zerstörung ihrer Ehe war ihre Schuld. Nicht nur das: Die Frau war vergewaltigt worden, weil Cassie nicht zur Polizei gegangen war.

Mit dem Rücken lehnte sie sich gegen die Badezimmerwand und ließ ihrem Schluchzen freien Lauf. Die Zeit wurde nur noch in Tränen gemessen. Sie wusste nicht, wie lange sie dort saß, war sich nicht sicher, wann die Sonne untergangen und die Dunkelheit hereingebrochen war.

Das Telefon hatte mehr als einmal geklingelt. Der Fernseher im Wohnzimmer plätscherte noch immer vor sich hin, während in ihr alles schmerzte. Sie war sich nicht sicher, was sie emotionaler machte – die Frau, deren Vergewaltigung hätte verhindert werden können, die Jahre der Ehe, die hätte gerettet werden können, oder die Geheimnisse, die T.J. vor ihr verborgen hatte.

„Cassie", rief seine Stimme in ihrem Kopf.

In ihrem Delirium schnitt sie eine Grimasse und weinte

ein wenig mehr. Sie verleugnete den Wahnsinn nicht. Sie hatte ihn und noch so viel mehr verdient.

„*Cassie*.“

Diesmal runzelte sie die Stirn und kam langsam auf die Füße. Seine Stimme war kein Traum. Er war hier und schloss gerade ihre Haustür auf, um ihren Alptraum zu betreten.

„*Cassie*.“ T.J. stürmte mit klopfendem Herzen ins Haus. Er rannte durch den Flur und hielt abrupt an, als er sie im Dämmerlicht erblickte. Ihr Haar war durcheinander, ihre Augen blutunterlaufen und ihre Haut blass. „Was ist los?“

Sie blinzelte ihn mit gerunzelter Stirn an. „Was machst du denn hier?“

„Jan hat angerufen.“ Er streckte eine Hand aus, vorsichtig, als würde er sich einem verängstigten Kind nähern. Sie wirkte schwach. Zerbrechlich. „Sie sagte, sie könne dich weinen hören, aber du würdest nicht an die Tür gehen.“

Cassie blinzelte und schüttelte den Kopf. „Ich habe es nicht gehört.“ Nicht einmal ihre Stimme war wie sonst. Sie war tonlos. Wie betäubt.

„Cassie ...“ Er machte einen weiteren Schritt, musste reparieren, was zerbrochen war. Nachdem er letzte Woche mit ihr geschlafen hatte, hatte er geschworen, sich von ihr fernzuhalten, doch sobald Jan anrief, hatte er sich völlig verzweifelt hektisch ins Auto gesetzt, um schnellstmöglich zu ihr zu gelangen. Er hatte befürchtet, dass so etwas passieren würde. Dass er sie verließ, um sie zu beschützen, ohne zu wissen, wie sie mit allem fertig wurde, während sie getrennte Leben führten. „Sag mir, was los ist.“

Sie sah ihn stirnrunzelnd an, Zorn machte sich in ihrem Gesicht breit. „Du wusstest es.“ Ihr Brustkorb hob und senkte sich in heftigen Atemzügen. „Du wusstest es und hast mir nichts gesagt.“ Sie kam auf ihn zu und funkelte ihn wütend an. „Du wusstest es.“ Sie stieß ihn in die Brust. „Und hast mich im Dunkeln tappen lassen.“

„Cassie." Er wich zurück, bis er gegen die Wand stieß. „Was wusste ich?"

Sie lachte hysterisch. „Alles." Sie stieß ihn nochmal, und eine Träne kullerte über ihre blasse Wange. „Warum hast du es mir nicht gesagt?" Ihre Stimme war ein einziges Flehen. „Ich verdiene zu erfahren, was ich angerichtet habe."

Seine Kehle schnürte sich zu. „Du hast gar nichts angerichtet, Sweetheart."

Ihr Gesicht verzerrte sich, als sie mit den Fäusten auf seine Brust hieb und schluchzte. „Ich habe unser aller Leben ruiniert." Sie schnappte verzweifelt nach Luft. „Eine Frau wurde vergewaltigt."

Alles in ihm starb. Eine Sekunde lang starrte er sie an. Auf die Zerstörung, die er zu verhindern gehofft hatte. Auf den Schmerz, den er nicht ertragen konnte. Er riss sie an seine Brust und schloss die Augen, um seine eigenen Tränen abzuwehren.

„Es ist okay", flüsterte er und hielt sie fest, während ihr Körper bebte. „Es ist nicht deine Schuld."

Es war seine. Es hatte vor Jahren angefangen, als er begonnen hatte, ihre Grenzen auszuweiten. Liebe erforderte Spontaneität, doch er war zu weit gegangen. Ihre Ehe war perfekt gewesen, und er hatte sie mit seinem ständigen Bestreben nach mehr Abenteuer ruiniert. Er hatte sie in diesen Club getrieben. Er hatte ihre Hand gehalten, als sie durch die Tür gingen. Und er hatte sie nicht rausgezerrt, als er entdeckte, dass der Ort ihrer Anwesenheit nicht würdig war.

Er war für sie verantwortlich gewesen, und im Gegenzug war er schuld an ihrem Leiden.

„Hast du der Frau Geld gegeben?" Ihre Stimme war kaum mehr als ein Flüstern.

„Nein." Er hatte sich große Mühe gegeben, seine Spuren zu verwischen, Telefonlisten und E-Mails zu löschen, doch Cassie musste eine Nachricht des Ermittlers gefunden haben. Noch so ein Fehler, den er gemacht hatte. „Ich wollte es. Aber nicht zu wissen, woher die Summe kommt, hätte sie verstören können, daher habe ich es mir anders überlegt."

Ihr Gesicht verzerrte sich vor Schmerz. Sie atmete tief ein. „Aber geht es ihr gut? Ich meine ... hat sie ... hat sie Leute, die sich um sie kümmern?"

Nein. „Ja." Er hatte ehrlich gesagt keine Ahnung. Er hatte sich nicht dazu durchringen können weiter herumzuschnüffeln. Er hatte nicht riskieren wollen ihr Angst einzujagen, sollte sie herausfinden, dass ein Ermittler sie verfolgte. Also hatte er vor sechs Monaten seine letzte Zahlung an Scott geleistet und versucht es hinter sich zu lassen.

Sie drückte sich von seiner Brust weg und musterte ihn. „Warum glaube ich dir nicht?"

Er verzog das Gesicht. Ohne Worte teilte ihm der Ausdruck in Cassies Augen mit, dass sie hasste, was er getan hatte.

„Du hättest es mir sagen sollen." Sie schüttelte seine Berührung ab und ging außer Reichweite. „Wie konntest du mir das vorenthalten?"

„Ich wollte nicht mit ansehen, wie du das durchmachen musst."

„Du hast Informationen über eine Vergewaltigung und damit den eigentlichen Grund für unsere Scheidung zurückgehalten, weil du mit meinen Tränen nicht fertig wirst?"

„Nein." Er schüttelte den Kopf. „Ich meine damit, dass du das hier nicht verdienst. Du hast diese Schuld nicht zu tragen, sondern ich."

„Also war ich nicht dafür verantwortlich, der Polizei von dem Verbrechen zu erzählen, das dieser Mann begangen hat?" Ihre Worte sprühten vor Gift. „Ich hätte die Zukunft dieser Frau nicht ändern können, wenn ich Anklage gegen ihren Vergewaltiger erhoben hätte, lange bevor er sie vergewaltigte? Er hätte schon früher im Gefängnis landen können."

„Ohne mich wärst du nie in diesen Club gegangen", regte er sich auf, wollte, dass sie sich die Wahrheit anhörte. „Du wärst nicht angegriffen worden, Cassie. Es hätte für uns nie einen Grund gegeben auseinanderzugehen, und du hättest nicht einmal von der Existenz dieses Mannes gewusst. Meine Entscheidungen haben zu all dem geführt, nicht deine."

„Da liegst du falsch." Sie funkelte ihn an, ihre zugeschwollenen Augen voller Verachtung. „Ich will, dass du gehst."

„Ich habe versucht dich davor zu bewahren, Cass."

„Ich bin eine erwachsene Frau." Ihre Stimme hallte von den Wänden. „Für meine eigenen Fehler übernehme ich selbst die Verantwortung."

„Ja, aber dieser Fehler war nicht deiner. Es war *seiner* und meiner."

„Geh." Diesmal klang ihre Stimme weniger giftig. „Geh einfach, T.J." Sie ließ ihre Schultern sinken, aller Kampf und Zorn verflüchtigte sich.

„Cassie, bitte. Es ist nicht deine Schuld. Du bist nicht dafür verantwortlich."

„Nein?" Sie hob eine Braue. „Warum verheimlichst du es mir dann? Warum unsere Ehe beenden, wenn nicht, weil du von meinen Taten angewidert bist?"

„Warum?" Sie wusste so viel und doch so wenig. „Weil ich es nicht mehr verdient habe, dich küssen zu dürfen, wenn es Geheimnisse zwischen uns gibt. Ich konnte es nicht ertragen, dich anzusehen und zu wissen, dass ich dir die Wahrheit vorenthalte. Und ich konnte nicht in unserem Bett schlafen, wenn ich immer wieder daran denken musste, dass du leicht diese Frau hättest sein können. Ich habe dir immer gesagt, meine Schuld macht es mir schwer, dir nah zu sein."

„Nun, deine Schuldgefühle sind fehlgeleitet. Und der Gedanke, dass du mich als jemanden siehst, der schwach und unfähig ist, seine eigenen Entscheidungen zu treffen, widert mich an." Seufzend sah sie weg. „Ich weiß nicht, wen du siehst, wenn du mich anschaust, T.J., aber du siehst definitiv nicht die Frau, die ich bin."

„Ich kenne dich." Er kannte sie besser als sich selbst. Sie war wunderschön. Gütig. Fürsorglich. Vor allem jedoch hatte sie ein Herz, das den Schmerz anderer als viel schlimmer empfand als ihren Eigenen.

„Tust du nicht." Sie schüttelte den Kopf und ging weg. „Du glaubst nicht an meine Stärke. Du hältst mich für nicht in der Lage, meine eigenen Entscheidungen zu treffen. Also ist die Scheidung wohl tatsächlich das Beste. Endlich stimme ich zu, dass es besser ist, wenn wir getrennte Wege gehen."

„Das sagst du nur so." Sie stand unter Schock. Es würde ein harter Kampf für sie werden, über diese Nachricht hinwegzukommen, und er konnte es nicht ertragen, sie damit allein fertigwerden zu lassen. „Lass mich eine Weile bei dir bleiben."

„Nein." Sie blieb am Ende des Flurs stehen, und ihre atemberaubende Silhouette versetzte seiner Brust einen Stich. „All die Nächte habe ich mir gewünscht, du wärst hier und würdest mich halten. Jetzt bin ich dankbar, nicht in einer toxischen Ehe festzustecken." Sie verschwand aus seinem Blickfeld und nahm sein Herz mit. „Schließ die Tür hinter dir, wenn du gehst."

KAPITEL SIEBZEHN

T.J. lief auf und ab. Wieder einmal. In letzter Zeit schien das alles zu sein, was er tat. Jeden Tag lief er etliche Kilometer auf derselben Stelle und versuchte das Bild von Cassie zu vertreiben. Sie verfolgte ihn nicht nur in seinen Träumen, jetzt terrorisierte sie auch jeden seiner Atemzüge im Wachzustand.

„Du hast uns gerufen", sagte Leo gedehnt, dessen Gestalt im Türrahmen des *Shot of Sin*-Büros auftauchte.

„Schon wieder." Brute bahnte sich einen Weg in das Zimmer.

Scheiße. Sein Herz klopfte ihm in einem rasanten Rhythmus bis zum Hals, seine Handflächen schwitzten. Er konnte die Angst nicht eindämmen, die durch seine Adern pulsierte und ihm sagte, dass es die falsche Entscheidung wäre an der Scheidung festzuhalten. Seine Beklemmung wuchs mit jeder Sekunde, die der Tag näherkam, an dem er sich rechtlich von seiner Frau trennen würde.

„Was ist diesmal der Grund, dass wir uns hier versammeln?" Brute schaute grimmig drein. „Abgesehen davon, dass wir im Büro einen neuen Teppich benötigen, weil du den jetzigen abgenutzt hast."

T.J. blieb stehen und kämpfte gegen den Drang an, weiter in Bewegung zu bleiben. Er hatte Cassie täglich im Auge behalten, seit sie die einzelne E-Mail gefunden hatte, die er hätte löschen sollen. Auch Jan warf ein Auge auf sie, genauso wie Shay, und er verbrachte jede freie Sekunde damit, an seinem alten Haus vorbeizufahren, um sich ihr nahe zu fühlen. Er hatte ein- oder zweimal angerufen, ein paar schuldgeplagte Worte mit ihr gewechselt, aber sie wollte nie reden. Sie sah nach vorne, und leistete dabei bessere Arbeit als er.

„Ich glaube, ich mache einen Fehler." Er fuhr mit einer zittrigen Hand über seinen Kiefer. Diese Worte hatte er die ganze Woche nicht laut aussprechen können. Allerdings wollte die Panik nicht nachlassen. In seinem Brustkorb pochte es mit jedem Ticken der Uhr.

„Welchen meinst du?" Leo hob überheblich eine Braue und ließ sich auf das Sofa gegenüber des Bürotischs sinken.

T.J. schüttelte den Kopf. *Das hier* war ein Fehler. Es waren die Nerven. Seine Unentschlossenheit. Offenbar musste er eine Form chaotischen Bedauerns durchleben, während der entscheidende Tag näher rückte. Was er fühlte, war nur natürlich ... Richtig? „Vergesst es einfach, okay?"

Er musste lediglich weitere achtundvierzig Stunden überstehen. Er würde sich erleichtert fühlen, sobald die Scheidung endgültig war. Cassie würde langsam aus seinen Gedanken verschwinden, sobald sie rechtlich getrennt waren. Das musste sie.

„Spuck es aus", brummte Brute. „Ich muss Lieferanten anrufen und Löhne auszahlen."

T.J. schloss die Augen und rieb über seine angespannte Stirn. Seine Freunde würden sauer sein. Dazu hatten sie auch alles Recht, nach dem, was er ihnen angetan hatte.

„Ich halte es für einen Fehler mit der Scheidung weiterzumachen." Er warf vorsichtig einen Blick auf Brute und zuckte bei seinem wütenden Gesichtsausdruck zusammen, bevor er sich Leo zuwandte. „Sie kennt jetzt die Wahrheit. Es gibt keine weiteren Geheimnisse mehr. Es sind nur meine Schuldgefühle, die mich fernhalten, und ich glaube, die reichen nicht mehr aus."

„Ist das dein verdammter Ernst?" Brute starrte ihn emotionslos an.

„Ich weiß es nicht." Das war die Wahrheit. Er konnte nicht mehr klar denken. Sein Gewissen war sich bewusst, dass Cassie zu verlassen die richtige Entscheidung war. Aber sein Herz? Seine Seele? Jeder Teil seiner Brust, die den ganzen Tag heftig pochte? Sie alle erzählten eine andere Geschichte. Sie drängten ihn ihr hinterherzulaufen und sicherzustellen, dass sie mit den Neuigkeiten fertig wurde.

„Du machst Witze, oder?", fragte Leo. „Du hast sie bereits durch die Hölle und wieder zurück geschleift, und jetzt willst du das Ganze wiederholen?"

„Ich weiß es nicht." Das war das Problem. Er konnte sich nicht entscheiden. „Ich weiß nicht, was ich tun soll. Ich bin mir nicht sicher, ob ich kalte Füße habe oder ob es Intuition ist, die mir sagt, dass ich meine Meinung ändern sollte, bevor es zu spät ist."

„Hast du vielleicht deine Tage?" Leo verschränkte die Arme vor der Brust und sank zurück ins Sofa. „Du warst in letzter Zeit ziemlich launisch."

„Das musst du gerade sagen", unterbrach Brute. „Ich meine mich zu erinnern, dass ich den gleichen Mist mitgemacht habe, als du Probleme mit Shay hattest."

„Eins zu null für dich." Ein Grinsen stahl sich auf Leos Gesicht. „Also, was brauchst du von uns?"

T.J. zuckte die Achseln. „Sagt mir einfach, dass ich das Richtige tue. Sagt mir, dass ich kein Recht habe, um ihre Vergebung zu bitten."

„In *diesem* Fall ...", Leo schnitt eine Grimasse, „... denke ich, dass du das Richtige tust."

„*Diesem* Fall?"

„Wenn es dein Ziel ist, dass sie nicht noch weiter leidet, würde ich sie gehen lassen. Sie erholt sich besser, als du erwartet hast. Sie geht zur Therapie, und Shay ist regelmäßig bei ihr und macht Mädchensachen mit ihr. Sie wird ohne dich nicht sterben."

Aber er würde ohne sie sterben.

„Du verschwendest unsere Zeit", grunzte Brute. „Du willst die Wahrheit nicht. Du willst, dass wir dein schlechtes Gewissen besänftigen, damit du dich besser fühlst. Du willst, dass wir dich beruhigen und Vorschläge erarbeiten, die nie besser sein werden als die Option die Flinte ins Korn zu werfen."

Das alles war wahr.

„Aber wenn du dich selbst bestrafen willst, sage ich dir meine ehrliche Meinung." Brutes Stirnrunzeln vertiefte sich. „Du bist ein verfluchter Idiot, sie mit in den Club genommen und dort allein gelassen zu haben. Aber vor allem bist du ein *verfluchter Idiot*, weil du sie gehen lassen hast. Ich weiß es, Leo weiß es und du weißt es ebenfalls."

„Sie hat nie um diesen Lebensstil gebeten, oder um die Verdorbenheit, die sie an ihre Grenzen treibt. Und was, wenn ich ihr wieder wehtue? Was, wenn ich Scheiße baue?"

„Du hast Angst, einen weiteren Fehler zu machen?" Brute schnaubte. „Lass es. Wenn du sie nochmal mit irgendeiner dummen, unverantwortlichen Scheiße verletzt, wirst du keine Zeit haben, dich mit ihrem Schmerz auseinanderzusetzen, weil ich dir dann höchstpersönlich eine verpassen werde", sagte er mit nicht einmal einem Hauch Humor.

Sein Freund würde genau das tun, was er versprochen hatte, und keinen weiteren Gedanken daran verschwenden.

„Du hast einmal Scheiße gebaut, jetzt sei mal etwas nachsichtiger mit dir", fügte Leo hinzu. „Aber wenn du ein zweites Mal Scheiße baust, rette ich dich nicht vor Shay. Ich verspreche dir, sie wird eine größere Bedrohung sein als Brute."

„Ich werde ihr nie wieder wehtun", versprach er. Eher würde er sterben, bevor er ihr noch mehr Tränen verursachte.

„*Nein*." Brute erhob seine Stimme. „Ihr wehzutun ist unvermeidlich. So funktionieren Beziehungen nun einmal. Denk nicht einmal daran, eure Ehe wieder aufleben zu lassen und sie dann wie Glas zu behandeln. *Wenn* du wieder zu ihr zurückkriechst, verhalte dich richtig. Behandle sie genau so, wie sie behandelt werden möchte, und nicht so, wie du glaubst, dass sie es verdient. Du hast Probleme mit ihrer Zerbrechlichkeit, Arschloch, nicht sie.“

Arschloch. Von Brute war das beinahe wie ein Kosename.

„Ihr wisst beide, dass ich sie mehr als das Leben liebe“, murmelte T.J.

Brute lächelte, und zeigte dabei seine Zähne ohne jeglichen Charme. „Und du weißt, ich nehme sie dir gerne wieder weg, wenn du das nächste Mal Mist baust.“

T.J. rollte mit den Augen und richtete seine Aufmerksamkeit auf Leo. „Noch ein paar weise Worte von deiner Seite?“

„Ja, dir läuft die Zeit davon.“

„Glaubst du, das weiß ich nicht? Morgen ist der letzte Tag, bevor die Scheidung rechtsgültig wird.“

Leo verzog das Gesicht. „Ja, morgen ist auch der Tag, an dem Shay deine Frau für eine Nacht aus der Stadt entführt, um sie auf andere Gedanken zu bringen.“

Verdammter Mist. Sofort begann sein Herz in rasantem Tempo loszugaloppieren. „Ist das dein Ernst?“

Leo neigte den Kopf. „Absolut. Und dem Outfit nach zu urteilen, das Shay für Cass ausgesucht hat, wird sie nicht alleine nach Hause gehen.“

KAPITEL ACHTZEHN

„*D*u siehst zum Anbeißen aus."

Cassie errötete angesichts des Kompliments von Shay und schenkte ihr dankbar ein halbherziges Lächeln. Das *Bodycon*-Kleid war zu eng, der Stoff reichte ihr kaum bis zu den Knien und betonte jede ihrer Kurven ... von denen sie viele besaß.

„Ist das nicht etwas zu viel?" Sie zog am Saum in einem vergeblichen Versuch, mehr Haut zu verstecken.

„Sei nicht albern. Ziel des Spiels ist es, dein Selbstvertrauen zurückzugewinnen und wieder ein Lächeln auf dein Gesicht zu zaubern. Jetzt steig in das verdammte Auto."

Das war kein Spiel, es war Folter. Shay hatte, genau wie Jan und ein kürzlich gefundener Therapeut, Tage damit verbracht, ihr über ihre Trauer und ihre Schuldgefühle hinweg zu helfen. An Schlaf war immer noch kaum zu denken, und der Schmerz wollte nicht abebben, doch für heute Abend würde Cassie ein Lächeln aufsetzen und so tun, als würde sich ihr Leben morgen nicht unwiderruflich ändern.

„Na los, na los, na los." Shay wackelte mit ihrem perfekten Hintern zu ihrem Auto, das sie in Cassies Einfahrt geparkt hatte. „Ich brauche dringend einen Drink."

Es war schon fast neun Uhr, als sie in den kleinen Viertürer stiegen.

„Also, wo fahren wir hin?" Shay hatte noch keine Einzelheiten verraten. Ein Club in der Crockett Street war ein- oder zweimal erwähnt worden. Ein Club, der sich in der entgegengesetzten Richtung befand, in die sie gerade unterwegs waren.

„Es gab eine kleine Planänderung."

Cassie seufzte, mittlerweile nur allzu vertraut mit Shays lebhaften Tonfall, der verkündete, dass sie etwas im Schilde führte. „Weißt du was? Sag es mir nicht, wende einfach das Auto und fahr mich nach Hause. Ich scheine immer in Schwierigkeiten zu geraten, wenn ich mit dir unterwegs bin."

Shay prustete und ignorierte ihre Bitte. „Und das ist meine Schuld?"

„Äh, ja. Ich hatte keine Schwierigkeiten, bevor wir uns getroffen haben."

„Klingt irgendwie langweilig", meinte Shay grinsend.

Langweilig, aber ungefährlich. Sie hatte kein Verlangen mehr nach Spaß oder Verdorbenheit. Ohne T.J. hatte nichts davon Bedeutung. Ja, sie plante in der Zukunft ein oder zwei Affären zu haben ... vielleicht ... sobald sie den Mut aufbrachte, mit einem Fremden nach Hause zu gehen. Aber das würde Zeit brauchen, und Entschlossenheit, die sie momentan nicht hatte. „Warum fahren wir nicht zu mir und genehmigen uns stattdessen dort ein paar Drinks?"

Shay schüttelte den Kopf. „Ich weiß, was du vorhast, und das lasse ich nicht zu. Der erste Schritt ist der schwerste. Wenn der heutige Abend vorbei ist, wird es dir beim nächsten Mal leichter fallen auszugehen. Und das Mal danach noch leichter, und so weiter. Je länger du es hinausschiebst, desto schwerer wird es dir fallen."

„Na gut." Cassie seufzte. „Also, wo fahren wir hin? Und glaub nicht, ich hätte nicht bemerkt, dass du mich lange genug abgelenkt hast, um mich außer Gehdistanz meines Hauses zu bringen."

„Ich kann dich nicht täuschen, was?" Shay grinste sie an.

„Also?"

„Also ... wir fahren zum *Vault*."

Oh, *zum Teufel*, nein. „Vergiss es. Halte den Wagen an. Sofort. Ich gehe nicht einmal in die Nähe davon."

Shay winkte ihren Protest ab. „Beruhige dich, T.J. wird es nicht herausfinden. Und außerdem kannst du jetzt keinen Rückzieher machen. Ich habe die komplette Nacht für dich durchgeplant. Das *Vault of Sin* ist donnerstagabends normalerweise nicht geöffnet, daher habe ich ein paar Stammgäste eingeladen. Ich habe sie speziell für dich ausgesucht, damit du eine tolle Zeit hast."

Die Andeutung in Shays Tonfall brachte Cassies Wangen zum Glühen, die Hitze dehnte sich bis in ihre Brust aus. „Ich will mit niemandem schlafen—"

„Musst du auch nicht."

„Ich will am Abend vor der Scheidung keinen Ärger—"

„Bekommst du auch nicht. T.J. arbeitet heute Abend nicht. Er wird nicht einmal da sein."

Verdammt. Diese Frau würde ein Nein als Antwort niemals akzeptieren. „Leo und Brute wären sicher auch nicht einverstanden."

„Tatsächlich", Shay zog das Wort in die Länge, „ist Leo derjenige, der es vorgeschlagen hat."

„*Bullshit*."

Shay richtete ihren Fokus zurück auf die Straße und nickte. „Das ist die Wahrheit. Er macht sich Sorgen um dich. Wenn du planst flachgelegt zu werden, würde er bevorzugen, dass es im Club passiert, mit jemandem, der das Aufnahmeverfahren durchlaufen hat. Es ist eine sichere Umgebung. Du musst dir keinen Kopf darüber machen, Fremde mit in dein Haus zu nehmen, oder dich dazu verleiten lassen, mit jemandem nach Hause zu gehen."

„Ich habe schon gesagt, dass ich nicht flachgelegt werden will", schnaubte Cassie. Das hier war lächerlich.

„Glaub mir, ich habe dich gehört. Aber es ist das Vorrecht einer Frau, ihre Meinung zu ändern. Es ist nur eine Option. Wenn du die ganze Nacht an der Bar sitzen und reden willst, können wir das machen. Es wird keine laute Musik geben, oder schmierige Typen, die uns nerven. Und wenn du anfängst Spaß zu haben und nicht gehen willst, wird es dir sicher einen gewissen Trost spenden, im *Vault* zu sein.“

Cassie hielt ihren Mund, sie wollte nicht zugeben, dass es beruhigend war, in einen ruhigeren, vertrauteren Club zu gehen. Es war immer noch das *Vault* – ein Ort, an dem sie bereits zweimal gewesen war, auch wenn er greifbare Erinnerungen barg, an die sie nicht unbedingt denken wollte.

Als sie in die Straße des *Shot of Sin* einbogen, pochte ihr Herz. „Wirst du versuchen, mich zum Bleiben zu überreden, wenn ich gehen will?“

Shay hob die Schultern. „Das kommt darauf an.“

„Worauf?“

„Ob du verschwinden willst, sobald wir die Tür reinkommen. Du musst dem Ganzen Zeit geben. Wenigstens drei Getränke lang.“

„Drei Getränke?“ Cassie fiel die Kinnlade runter. Seit einer sehr langen Zeit hatte sie nie mehr als ein oder zwei Drinks gehabt. Das wusste Shay ebenfalls. Drei würden sie auf der Bar tanzen lassen. „Wie wär's mit zwei?“

Shay grinste und setzte den Blinker, um auf den Parkplatz des Clubs einzubiegen. „Vier.“

Zum Teufel mit ihr. „Drei also. Aber ich kann nicht versprechen, dass ich mich amüsieren werde.“

„Kein Problem, Honey.“ Shay fuhr auf einen der wenigen verbliebenen Parkplätze und schaltete die Zündung ab. „Solange ich lange genug dort bin, um Leo in rasende Eifersucht zu versetzen, bin ich glücklich.“

„Hör auf, auf und ab zu gehen.“ T.J. fühlte sich nicht wohl dabei, jemand anderem zu sagen, er solle aufhören zu tun, was er die ganze Woche lang getan hatte, aber Leos Unruhe erfüllte das gesamte nun leere *Taste of Sin*-Restaurant. „Warum zum Teufel bist du überhaupt so unruhig?"

„Nur besorgt." Leo checkte eine Textnachricht auf seinem Handy. „Das ist alles."

„Aus gutem Grund", grinste Brute.

„Könntet ihr mir bitte verraten, was hier vor sich geht?" Seit einer Stunde saßen sie an der Bar, doch T.J. hatte das Gefühl, als würden seine Freunde die ganze Zeit ein lautloses Gespräch ohne ihn führen.

Brute griff über die Bar hinweg und zapfte sich ein weiteres Bier. „Nichts."

Leo stöhnte und kippte den restlichen Bourbon seines Glases hinunter. „Können wir nicht einfach gehen? Shay und Cassie sind bestimmt schon unterwegs."

„Nein", beharrte T.J. Er wollte, dass Cassie ein paar Stunden für sich allein hatte. Außerdem würde der Alkohol ihre Nerven beruhigen und es ihm später leichter machen, sich ihr zu nähern. Nachdem sie einige Drinks intus hatte, würde er mit ihrer brutalen Ehrlichkeit konfrontiert werden, daher wollte er nicht riskieren zu früh zu ihr zu gehen. Timing war alles. „Wir werden schon rechtzeitig aufbrechen."

Leo zog sein Handy aus der hinteren Jeanstasche. „Vielleicht rufe ich Shay a—"

„*Fuck, nein.*" Brute riss Leo das Gerät aus der Hand. „Vertraust du deiner Frau nicht?"

Leo zog ein grimmiges Gesicht. „Natürlich tue ich das. Ich denke nur, es wäre das Beste, einen Zahn zuzulegen."

„Ich halte dich nicht auf." Sie machten ihn nervös mit ihren schwachsinnigen Kommentaren. Leo stresste nicht oft herum. Er war manchmal launisch und irrational, aber nie unruhig. Und Brute ... Nun, der Mistkerl lächelte, was für sich genommen schon eine Anomalie war. „Wenn du willst, dass wir dich in der Stadt treffen, fahr vor. Kein Problem."

„Schon gut", brummte Leo. „Ich bleibe hier."

Im Essbereich wurde es still. Brute grinste weiter vor sich hin, während er sein Bier auffüllte. Leos Finger klopften weiter auf die Theke, während T.J. versuchte sich zu überlegen, was er sagen konnte, damit Cassie ihm all den Herzschmerz verzieh.

„Wisst ihr was?" Leo erhob sich von seinem Hocker. „Ich muss etwas loswerden."

Brute schwang sich immer noch grinsend auf seinem Hocker herum und sah Leo mit vor der Brust verschränkten Armen an. T.J. ließ seinen Scotch auf dem Tresen stehen und tat es ihm gleich, um dem Mann ins Gesicht zu sehen, der kurz davor schien, sich in den Hulk zu verwandeln.

„Bevor wir uns auf den Weg zu Cassie und Shay machen", begann Leo, „möchte ich, dass ihr etwas wisst."

„Ist es das *Etwas*, das schuld ist, dass du den ganzen Abend schon herumzappelst und knurrst?"

Leo stieß ein bitteres Lachen aus. „*Nein*. Dazu kommen wir als Nächstes. Was ich ansprechen möchte, ist, wie du überhaupt erst in diese beschissene Lage gekommen bist."

T.J. reckte das Kinn und versuchte, sich gegen den Hieb auf seinen Stolz zu wappnen. „Ja?"

„Es geht um all die Schuld, die du dir selbst auferlegt hast, die hätte verringert werden können, wenn du nur mit uns gesprochen hättest. Es geht um dich und deine Unfähigkeit, dir von uns helfen zu lassen."

„Ich dachte nicht, dass ich Hilfe brauchen würde." Cassie war *seine* Ehefrau. *Seine* Liebe. *Seine* Verantwortung. Seinen eigenen Schlamassel beseitigte er selber ... nun, zumindest gewöhnlich. Nur hatte er diesmal eine Spur in Form einer E-Mail hinterlassen.

„Brauchtest du aber. Aber du hast dir so lange etwas vorgemacht, dass du angefangen hast, deine eigenen Lügen zu glauben."

„Fick dich." T.J. kam auf die Beine. Er konnte es nicht gebrauchen, dass Leo eine weitere Welle der Schuldgefühle in ihm auslöste. Davon hatte er genug für ein ganzes Leben.

„Kein Grund in die Defensive zu gehen. Ich versuche dir nur zu sagen, dass du dir bewusst sein musst, dass du, so sehr du es auch willst, sie nicht immer beschützen kannst. Manchmal wirst du unsere Hilfe brauchen. Manchmal wird sie ganz alleine zurechtkommen. Und dann wird es Zeiten geben, in denen sie trotzdem verletzt wird, egal, was wir tun, und es gibt nichts, was du dagegen tun kannst."

T.J. verzog das Gesicht. Darauf lief es schließlich hinaus. Auf seine Probleme, seine Schuldgefühle. „Ich weiß."

„Wirklich?" Leo zog ungläubig eine Braue hoch. „Denn du hast in Tampa Scheiße gebaut und uns nichts erzählt. Wie konntest du das geheim halten? Wie konntest du sechs Monate nicht im Bett deiner Frau schlafen und dich von deinen Schuldgefühlen verrückt machen lassen, ohne einem von uns auch nur ein Wort davon zu erzählen?"

„Weder Cassie noch ich waren erpicht darauf, unser Erlebnis zu teilen."

„Ja, naja, das sagt viel über unsere Freundschaft aus, nicht wahr?"

Oha.

„Moment mal." T.J. hob resignierend die Hände. „Cassie ist alles für mich. Ich wollte keine Details ausplaudern und sie damit verletzen."

„Und wenn du diese Details preisgegeben hättest, hätte ich dir heftig in den Arsch getreten. Brute auch. Habe ich Recht?" Er ruckte fragend mit dem Kinn.

„Ja." Das sadistische Grinsen verschwand von Brutes Gesicht. „Es wäre alles ans Licht gekommen. Wir hätten dich für deine Fehler bezahlen lassen und du hättest weitergemacht. Nichts von alledem wäre passiert."

„Es hätte meine Schuldgefühle nicht beseitigt." Sie wussten nicht, wie es war, mit den Was-wäre-wenn-Szenarios fertigwerden zu müssen.

„Nein, hätte es nicht." Leo neigte zustimmend seinen Kopf. „Aber auch dabei hätten wir helfen können. Es hätte nicht so weit kommen müssen."

T.J.s Brust wurde eng. Er konnte nicht mehr zurückblicken. Er konnte nicht zugeben, dass er ihr schon wieder Unrecht getan hatte. Er machte sich schon zu viele Vorwürfe. Die Nacht in Tampa hatte ihn verändert. Sie war so verängstigt gewesen. Ihre wunderschöne Haut war blass wie die eines Gespensts gewesen, als er in den Waschraum gestürmt war.

„Es war nicht euer Chaos." Die Scham, sie in diese Lage gebracht zu haben, die Angst davor, dass es jemals wieder passieren könnte, waren eine Bürde, die er zu tragen hatte.

„Doch, war es, *verdammt nochmal*." Brute erhob seine Stimme. „Das ist es, was Leo dir zu sagen versucht. Du bist wie ein Bruder für uns. Und weißt du was? Du hattest immer Cassie, und jetzt hat Leo Shay, aber ich hatte immer nur euch im Rücken. Wir sind nicht dazu bestimmt, allein durch so eine Scheiße zu gehen. Also benimm dich das nächste Mal nicht wie ein verfickter Idiot und bitte um Hilfe."

T.J.s Mund war wie ausgetrocknet. Er schluckte schwer. „Ich verlasse mich nicht gern auf andere Leute, wenn es um Cassie geht."

„Warum nicht?" Leo ließ sich wieder auf seinen Hocker sinken. „Was ist schon dabei?"

T.J. schüttelte den Kopf und unterbrach den Augenkontakt. „Cassie ist alles." Er sprach die schmerzvolle Wahrheit. „Sie ist perfekt. Ich kann an ihr keine Fehler ausmachen. Selbst wie sie mit der Scheidung umgeht – sie kämpfte um mich, wie ich es tief im Inneren immer wollte, und gab erst auf, als ich ihren Kummer nicht mehr ertragen konnte. Sie ist alles, was ich immer wollte. Und mehr, als ich je verdienen werde."

Er starrte auf die Schrammen seiner schwarzen Schuhe. „Mit meinem Versuch es allein zu schaffen, wollte ich all meine Fehler wiedergutmachen. Ich wollte sie gehen lassen und den Kopf für alles hinhalten. Ich war gerne bereit, das zu tun, denn dann hätte ich nie wieder nachts wachliegen und mich fragen müssen, wann ich sie wieder in eine Situation bringe, in der sie verletzt wird. Ich habe dieses Durcheinander verdient." Und er verdiente noch viel mehr. „Ich kann es nur einfach nicht durchziehen. Ich liebe sie zu sehr."

Leo und Brute antworteten nicht. Stumm saß er da, während ihre Blicke schwer auf seinen Schultern lasteten.

„Seht ihr ... ich bin erbärmlich."

„Das ist nichts Neues", gluckste Leo.

T.J. blickte seinen Freund aus den Augenwinkeln an und versuchte zu lachen, aber es klang nur halbherzig. Er konnte dem Ganzen keinen Humor abgewinnen. „Was, wenn ich sie wieder enttäusche?"

„Und was, wenn du keine Wahl hast?" Leo hob eine Braue. „Ich würde mich lieber mit fliegenden Fahnen hineinstürzen, volle Kraft voraus, als überhaupt keine Chance auf ein glückliches Leben zu haben."

„Seit du mit Shay zusammen bist, ziehst du ganz andere Saiten auf."

„Ja? Nun, vielleicht solltest du dasselbe tun. Du kannst Cassie nicht rund um die Uhr beschützen. Du musst anfangen ihr zuzutrauen, selbst die richtigen Entscheidungen zu treffen. Darauf zu vertrauen, dass Brute und ich dir und ihr den Rücken stärken. Das ist keine Raketenwissenschaft. Und außerdem, wenn du dich nicht beeilst, könnte dir die Entscheidung aus den Händen genommen werden. Ich bin mir nicht sicher, wie lange sie im *Vault* allein bleiben wird, wenn sie Shay an ihrer Seite hat, die sie anstachelt."

„Im *Vault*?" T.J. musterte seinen Freund und wartete auf die Pointe. „Was habt ihr getan?"

Brute lehnte sich erneut über die Theke, um sein leeres Glas in die Spüle zu stellen. „Wir ersparen dir die Mühe, in die Stadt zu fahren."

„Wa—"

„Beruhige dich, mein Freund. Ich habe genau das getan, was du getan hättest, wenn du die Fähigkeit hättest klar zu denken." Leo stieß langsam den Atem aus und wischte sich mit einer Hand über das Gesicht. „Cass ist an einem sicheren Ort, mit Männern, die wir kennen. Und zusätzlich wirft Travis von hinter der Bar ein Auge auf sie."

„Deshalb warst du den ganzen Abend so unruhig?" *Verfluchte Scheiße.* Cassie war im gottverdammten *Vault.*

„Unruhig reicht nicht aus zu beschreiben, wie ich mich in

den letzten zwei Stunden gefühlt habe, in dem Wissen, dass Shay zusammen mit deiner Frau in einem Sexclub ist."

„Warum zum Teufel habt ihr dann—"

„Es war besser als die Alternative, dass sie woanders hingehen." Brute schnappte sich seine Brieftasche vom Tresen und steckte sie in die Gesäßtasche seiner Anzughose. „Es ist ja nicht so, als könnte ich in Beaumont jeden Clubbesucher warnen, die Hände von deiner Ehefrau zu lassen. In unserem eigenen Club dagegen kann ich das schon."

„Das habt ihr getan?" Brutes Zusicherung zügelte T.J.s Eifersucht kein bisschen.

„Natürlich haben wir das", brummte Leo. „Das heißt allerdings nicht, dass meine manipulative Freundin niemanden breitschlagen wird, meine Autorität infrage zu stellen."

KAPITEL NEUNZEHN

„Hatte ich Recht? Oder hatte ich Recht?"

Cassie rollte glucksend mit den Augen und sah Shay an. „Du hattest Recht."

Ihre drei Pflichtgetränke rasch nacheinander heruntergekippt zu haben hatte geholfen, ihre Nerven zu beruhigen, aber auch ihren letzten Abend als verheiratete Frau an einem Ort zu verbringen, an dem sie sich ihrem Mann nahe fühlte, war tröstend.

Sie hatte es nicht über sich gebracht lange sauer auf ihn zu bleiben. Sobald die Tränen nachgelassen hatten, hatte sie verstanden, wieso er die Informationen für sich behalten hatte. Sie war immer noch nicht damit einverstanden, dass er sich wie eine Glucke benommen hatte, doch in ihrem Herz fand sie Vergebung. Und Sehnsucht. Wieder in seinem Club zu sein half ihren aufgewühlten Gefühlen nicht.

Die Stimmung war diesmal anders als auf dem Maskenfest. Die meisten Gäste konzentrierten sich aufs Trinken und Vorspiel statt auf Nacktheit und Sex. Es gab auch keine Kleiderordnung, was bedeutete, dass die meisten Leute Abendkleidung anstelle von Unterwäsche trugen.

Es war entspannt. Sexy. Mit Sicherheitskräften am Hintereingang und in Rufbereitschaft, sollten Probleme auftreten. Die Gäste, die Shay zum *Spielen* eingeladen hatte, machten gerne ihr eigenes Ding, in dem Wissen, dass Cassie nur dann zur Verfügung stand, wenn sie ausdrücklich eine mündliche Einverständniserklärung von sich gab.

Was niemals passieren würde. Nicht nur, weil sie noch nicht bereit war, sondern auch, weil es respektlos gegenüber T.J. wäre.

„Darf ich den Damen einen Drink spendieren?" Eine tiefe, unvertraute Stimme drang über Cassies Schulter. Augenblicklich war sie angespannt.

„Für mich nicht, danke, Luke." Shay grinste. „Ich bin für heute Abend vergeben."

Cassie drehte sich auf ihrem Hocker um und sah das muskulöse Prachtexemplar an. Der Mann war muskelbepackt und zeigte von den Schultern bis hinunter zu seinen seidenen Boxershorts herrlich gebräunte Haut.

„Was ist mit dir, meine Schöne?"

Cassie zuckte bei dem Kompliment zusammen. Er sah verdammt gut aus, war halbnackt und wollte ihr einen Drink ausgeben. Nein, danke. Sie biss sich lieber die Zähne an jemandem aus, der weniger perfekt war.

„Sie ist heute Abend mit mir zusammen", sagte Shay für sie.

Die Lippen des Mannes verzogen sich zu einem Lächeln und gaben den Blick auf makellos weiße Zähne frei. „Mit dir? Heißt das, ihr seid zusammen?" Er hob eine Braue. „Ich muss zugeben, das würde ich gerne sehen."

„Nein." Shay rollte mit den Augen. „Wir sind nicht zusammen. Nur Freunde, die ein paar Drinks teilen."

„Ein Jammer." Der Mann zuckte mit den Achseln und wandte sich zum Gehen. „Zu sehen, wie es zwischen euch heiß her geht, wäre das Highlight meines Jahres gewesen."

Cassies Augen wurden groß, als sie sich wieder zur Bar umdrehte. *Herrgott.* Meint er das ernst?" Sie warf dem Barkeeper einen fragenden Blick zu, weil sie von Shay keine wahrheitsgemäße Antwort erwartete.

„Definitiv." Ein selbstgefälliger Ausdruck lag auf Travis' attraktivem Gesicht. „Wir sehen hier unten nicht viel Girlon-Girl-Action." Er schnappte sich ihr leeres Glas und stellte es in einen Geschirrspülständer in der Spüle. „Es kommt vor. Nur nicht oft, und eher seltener mit so hübschen Frauen wie euch."

„Wie geschmeidig, Travis", gurrte Shay.

„Ja." Cassie musste zustimmen. „Er verdient beinahe etwas Anschauungsmaterial für seine Bemühungen. Meinst du nicht auch, Shay?"

Die Leichtigkeit, mit der sie wieder in die Single-Mentalität zurückfiel, traf sie wie ein Fausthieb in die Magengrube. Hatte sie das wirklich gerade gesagt? *Herrgott.*

„Kann ich bitte noch einen Drink haben?" Sie klopfte auf die Bar und atmete den Schmerz in ihrer Lunge aus.

„Meinst du das ernst?", fragte Shay, ihre Mundwinkel zuckten.

„Mit dem Drink?" Travis und Shay sahen sie beide an – ihre Freundin mit Humor, der Barkeeper mit einem durchdringenden Blick.

„Im *Vault* machen wir keine Witze, Cass." Travis' Tonfall war ernst. Ihr rutschte das Herz in die Hose. *Moment.* Machte *er* Witze? „Lies die Regeln und Vorschriften. Wir tolerieren keine Falschdarstellungen."

„Oh, verzieh dich, Travis." Shay schwang sich auf ihrem Hocker herum, um Cassie anzusehen. „Es geht nur darum, die Kommunikationswege offen zu halten. Wenn du jemanden anmachst, könnte es falsche Hoffnungen wecken und gemischte Signale senden, was an einem Ort wie diesem gefährlich sein kann. Aber ignoriere ihn, er ist überdramatisch."

Okay. Er hatte definitiv keine Witze gemacht, was sie irgendwie verärgerte. Sie hatte genug um die Ohren, ohne dass ihr lahmer Versuch eines Scherzes aus dem Ruder lief.

„Aber vielleicht habe ich nichts falsch dargestellt." Sie sah Travis mit hochgezogener Augenbraue an, dann drehte sie ihren Hocker zu Shay. „Ich würde nicht wollen, im Club meines Mannes dabei erwischt zu werden, die Regeln zu brechen."

„Jetzt weiß ich, dass es der Alkohol ist, der aus dir spricht", prustete Shay.

„Nicht unbedingt." Cassie straffte ihre Schultern. Sie wusste nicht, woher das Selbstvertrauen kam ... oh, Moment, doch, wusste sie. Die drei Pflichtdrinks, zu der ihre intrigante Freundin sie verdonnert hatte, entfalteten ihre Wirkung. „Ich bin single, schon vergessen?"

„Aber Shay nicht", sagte Travis gedehnt.

„Kümmere dich um deinen eigenen Kram. Ich bin sicher, Leo wäre mit einer detailgetreuen Schilderung zu besänftigen." Shay lehnte sich vor und legte ihre Hände auf Cassies Oberschenkel. „Was meinst du?"

Cassies Kehle trocknete augenblicklich aus. Wo war der angetrunkene Mut jetzt? Die Mundwinkel von Shay hoben sich, als sie sich vorbeugte und mit ihrer Wange über Cassies strich, bevor sie ihre Lippen an Cassies Ohr legte.

„Ich habe angefangen zurückzuflirten, weil ich dachte, du machst Witze", flüsterte Shay. „Jetzt bin ich ein wenig nervös, weil du es vielleicht ernst gemeint hast."

Cassie schloss die Augen und hielt die Fassade aufrecht, indem sie eine Gesichtshälfte in Shays Haaren vergrub. „Es *war* nur ein Witz."

War ... Jetzt war sie sich nicht mehr so sicher. Shays Aufmerksamkeit tat gut. War beruhigend. Die leichte Berührung eines anderen Körpers entfachte eine Wärme in ihrer Brust, die sie nicht erwartet hätte. Als sie die Augen öffnete, war mehr als ein Augenpaar interessiert auf sie gerichtet, wodurch sich Cassies einsamen Glieder endlich wieder verehrt fühlten. „Ich finde, der verklemmte Travis und dein Freund Luke haben eine kleine Show verdient."

„Hmm." Shay fuhr mit ihren Lippen über Cassies Nacken, und jede Berührung entfachte eine Hitzewelle in ihren Adern. „Also, wie weit willst du gehen?"

„Mmm." Cassie streckte ihren Hals, eine Hälfte von ihr hielt die Illusion aufrecht, die andere geriet in den Bann der Erregung. „So weit habe ich nicht gedacht."

Shay war so weich und unvertraut. Sie war anders als alles,

was Cassie zuvor je gespürt hatte. Ihr Liebesleben hatte immer nur aus Männern bestanden. Und selbst das waren nicht viele. Aber sie waren alle sehr maskuline Partner gewesen, mit rauer Haut und schwieligen Händen. Shays Aufmerksamkeit war ganz anders. Exquisit in ihrer Zartheit. Statt dominant und fordernd, war sie zärtlich und zerbrechlich.

Die Hände auf ihren Oberschenkeln bewegten sich nicht, nur die Fingerspitzen rieben in komplizierten Mustern über ihre empfindliche Haut. Sie fuhr mit den Fingern durch Shays Haar und genoss es, kurz der Einsamkeit zu entrinnen. Doch es waren die unregelmäßigen, leichten Aussetzer in der Atmung der anderen Frau, die Cassies Brustwarzen zu festen Spitzen verhärteten.

Sie waren beide erregt, ganz gleich, welche Show sie zu spielen versuchten.

„Ich habe noch nie eine Frau geküsst." Die Worte kamen in einem Flüstern über ihre Lippen. Vielleicht war es ein Fehler, vielleicht auch nicht. Offen gesagt, kümmerte sie das nicht mehr. „Ich frage mich, wie es wäre, dich zu küssen."

Shay lehnte sich zurück, ein verschmitztes Grinsen auf den Lippen. „Das habe ich mich auch gefragt."

Travis räusperte sich von der anderen Seite der Bar. „Ladies."

Cassie grinste und ignorierte Travis' warnenden Tonfall. „Was ist mit Leo? Wird er—"

„*Ladies*", brummte Travis. „Ihr bekommt Gesellschaft."

Cassie zog sich zurück, ihre Hand immer noch in Shays Haaren, und sah direkt in T.J.s Augen, der auf der gegenüberliegenden Seite des Hauptraums stand. *Oh Gott.* Schlagartig überkam sie Übelkeit, die sich den Weg in ihre Kehle bahnte, als sie vom Hocker glitt.

„Es tut mir leid", bedeutete sie ihm tonlos mit ihren Lippen, weil sie ihre Stimme nicht finden konnte. Seine Miene war undurchdringlich, weit weniger lesbar als das beeindruckte Grinsen von Leo und Brute, die an seiner Seite standen.

„Ich muss gehen." Sie wandte sich zu Shay und wurde durch das Verständnis in der Miene ihrer Freundin noch weiter bestraft. „Wir reden später." Über ein Handy, das sie nicht hatte, weil es in einem Spind im *Vault* lag.

Sie wusste auch nicht, wie sie ohne ihre Handtasche einen Taxifahrer bezahlen sollte. Aber sie würde einen Weg finden. Was sie nicht durchstehen konnte, war eine Diskussion mit T.J. darüber, warum sie heute Abend hierhergekommen war, wo sie doch beide wussten, dass es ihn verletzen würde. Sie konnte nicht ertragen, dass er es für einen Vergeltungsschlag hielt.

Mit gesenktem Kopf ging sie um die Bar herum zu dem abgedunkelten Treppenaufgang, der zum Parkplatz führte. Im Club war es still geworden, und das Drama, das sie immer mit sich zu bringen schien, hatte erneut begonnen.

Sie konnte Schritte hören – ihre eigenen, die von Gästen und das schwere Poltern direkt hinter ihr, was wahrscheinlich ihr donnernder Herzschlag war, der in ihren Ohren widerhallte.

„Hey." Ein starker Arm schlang sich um ihre Taille und zog sie an eine wohlgeformte Brust. „Lauf nicht weg."

Sie kniff ihre Augen zusammen und sank in T.J.s Arme, beschämt und so verdammt betrübt, dass sie den einzigen Ort befleckt hatte, den er für sich hatte behalten wollen. „Bitte verzeih mir. Ich hatte nicht die Absicht, heute Abend mit jemandem zusammen zu sein." Ihre Stimme brach. „Wir dachten, das *Vault* wäre ruhiger als einer der Tanzclubs in der Stadt. Und—"

„Wir?"

Auf keinen Fall würde sie Shay die Schuld geben. Obwohl sie Cassie praktisch genötigt hatte, hatte Cassie immer eine Wahl gehabt. „Ja."

Er stieß ein halbherziges Lachen aus, sein warmer Atem streichelte ihr Ohr. „Du und Shay seid gute Freunde geworden."

„Ich werde ihr nicht die Schuld zuschieben, wenn du das meinst."

„Nein." Er packte ihre Schulter und drehte sie zu sich um. „Das meine ich definitiv nicht. Ich habe erwartet, dich hier unten mit einem Mann vorzufinden, nicht mit einer Frau. Am allerwenigsten mit Shay."

„Das würde ich dir nie antun, egal, was zwischen uns passiert ist." Sie sah stirnrunzelnd zu ihm auf und versuchte zu verstehen, was seine Worte und das traurige Lächeln in seinem Gesicht zu bedeuten hatten. „Ich würde in deinem Club nie mit einem anderen Mann zusammen sein, schon gar nicht am Abend vor unserer Scheidung."

Er nickte, langsam und düster. „Das hatte ich gehofft."

Zum Teufel mit ihm. Sie wollte das nicht hören. „Ich muss gehen." Sie stieß gegen seine Brust und spürte eine Welle der Trauer, als er sie bereitwillig gehen ließ. „Nochmal, es tut mir leid."

„Cassie, warte."

Ihre Füße verharrten von selbst, während sie auf das obere Treppenende starrte und sich wünschte, sie wäre der Freiheit näher.

„Es gibt da etwas, über das ich mit dir reden möchte."

Es gab nichts mehr zu reden. Morgen wäre ihre Ehe vorbei. Sie hatte allen seinen Bedingungen zugestimmt. Die Papiere für die Übergabe ihres Geschäftsanteils waren vorbereitet und unterschriftsreif. Sie hatte Wochen damit verbracht, sich mit der Aufhebung dessen, was sie einmal hatten, zu arrangieren, und sie gab ihr Bestes, endlich ihre Unabhängigkeit zu akzeptieren.

„Ich weiß, ich habe dich in die Hölle und zurück geschleift." Seine Stimme war rau, aufgewühlt. „Aber ich wollte wissen, ob du mir vergeben könntest, wenn ich meine Meinung ändere."

Stirnrunzelnd sah sie in das schwache Licht, das durch die Tür an der Treppe drang. „Deine Meinung worüber?"

„Über die Scheidung."

Das Licht verblasste. Alles in ihrem Körper schaltete ab. Ihr Herz blieb stehen, ihre Knie drohten einzuknicken, ihre Lungen wollten sich nicht mehr mit Luft füllen.

„Ich habe viele Fehler gemacht, aber ich kann ohne dich nicht leben.“

Die Worte gelangten in ihre Ohren, ohne sie zu durchdringen. Sie war immer noch auf diese fünf Wörter fixiert: *Ich habe meine Meinung geändert.*

„Ich will es wieder in Ordnung bringen—“, seine leisen Schritte näherten sich, dann spürte sie die Hitze seiner Brust in ihrem Rücken, „—ich weiß, dass du mir wahrscheinlich nicht vergeben kannst. Ich bitte dich nur darum, es zu versuchen.“

Der mangelnde Sauerstoff ließ ihre Brust eng werden, ihr Gesicht erhitzte sich.

„Ich bin kein perfekter Mann, Cass. Ich glaube nicht einmal mehr, dass ich ein guter Mann bin. Ich habe dich in einen Lebensstil hineingezogen, in den du nie hättest einbezogen werden dürfen. Aber ich hoffe trotzdem, dass du mir noch eine Chance gibst, um es wieder gut zu machen. Um alles wieder in Ordnung und unsere Ehe zurück auf den richtigen Weg zu bringen.“

Er drückte seine Lippen auf ihren Hinterkopf, und sie kniff die Augen zu, damit sich keine Tränen bilden konnten.

„Es hat sich nichts geändert.“ Ihre Worte trieften vor Trotz. „Es sei denn, deine Schuldgefühle haben sich plötzlich in Luft aufgelöst, was ich bezweifle. Somit ist zwischen uns alles beim Alten. Deine Entschuldigung dafür, mir das Herz gebrochen zu haben, ist immer noch dieselbe.“

Er umarmte sie fester. „Ich habe mich verändert.“

„Das ist nicht fair“, wisperte sie. „Ich werde nicht mit der Befürchtung leben, dass du mich wieder verlassen könntest.“

Er konnte ihre gemeinsame Zukunft nicht aus einer Laune heraus bestimmen. Eine Laune war es gewesen, die sie überhaupt erst in diese Lage gebracht hatte – die Kettenreaktion war durch die leichtsinnige Entscheidung, in einen unbekannten Sexclub zu gehen, erst in Gang gebracht worden.

Sie drehte sich zu ihm um und begegnete in der Dunkelheit des Flurs seinem durchdringenden Blick. „Soll ich dich zurücknehmen und vergessen, dass du mir Dinge vorenthalten hast? Dass all das nicht passiert wäre, wenn du dich mir gegenüber nur geöffnet hättest?"

„Ich wollte dir den Schmerz ersparen. Aber jetzt kennst du die Wahrheit und ich kann den Gedanken nicht ertragen, dich alleine damit fertigwerden zu lassen." Er richtete sich auf und ließ seine Hände von ihren Hüften sinken. „Aber, nein, du musst mich nicht zwangsweise zurücknehmen. Ich möchte nur, dass du weißt, dass ich einen Fehler gemacht habe. Ich habe viele Fehler gemacht. Und wenn ich die Chance bekomme, werde ich sie wieder gut machen."

„Wie?" Sie war nicht sicher, ob es möglich war. Der Kummer, den er ihr bereitet hatte, war nicht in Worte zu fassen. „Ich liebe dich, T.J., aber ich kann nicht zu dir zurückkommen, nur weil du mit den Fingern schnippst. Ich kann nicht alles vergessen, was du in den vergangenen zwölf Monaten getan hast, und so tun, als wäre es nie geschehen. Unsere Probleme haben angefangen, bevor deine Geheimnisse dich aus unserem Haus vertrieben haben."

Niemand konnte ihre Hingabe ihm gegenüber abstreiten. Doch an einem gewissen Punkt musste sie sich an die Hingabe an sich selbst erinnern. An ihre Selbsterhaltung. Er musste ihr mehr bieten.

„Ich gebe dir keine Schuld." Nickend trat er zurück. „Und ich verstehe, was du damit sagen willst."

„Nein, tust du nicht." In zwei Schritten überbrückte sie die Distanz zwischen ihnen. „Es gab Zeiten, da dachte ich, ich würde an den Qualen sterben, dich zu verlieren. Nicht nur, als du mir die Scheidungspapiere übermittelt hast. Es hat schon in der Nacht des Übergriffs angefangen."

Sie musterte ihn, hoffte, dass er ausnahmsweise einmal verstehen würde, was Qualen wirklich bedeuteten. „Wenn jemand das Recht hatte, davonzulaufen, dann war ich es. Du hast mir wehgetan, weil du mit deinem eigenen Schmerz nicht fertig wurdest. Du hast mich bestraft—"

„Ich weiß."

„—weil du nicht ...“ Sie sah ihn stirnrunzelnd an. „Warte ... hast du mir gerade zugestimmt?“

„Ja.“ Er schluckte schwer. „Ich habe dich bestraft, weil ich nicht damit umgehen konnte, was in dieser Nacht geschehen war. Ich hielt es für Schuldgefühle. Aber es war so viel mehr. Angst und Versagen. Ich habe immer versucht, dir gegenüber alles richtig zu machen, und in einem einzigen Augenblick habe ich alles ruiniert. Das hat mich zu Tode erschreckt, Cass. Das tut es immer noch. Und das werde ich mir nie verzeihen.“

„Wenn du dir nicht vergeben kannst, wie soll ich es dann tun?“ Sie presste sich fester an ihn, nicht gewillt, ihn so leicht davonkommen zu lassen, und doch nicht in der Lage, ihn loszulassen. Sie wussten beide, wohin das führen würde. Es konnte einzig mit ihrer rückhaltlosen Akzeptanz enden, doch die musste er sich verdienen.

„Dein Herz ist wesentlich größer als meines. Du wirst mir vergeben, bevor ich mir selbst vergebe.“ Er umfasste ihre Wange und streichelte sie mit seinem Daumen.

„Dann ist meine nächste Frage: Wie kann ich darauf vertrauen, dass du in Zukunft nicht genauso reagierst, wenn ich wieder eine schlechte Entscheidung treffe?“ Sie hob ihr Kinn, ihre Münder so nah, dass sich ihr Atem zwischen ihren Lippen vermischte.

„Ich werde Fehler machen, T.J. Ich *will* Fehler machen. Aber du musst darauf vertrauen, dass ich die Risiken abwäge und selbst zu einer Entscheidung gelange. Dieser Quatsch, dass du mich in einen Lifestyle hineingezogen hättest, in den ich nie hätte einbezogen werden dürfen, ist beleidigend. Ich will hier sein. Sonst wäre ich heute Abend nicht hergekommen.“ Sie schluckte über die Trockenheit in ihrer Kehle hinweg. „Ja, ich werde in Zukunft klüger sein, aber ich kann nicht mit der Angst leben, dass du mich wieder verlassen könntest. Es ist mir egal, ob es zu meinem Besten ist. Ich muss wissen, dass du mit mir reden wirst.“

„Ich verspreche, es zu versuchen.“

„Nicht gut genug.“ Sie ging einen Schritt zurück.

Er streckte einen Arm aus und zog sie zurück an seine Brust. „Ich werde alles in meiner Macht Stehende tun, um dich mehr zu lieben als das Leben selbst.“

„Deine Liebe habe ich immer gehabt. Was ich jetzt möchte, ist dein Vertrauen. Hab Zuversicht, dass ich die Verantwortung für meine eigenen Fehler übernehmen kann, und sei dir bewusst, dass ich mit den Konsequenzen umgehen kann.“

Er presste die Lippen aufeinander, kämpfte gegen die Emotionen an, die sein Gesicht überfluteten. „Ich verspreche es.“

„Wirklich?“

„Cassie, ich gebe mein Bestes. Das werde ich immer. Aber ich werde dich nicht anlügen. Bis etwas geschieht, kann ich mich nur darauf vorbereiten, um in Zukunft besser zu reagieren.“

Sie hob eine Braue und entwand sich seinen Armen. „Nun, vielleicht ist es an der Zeit, dass ich etwas geschehen lasse.“

KAPITEL ZWANZIG

T.J. ließ Cassie nicht aus den Augen, als sie durch den abgedunkelten Flur schlenderte. Er folgte ihr, und sein Puls stieg, je energischer ihre Schritte wurden.

„Alles okay bei euch?" Shay, die an dem Rücken des Sofas in der Nähe der Bar gelehnt hatte, richtete sich auf und wich nicht zurück, als Cassie schnurstracks auf sie zuging und sich dann an ihren Körper presste, bevor sie ihre Lippen zusammenführte.

„Leck mich am Arsch." Leos Worte drangen durch den Raum. „Was zum Teufel hast du ihr gesagt?"

T.J. ignorierte die Frage, zu fasziniert von dem Anblick vor sich. Cassie fuhr mit einer Hand durch Shays Haar, sodass die langen Strähnen dunkler Seide durch die zarten Finger seiner Ehefrau glitten. Sie waren atemberaubend. Fesselnd. Die beiden machten herum, als wären sie ein sich verloren geglaubtes Liebespaar, nicht zwei Frauen, die ihren ersten Kuss teilten. Zumindest glaubte er, dass es ihr erster war.

„Haben sie das schon einmal gemacht?" T.J. ließ sich auf den Hocker neben Leo fallen und schlug auf die Bar. „Bourbon. Pur. Sofort."

„Mach zwei draus", murmelte Leo. „Und ich hoffe verdammt nochmal nicht. So wie die zwei zusammen aussehen, fange ich sonst an zu glauben, dass Shay mich für etwas Besseres verlässt."

Dazu würde sie keine Gelegenheit bekommen. T.J. packte das Glas, das Travis in seine Hand schob, und kippte die Flüssigkeit in einem Zug hinunter. Cassie hatte ihren Standpunkt klargemacht. In ihrer Vorstellung lotete sie gerade die Grenzen aus und ging ein Risiko ein. Und egal, wie verlockend ihr sogenanntes Risiko war, für heute Abend hatte er genug.

Er brauchte sie. Musste beanspruchen, was er schon viel zu lange vermisst hatte.

Er knallte sein Glas in einer an seine Frau gerichteten Warnung auf die Bar, bevor er zu ihr ging. „Das reicht, Ladies." Er stellte sich hinter Cassie, legte einen Arm um ihre Taille und wirbelte sie herum, um sie ansehen zu können. „Was hatte das zu bedeuten?"

Ihre Brust hob und senkte sich schwer, ihre herrlichen Lippen waren geschwollen. „Ich werde nicht in eine Ehe zurückkehren, in der ich Angst haben muss, Risiken einzugehen."

„Das war nicht wirklich ein Risiko, meine Liebste." Er überbrückte die letzte Distanz, und sein Schwanz pulsierte, als ihre Pupillen sich weiteten.

Sie wich zurück und stieß gegen das Sofa, in dem Versuch, den Abstand zwischen ihnen zu wahren, indem sie in den hinteren Teil des Hauptbereichs floh. „Woher sollte ich ahnen, dass sie mich zurückküssen würde? Sie hätte mich genauso gut ohrfeigen und wegstoßen können."

„Wirklich?" Er hob eine Braue. „Demnach zu urteilen, was ich vorhin gesehen habe, schien es eher so, als würdet ihr beenden, was ihr begonnen hattet."

Ihre Mundwinkel hoben sich, und sie schob ihre verführerische Zunge heraus, um ihre Lippen zu befeuchten. „Nun, okay, vielleicht war es kein großes Risiko ..." Sie strahlte ihn an. „Kleine Schritte, richtig?"

Ein Knurren bildete sich in seiner Brust, das wärmste, kraftvollste Geräusch, das er je ohne bewussten Gedanken von sich gegeben hatte. Hinter ihm lagen Einsamkeit und Sicherheit. Vor ihm standen Schmerz und Vergnügen. Die süßeste Mischung aus allem Unbeständigen und Riskanten.

Er war besessen von Cassies Schutz und Glück – damals, jetzt und in der Zukunft. So bemaß er seinen eigenen Wert in der Welt. Wenn diese umwerfende Frau aufgrund seiner Worte, seiner Berührung, seiner Liebe lächelte, war er ein zufriedener Mann. Doch es war genau diese Sucht, die er überwinden musste. Er musste zurücktreten und sie ihr eigenes Glück finden lassen. Anerkennen, dass sie für ihre eigene Sicherheit sorgen konnte.

„Heißt das, du verzeihst mir?“ Er war so nah und doch so fern. Er konnte eine Hand ausstrecken und sie berühren, ihre glatte Haut streicheln, sie an seinen Körper ziehen, doch ihr Lächeln stockte und durchbohrte seine Brust mit Kummer.

„Du musst mehr tun, als mich anzuknurren, um dir meine Vergebung zu verdienen.“ Ihr Grinsen kehrte zurück, spülte den Schmerz davon und ersetzte ihn durch Hoffnung.

„Mach eine Liste. Was immer du willst, es gehört dir.“ Irgendwie würde er es wiedergutmachen. An jedem Tag für den Rest ihres Lebens.

Er ging erneut auf sie zu, während ihre zurückweichenden Schritte sie der hinteren Wand näherbrachten. „Wieso läufst du vor mir weg?“

„Ich habe keine Ahnung.“ Ihre Worte waren ein Flüstern. „Man sollte meinen, ich wäre nicht nervös, nach all den Verfolgungsversuchen, die ich unternommen habe, um dich zurückzubekommen.“

„Nervös?“ Er blieb stehen, unfähig, sich noch einen Zentimeter zu bewegen. „Nun, wieso fange ich nicht schon einmal alleine an? Und du kommst zu mir, sobald du bereit bist?“ Er wollte ihre Verunsicherung nicht. Er brauchte Erregung, Liebe, Leidenschaft und Hoffnung für ihre gemeinsame Zukunft. *Kleine Schritte.*

Sie runzelte die Stirn, dann neigte sie ihren Kopf mit einer unglaublich süßen, verwirrten Miene zur Seite, als er zum King-Size-Bett in der Ecke schritt. Er rutschte auf die

Matratze, lehnte sich mit dem Rücken gegen das Kopfteil und schlug die Beine an den Knöcheln übereinander.

Nach außen hin wirkte er entspannt. Ruhig. Innen drin sah es anders aus. Der Schlag seines Herzens ging schwer, war ein pochender Schmerz in seiner Brust. Seine Hände zitterten, Schweiß überzog seine Handflächen, doch sein Schwanz war der schlimmste Übeltäter. Er war hart wie Granit, während er mit unerbittlicher Kraft gegen seinen Reißverschluss drückte.

Cassie kam näher, ihre Schritte bedächtig und langsam. Ihr Blick glitt über seinen Körper, fokussierte sich auf die Wölbung in seinem Schritt und wanderte dann hinauf zu seinem Gesicht.

Er räusperte sich, kreiste mit den Schultern und machte es sich gemütlich. „Ich hatte noch keine Gelegenheit dich zu fragen, was du vom Club hältst."

„Er ist besser, als ich ihn mir je vorgestellt habe." Sie sah über ihre Schulter und ließ den Raum auf sich wirken. „Die Bar, die Zimmer, die Einrichtung – alles passt perfekt zusammen."

„Wir versuchen, ein Maximum an Sicherheit zu gewährleisten. Nicht nur an den Veranstaltungsabenden, sondern auch während des Aufnahmeprozesses."

„Ich weiß." Ein Grinsen überzog ihre Lippen und sie unterbrach ihren Blickkontakt, um sich auf das Bettlaken zu konzentrieren.

Sie war atemberaubend. Ihr Haar offen, ihre Kurven von dem Kleid, das sie trug, eng umschmeichelt. Er wollte ihre Beine um sich geschlungen und ihre in High-Heels steckenden Füße hinter seinem Rücken verschränkt haben.

„Natürlich weißt du das." Er verschränkte gemütlich die Hände hinter seinem Kopf. „Du hast die Sicherheitsüberprüfung für die Maskeradeparty über dich ergehen lassen."

Sie nickte, ihren Blick immer noch auf das Laken gerichtet.

„Hast du eine Ahnung, was die Erinnerungen an diesen

Abend mit mir anstellen?" Sie waren kristallklar und lebhaft und schwirrten ihm ständig im Hinterkopf herum.

„Ich würde vermuten, dass der Effekt kein schöner ist", murmelte sie. „Der Wut nach zu urteilen, die du nach meinem Geständnis an den Tag gelegt hast, bist du vermutlich immer noch entsetzt."

Weit davon entfernt. „Am Anfang, ja. Es war brutal. Aber als ich nach Hause kam und die Momente mit frischen Augen betrachtete, mit dem Wissen, dass du es warst und keine Fremde, wurde es zur erotischsten Erinnerung, die ich je hatte." Er starrte sie an, flehte in Gedanken, sie möge ihn endlich anschauen. „Du, wie du mich verführst. Hier. Vor all diesen Leuten. Seitdem begleitet mich ein hartnäckiger Ständer, der nicht zu bändigen ist."

Ihr Kopf schoss hoch. Ihre Wangenspitzen verfärbten sich leicht rosa, als ihre Blicke sich trafen. „Du bist nicht mehr wütend?"

Nur noch auf sich selbst. Schließlich hatte er seine Frau betrogen, und das war unverzeihlich. „Wütend?" Er gluckste. „Hast du eine Vorstellung davon, wie oft ich mir einen runterholen musste, um mir den Hauch einer Erleichterung zu verschaffen?" Sein Schwanz hatte ihn seither bestraft. „Ich erinnere mich noch an deine Stimme und die vertraute Art, in der du an der Bar Hallo gesagt hast."

„Ich habe nicht daran gedacht, meine Stimme zu verstellen." Die Nervosität in ihren Zügen wurde weniger, und nach und nach ersetzte Erleichterung die Besorgnis in ihren Augen. „Naja, habe ich schon, aber ich war zu nervös, um daran zu denken. Ich hatte sogar vergessen, meine Eheringe abzunehmen, bis Zoe mich in den Umkleideräumen darauf ansprach."

„Ich kann nicht glauben, dass du mich getäuscht hast." Obwohl, rückblickend betrachtet waren seine Augen das Einzige, was getäuscht worden war. Der Rest seiner Sinne hatte es gewusst – durch ihre Berührung, ihren Geschmack und ihre Stimme. Selbst ihre Ausstrahlung war ihm vertraut vorgekommen. Er hatte seine Augen geschlossen und sich

Cassie anstelle der dunkelhaarigen, dunkeläugigen Schönheit vorgestellt. „Aber als du dann fragtest, ob ich dir zusehen wollte, hat sich Lust unter meine Verwirrung gemischt. Ich hatte keine Chance."

Sie lehnte sich an das Fußende des Bettes, wodurch das Kleid ihren Oberschenkel hochrutschte.

„Ich schätze, ich sollte den Gefallen erwidern", sagte er leise.

Ihre Augen weiteten sich und ihre Stirn verzog sich zu einem sexy Runzeln. „Wie meinst du das?"

Er grinste und atmete ihre Nervosität ein. Verzehrte sie. „Heute darfst du zusehen."

Cassie schluckte und sah sich über die Schulter, dankbar, dass die wenigen im Raum verbliebenen Personen ihnen keine Aufmerksamkeit schenkten.

„W-wie meinst du das?" Sie drehte sich zu T.J. zurück und erhielt ihre Antwort durch ein Zucken seiner Mundwinkel.

Er nahm eine Hand von seinem Hinterkopf und führte sie zu seinem Hosenbund.

„Sieh zu", wiederholte er, während er zuerst den Knopf seiner Hose und anschließend quälend langsam seinen Reißverschluss öffnete. „Wie ein verfluchter Traum bist du rückwärts auf das Bett geglitten."

Er hob seinen Hintern von der Matratze und schob den Stoff seine Oberschenkel hinunter, eine Hand immer noch bequem hinter seinem Kopf. Die Härte seines Glieds war durch das dünne Material seiner Boxershorts deutlich sichtbar. Sie konnte jeden Zentimeter sehen, konnte sich gut an das Gefühl seines Schafts in ihrer Hand erinnern.

„Und der Finger, den du dir in den Mund gesteckt hast." Er stöhnte. „*Mein Gott*, war das heiß."

Ihr Herz flatterte unkontrolliert. Sie durchlebte diese Momente aus einer neuen Perspektive, verspürte nicht länger die hoffnungslose Demütigung.

Er glitt mit seiner Hand über seinen Schritt und schloss kurz die Augen. Seine Erregung sickerte unter ihre Haut und brachte sie dazu sich nach dem zu sehnen, was direkt vor ihr lag, machte sie feucht für seinen Schwanz. Sie wusste, welches Vergnügen er ihr bringen würde. Ihre Mitte zog sich bei dem Gedanken genüsslich zusammen.

Er hielt sie mit seinem Blick gefangen, während er seine Erektion durch seine Unterwäsche hindurch rieb. „Seit jener Nacht bin ich so oft gekommen, aber meine Hand scheint nie genug zu sein." Er schob seine Finger unter den Gummizug der Boxershorts und drückte das Material nach unten, um seinen nackten Schaft umschließen zu können.

Ihr lief das Wasser im Mund zusammen, und das gierige Verlangen nach ihm wurde überwältigend. Über ein Jahr war vergangen, seit sie ihn tief in ihrer Kehle gespürt hatte. Sie konnte nicht länger warten. Sie brauchte einen Vorgeschmack, eine Berührung, irgendwas, das sie von der Feuchtigkeit in ihrem Slip und der Art und Weise ablenken würde, wie sich ihr Innerstes ständig zusammenzog und um Penetration bettelte.

Auf Händen und Knien kroch sie vorwärts, spreizte mit ihrem Gewicht seine Beine, um Platz für sich zu schaffen. Sein Schwanz war direkt vor ihr, nur ein Lecken entfernt. Ein Lusttropfen bildete sich an seinem Schlitz und neckte sie, während seine Faust weiterhin seine Länge bearbeitete, auf und ab, und seinen Lippen einen Zischlaut entlockte.

Sie griff nach ihm, wollte seine Hand durch ihre ersetzen, wollte, dass es ihre Finger waren, die ihm Lust bereiteten.

„Nicht heute Abend." Er nahm die Hand von seinem Kopf und griff sie sanft am Kinn. „Ich will dich zu sehr, Cassie."

Sie nickte und befeuchtete mit ihrer Zunge die Lippen. Das Pochen in ihrer Brust wurde heftiger, aus Vorfreude und Nervosität gleichermaßen. Dies war ihr erstes richtiges Erlebnis in einem Sexclub. Das, von dem sie seit Jahren geträumt hatte. Die Maskeradenparty war ein Job gewesen, ein Versuch, ihren Mann zurückzugewinnen. Das hier war etwas anderes. In diesem Augenblick ging es nur um Vorspiel und Erregung, Leidenschaft und Liebe.

„Komm her." Er streckte seine Hand aus, bat schweigend um ihre, und lenkte sie, bis sie rittlings auf seinem Schoß saß.

Der Stoff ihres Kleides spannte sich unangenehm eng um ihre Oberschenkel, und der Saum drückte sich in ihre Haut, während sie so über ihm schwebte.

„Darf ich es hochschieben?" Seine Worte waren leise, sanft, ganz anders als der T.J., den sie im Schlafzimmer gewohnt war. „Ich weiß, du bist nervös. Das bin ich auch. Mir gehen eine Million Gedanken durch den Kopf. Über unsere Vergangenheit und unsere Zukunft. Darüber, wo wir sind, und dass uns Menschen beobachten. Aber darüber will ich nicht nachdenken. Ich will nur an dich denken."

Er beugte sich vor, fuhr mit seinen Lippen über ihre. „Niemand anderes existiert mehr. Ich bin fertig mit der Außenwelt."

Sie verharrte regungslos über seinem Schoß und las die Wahrheit in seinen Augen. „Schieb es hoch."

Er tat es und entblößte ihre Oberschenkel, bevor er abrupt innehielt, als er ihr schwarzes Seidenhöschen freilegte. T.J.s Stirn runzelte sich, ein flüchtiger Hinweis darauf, dass er wusste, was sie dachte, als er seine Hände zu ihrem Po gleiten ließ und seine Finger köstlich kraftvoll in ihre Haut grub.

„Du bist hinreißend." Er erhöhte den Druck seiner Berührung und führte sie hinunter, der Härte seiner Erektion entgegen. Sie unterdrückte ein Stöhnen angesichts der himmlischen Tortur seines heißen Schafts. Das Einzige, was sie noch trennte, war ein dünnes Material, das gerade mit ihrer Erregung durchtränkt wurde. „Und nass."

Sie nickte. „Wären wir gerade zu Hause, würde ich dich anflehen, mich zu nehmen."

„Dann tu es. Was hält dich davon ab?"

Sie hielt ein nervöses Lachen zurück. „Nur die fünfzehn bis zwanzig Leute, die herbeieilen würden, um sich die Show anzusehen."

Seine Lippen kräuselten sich, das untrügliche Zeichen der

Arroganz, die sie so gerne an diesem Mann sah. „Sie wissen es besser, als zu starren. Sie würden einen kurzen Blick erhaschen, das ist alles. Sie wissen, dass du neu hier unten bist.“

„Versuchst du, mich noch nervöser zu machen?“

Er gluckste. „Nein. Aber die wenigen Menschen, die uns gerade Aufmerksamkeit schenken, tun das, weil du wunderschön bist. Du hast einen Körper, der für Vergnügen geradezu gemacht ist. Und es ist nicht schwer zu erraten, was sie denken.“

„Hmm?“ Sie wollte nicht fragen. Ihre Lippen wollten sich nicht bewegen, um die Worte auszusprechen. Allein die Tatsache, dass sie überhaupt zusahen, pumpte Adrenalin durch ihre Venen.

Er lehnte sich zu ihr, schmiegte sein Gesicht an ihren Hals und fuhr mit den Lippen ihre Haut entlang. „Sie wollen dich ficken, Cassie.“ Er biss sie sanft. „Fast so sehr wie ich.“

Sie stöhnte und bog ihren Hals durch, um ihm besseren Zugang zu gewähren. Ihre Nervenenden standen in Flammen, jeder Zentimeter kribbelte empfindlich.

„Sie wollen dich fesseln. Dich durchnehmen, bis du schreist. Sie würden um dich kämpfen, wenn ich es zulassen würde.“

Ihre Nippel verhärteten sich bei seinen Worten. Sie wollte keinen anderen. Das würde sie nie. Und doch ließ das Wissen der Bewunderung von Fremden ihren Körper auf wundersame Weise entflammen.

„Sie wollen dich in der Schaukel, deinen Körper völlig nackt bis auf die Riemen, die dich hochhalten. Sie wollen deine Oberschenkel um ihre Taille. Deine Pussy ihnen ausgeliefert.“

Sie schloss die Augen und begann, sich gegen seine Erektion zu wiegen, unfähig, ihrer Klitoris die Reibung zu verwehren, nach der sie sich verzehrte.

„Sie wollen, dass du sie reitest. Genauso wie du mich reitest und meinen Schwanz mit deiner süßen Hitze in den Wahnsinn treibst.“

Sie wimmerte. *Oh, Gott*. Sie sehnte sich nach Erlösung. Eine Hälfte ihres Körpers hatte alles Gefühl verloren, während die andere Hälfte – die, die aus ihren Schenkeln, ihrem Unterleib und ihrem Geschlecht bestand – pulsierte, pochte und mit einer Intensität kribbelte, die sie nicht kontrollieren konnte.

Er glitt mit seinen Fingern zwischen sie, und sie öffnete die Augen, um zu beobachten, wie er den Schritt ihres Höschens zur Seite schob.

„Ich kann es kaum erwarten in dir zu sein."

Sie konnte ebenfalls kaum erwarten, dass er dort war, dass die Qualen ein Ende hatten und die Lust sie packte. Sie schwebte über ihm, ihre Hände hielten sich an seinen Schultern fest, als er seinen Schwanz an ihrem Eingang rieb, während seine Finger weiter ihr Höschen beiseite hielten.

Scheiß drauf. „Ich ziehe es aus." Sie hüpfte herum, drehte und wand sich, wackelte und schlängelte sich, bis das Höschen ausgezogen war. Dann war sie wieder rittlings auf ihm, ihr Hintern immer noch vom Kleid bedeckt, während ihr Geschlecht zwischen ihnen deutlich sichtbar war.

„Du bist ein Traum, Cassie. Eine Fantasie." Er fuhr ihr mit einer Hand durchs Haar, packte ihren Nacken und zog sie an seine Lippen. „Ich bin ein verdammt glücklicher Hundesohn."

Sie lächelte an seinem Mund. „Lass das nicht deine Mutter hören."

„Mach nicht die Stimmung kaputt, meine Liebste."

Kichernd schloss sie die Augen und sank auf ihn hinab. Die Härte seiner Erektion entlockte ihrer Kehle ein Stöhnen.

„Fuck, bist du feucht."

„Fuck, bist du hart." Er war so dick, so absolut perfekt, dass ihre Vagina schon jetzt fast überfordert war. Ihre Hüften wiegten sich wie von selbst, ihre Körper bereits vertraut mit ihrer Leidenschaft.

Mit einer Hand packte er ihren Hintern, um in sie hineinzupumpen und ihre Klitoris mit einem Hauch der nötigen Reibung zu versorgen, während er mit seinem Mund über ihren glitt. Es gab keine Gedanken. Nur Vergnügen. Nur der sich nähernde Höhepunkt, der diesen Moment zu früh zu beenden drohte.

Ihre Zungen tanzten miteinander, ihr Atem vermischte sich, und während all dem hielt er sie weiter fest, umklammerte mit einer Hand ihren Nacken, mit der anderen ihren Po. Sie ertrank in seiner Liebe, unterwarf sich der Erlösung, die sie lieber noch etwas hinauszögern würde.

Ihr Ehemann war wieder da. Ihr Seelenverwandter war zurückgekehrt. Dieser Mann war ihr Ein und Alles. Ihre Zukunft. Sein Lachen, seine Schwächen und seine Entschlossenheit. Er war ihr Glück, und sie würde dafür sorgen, dass er wusste, dass es für sie beide nie eine andere Möglichkeit gegeben hatte, als zusammen zu sein.

„Ich hoffe, du bist nicht immer noch nervös, beobachtet zu werden", sagte er an ihren Lippen.

Ihre Brustspitzen kribbelten, bevor sie die Chance hatte, sich zu versteifen. Ja, sie war nervös, doch berauscht traf es noch besser. „Wieso?"

„Brute scheint die Show zu genießen."

Sie warf einen Blick über ihre Schulter und begegnete dem Blick ihres gemeinsamen Businesspartners, der an der Seite der Bar lehnte. Er mochte träge sein Scotchglas an die Lippen heben, doch sein Blick war intensiv.

„Fühlst du dich nicht unwohl dabei?" Vielmehr sollte *sie* sich unwohl fühlen, oder? Aber das tat sie keineswegs. Stattdessen stockte ihr Atem und zog sich ihre Vagina zusammen, als sie Brutes Blick auf sich spürte.

„Sollte ich das?" Er streifte mit dem Mund über ihren. „Du willst nicht wissen, wie oft ich ihn schon mit Frauen beobachtet habe. Es ist so selbstverständlich geworden wie mit ihm einen Drink an der Bar zu teilen."

„Nie wieder, okay?" Sie legte ihre Stirn an seine, bewegte ihre Hüften stärker. „Wenn du hier unten bist, will ich bei dir sein. Du wirst ihn nicht mehr ohne mich beobachten."

Ihm entfuhr ein atemloses Glucksen, während er sich in einem harten Stoß in ihr versenkte. „Einverstanden."

Ihre Bewegungen wurden energischer, ihre Begierde wuchs, während er mit seinen Händen ihre Seiten entlangfuhr und die Wölbung ihrer Brüste streifte.

„Ich habe die zwei vermisst." Er zwickte ihre Brustwarzen und verdiente sich damit im Gegenzug einen harten Stoß. „Ich habe alles vermisst."

Er bewegte sich kraftvoller und sein Griff wanderte zu ihrem Hintern, um sie noch fester auf seinen Schwanz zu pressen. Sie begann zu keuchen, versuchte sich zu konzentrieren, um den bevorstehenden Höhepunkt hinauszuzögern. Sie war so kurz davor ... fast da.

„Tate." Sein Name war kaum hörbar, ein bloßes Flüstern an seinem Hals.

Er knurrte, wiegte seine Hüften in einem aggressiven Rhythmus, während sie sich an seine Schultern klammerte. Sie konnte es kaum erwarten. Sie war zu lange ohne seine Liebe gewesen.

„Tate ..." Ihre Mitte verkrampfte sich und entlud sich in einer Empfindung, die ihren gesamten Körper durchflutete.

Er stöhnte und bohrte seine Finger in ihr Fleisch, ihr Name ein Flüstern auf seinen Lippen, eine Liebkosung, die sie für immer in Ehren halten würde.

„Du wirst mich nie wieder verlassen." Es war eine Forderung. Und sie würde dafür sorgen, dass er sie erfüllte.

„Ich verspreche es." Seine Lippen strichen über ihren Kiefer, ihre Wange, ihre Lippen. „Nie wieder, Cassie."

„Du musst die Scheidung stoppen. Du musst sie verschwinden lassen."

„Das werde ich. Verschwende nicht mal einen Gedanken daran."

Sie nickte, ihre Münder immer noch aufeinandergepresst, während sich ihre Bewegungen verlangsamten und Stille um sie herum einkehrte. Sie wusste nicht, was sie erwarten hatte. Applaus? Jubel? Nichts passierte. Der Club machte weiter, als hätte es ihr monumentales Wiedersehen nicht gegeben.

Sie blickte sich über die Schulter zu Brute, der sie immer noch anstarrte, Leo und Shay nun an seiner Seite. Alle drei lächelten ... nun, Brutes Lippen kräuselten sich minimal. Ihre zufriedenen Mienen erfüllte ihre Lungen mit wohliger Wärme.

„Ich glaube, sie sind froh, dass ich sie nicht länger mit meinen Stimmungsschwankungen quälen werde", sagte T.J. in ihr Haar.

„Und du wirst mich nicht länger quälen, indem du woanders wohnst." Sie schmiegte sich an seine Schulter. Seine Länge war immer noch in ihr, sein Herz schlug gegen ihre Brust. Ihn zu verlieren hatte ihr Angst gemacht. Das würde es immer. Sie konnte die Sonne, den Mond, den Atem aus ihren Lungen verlieren, doch solange T.J. bei ihr war, wäre sie glücklich.

„Geht's dir gut?", fragte er in ihr Haar.

„Großartig." Sie seufzte und schmiegte sich näher an ihn.

Der Schmerz wurde langsam weniger, die Trauer durch Hoffnung für ihre gemeinsame Zukunft ersetzt.

„Bring mich nach Hause, T.J." Sie lehnte sich zurück und sah ihm in die Augen. „Ich möchte in deinen Armen einschlafen."

EPILOG

„Wir müssen diese Frauen wirklich an die Leine legen", grummelte Brute. „Jedes Mal, wenn ich ihnen den Rücken zuwende, verunstalten sie das *Vault* ein bisschen mehr."

T.J. grinste, unfähig, seinen Blick von Cassie und Shay abzuwenden, die auf der kleinen Tanzfläche, die sie in der hinteren Ecke des Clubs eingerichtet hatten, ihre Hüften schwangen. Die Musik war so leise, dass sie das sinnliche Ambiente nicht störte, aber seiner Meinung nach gossen die langsamen, heißblütigen Songs, die sie auf den nahe gelegenen iPod geladen hatten, eher noch Öl in das Feuer.

Seitdem er auf dem Ledersofa ein paar Meter entfernt Platz genommen hatte, hatte er sich nicht mehr bewegen können. Genauso wenig wie Leo, der am anderen Ende saß, seinen Fokus auf Shay gerichtet, während die beiden Frauen umeinander herumtanzten.

„Ich glaube, sie versuchen bewusst mich verrückt zu machen", meinte Leo mürrisch.

„Meinst du?" Brute gluckste. „Auf James haben sie denselben Effekt."

T.J. und Leo betrachteten den Mann, der auf einem naheliegenden Sofa saß. Er hatte einen Drink in der Hand und beobachtete die Tanzfläche mit einem wölfischen Glanz in den Augen.

„Bist du sicher, dass er den Sicherheitscheck bestanden hat?", fragte Leo. „Mir gefällt sein Blick nicht."

„Mir auch nicht." T.J. richtete seine Aufmerksamkeit wieder auf Cassie. „Sorge dafür, dass sein Name von der Liste gestrichen wird. Ich will ihn hier nicht noch einmal sehen." Seine beschützende Art abzulegen war nicht leicht. Besonders nicht, wenn unbekannte Männer seine Ehefrau angafften. Es war in Ordnung für ihn, wenn sich die Stammgäste an ihr sattsahen. Sie war eine Frau, die für Bewunderung wie gemacht war, doch diesen Mann kannte er nicht.

„Du kannst nicht jedem Kerl, der deine Frau vögeln will, den Zutritt verweigern." Brute, der hinter ihnen aufgetaucht war, stellte sich hinter das Sofa. „Wenn das der Fall wäre, hätte ich hier unten auch keinen Zutritt."

„Witzig", knirschte T.J.

„War nicht witzig gemeint." Brute schlug ihm auf die Schulter. „Was hat es denn mit dem Telefon auf sich?" Er beugte sich vor und schnappte T.J. das Gerät aus der Hand.

„Wir haben nur ein bisschen Spaß." Er hatte seine Frau überredet das Sextoy zu tragen, das er ihr vor Jahren geschenkt hatte. Eine Hälfte des C-förmigen Teils saß tief in ihr drin, während die andere Hälfte von außen gegen ihre Klitoris drückte. „Darauf ist eine App für das Sextoy, das Cass trägt."

Er riskierte einen kurzen Blick über seine Schulter zu Brute, der das Telefon anstarrte. „Ab und zu drücke ich auf einen dieser Buttons, die dann Vibrationen auslösen."

„Das machst du schon die ganze Nacht?", fragte Brute.

„Größtenteils." Er war berauschend zu wissen, dass er ihr Vergnügen bereiten konnte, ohne dass andere es bemerkten. Ihre Pussy triefte wahrscheinlich, und der Spitzenstring, den er ihr für heute Abend ausgesucht hatte, war kaum in der Lage, den Beweis ihrer Erregung aufzufangen.

„Was passiert, wenn ich mehrere Buttons drücke?" Brute tippte auf den Bildschirm.

„Ich denke, das wirst du selbst herausfinden."

„Und es kümmert dich nicht, dass ich deine Frau zum Kommen bringe?"

T.J. grinste, sein Blick immer noch auf seine Ehefrau gerichtet. „Nicht im Geringsten." Es gab keinen anderen Mann, der Cassie in Versuchung führen konnte. Er hatte sie vielleicht nicht verdient, doch sie war ihm trotzdem treu ergeben. Ihre Liebe floss durch seine Adern, ihr Glück ein beständiger Schlag in seinem Herzen.

„Nur zu." T.J. lehnte sich zurück und breitete seine Arme entlang der Lehne und des Sofarückens aus. Sie würde wissen, dass nicht er das Toy kontrollierte, sobald sie in seine Richtung sah, und er vermutete, dass es einen positiven Effekt auf sie haben würde.

Alle drei schauten schweigend zu, wie Brutes Finger im Takt des langsamen Beats von *Gorilla* von Bruno Mars das Display antippte.

„Sie hat es nicht einmal bemerkt." Leo rutschte auf seinem Platz etwas nach vorne. „Bist du sicher, dass sie es noch immer trägt?"

„Sie hat es bemerkt." Er konnte es daran erkennen, dass sich ihr Hals zusammenzog, als sie heftig schluckte, an der Tatsache, dass sie kurz, fast unbemerkt mit ihren Armen über ihre Brüste strich, als sie sie in einer sinnlichen Bewegung über ihren Kopf hob. Auch ihre Füße standen näher beieinander, was ihr erlaubte, ihre Schenkel zusammenzupressen und es als Tanz zu tarnen.

Er musterte sie und ignorierte währenddessen das unaufhörliche Pochen seines Glieds, das seit seinem Umzug zurück nach Hause vor zwei Wochen nicht mehr abzuebben schien. Sie leckte sich die Lippen, ihre Brust hob und senkte sich schneller, ihre Bewegungen wurden langsamer. „Ich glaube, gleich zerspringt sie."

Mit jedem Tag wurde es einfacher. Ihre Leidenschaft war wieder entfacht, als wäre sie nie erloschen. Jetzt mussten sie nur noch abwarten, bis die Vergangenheit sie nicht länger verfolgte. Mit der Zeit würden sie Frieden finden. Aber was noch wichtiger war, dass sie beide Eigenverantwortung für das Leben übernahmen, das sie gemeinsam führten.

Sie drehte sich zu ihm, ihr Kinn erhoben, ihre Schritte zittrig, als sie sich in ihren High-Heels näherte.

„Sollte ich mich darauf einstellen, geohrfeigt zu werden?", brummte Brute.

T.J. schüttelte den Kopf. „Nein." Das in ihren Augen war keine Wut.

Sie kam direkt auf ihn zu, kletterte auf die Couch und setzte sich rittlings auf ihn.

„Hast du Spaß beim Tan—"

Sie schnitt ihm mit einem Kuss das Wort ab. Mit einem wilden, leidenschaftlichen Kuss, bei dem sich ihre Zunge in seinen Mund schob, um mit seiner zu tanzen. Mit den Fingern fuhr sie durch seine Haare, ihre andere Hand packte seine Schulter und vergrub ihre Nägel tief darin.

„Warum hast du dein Handy Brute gegeben?", stöhnte sie in seinen Mund, während ihre Hüften kreisten und die Vibrationen des Sextoys gegen seinen Schaft pulsierten.

„Ich dachte, es würde dir nichts ausmachen."

„Tut es nicht." Sie wimmerte, machte ihn wahnsinnig, wie sie sich so erbarmungslos an ihm rieb. „*Oh, Gott*, es macht mir nichts aus."

Leo fluchte, und Brutes Finger tippte erneut auf dem Bildschirm herum.

„Warte. *Stopp*." Cassie sah mit einem beschwörenden Ausdruck in den Augen zu Brute auf. „Bitte. Schalte es nicht runter."

Arschloch. T.J. wusste genau, was sein Freund da tat.

„Brute", bettelte Cassie. „Ich brauche es härter. *Bitte*. Mach es härter."

„Hörst du das, Tate?", prahlte Brute. „Deine Frau fleht mich an, es ihr härter zu besorgen."

„Du bist so verdammt berechenbar." T.J. schüttelte den Kopf und knirschte mit den Zähnen. „Würdest du dich verflucht nochmal beeilen, damit ich mich nicht lächerlich mache?“

Brute tippte noch ein paar Mal, um für eine heftige Vibration bei Cassie zu sorgen, die er ebenfalls spüren konnte. Er war sich nicht sicher, ob er es unbeschadet überstehen würde. Er brannte darauf, sie zu haben. Sich in ihr zu versenken.

Stöhnend verschränkte sie ihre Arme in seinem Nacken. „Ich kann nicht atmen.“ Sie keuchte, wiegte ihre Hüften hin und her, befeuchtete ihre trockenen Lippen mit ihrer Zunge. „Ich brauche mehr.“

„Sorry“, grunze Brute, die Erregung war seiner Stimme deutlich anzuhören. „Höher geht's nicht, Süße.“

Shay kam zu ihnen, und ihre schlanke Gestalt blieb in Cassies Rücken stehen. Sie spähte auf T.J. herab, ein vertrautes Glitzern in den Augen. „Braucht ihr Hilfe?“

Fuck. Wenn Cassie nicht aufhörte über seinem Schoß zu kreisen, und bald kam, würde er explodieren, darin bestand kein Zweifel. Entweder musste er selbst Hand anlegen oder einen Weg finden, wie er schnell die Unterwäsche seiner Frau loswerden konnte. „Ja.“

Leo fluchte erneut. Diesmal lauter.

Shay richtete ihre Aufmerksamkeit auf ihren Freund und grinste, als sie die Haare aus Cassies Nacken strich. „Es ist nur ein Kuss.“ Sie lehnte sich hinunter und fuhr mit ihrem Mund über Cassies Nackenansatz.

„Du hast zehn Sekunden, um hierher zu kommen.“ Leo begann herunterzuzählen, wobei sein Ton härter wurde, je tiefer die Zahlen fielen.

„Und wenn nicht?“

„Herrgott“, schimpfte Brute. „Könnt ihr das woanders austragen? Seht ihr nicht, dass ich hier versuche, meine Magie walten zu lassen?“

Kapitulierend hielt Shay ihre Hände hoch und schlenderte sehr langsamen Schrittes auf Leo zu. „Du bist auf dich allein gestellt, Cass.“

Cassie wimmerte, einmal, zweimal, dann versenkte sie

ihre Zähne in T.J.s Nacken, als sich jeder Muskel ihres Körpers an ihn klammerte als hinge ihr Leben davon ab. Sie hörte auf zu atmen. Dann begann ihr Körper zu zittern, als ihr Orgasmus sie überkam, während sie sich unaufhörlich weiter an ihm rieb.

Atme. Konzentriere dich. Nicht kommen. Nicht. Kommen.

„Denk einfach an mich, Kumpel", flüsterte Brute ihm ins Ohr.

Das erfüllte seinen Zweck. Ansatzweise. Er sah sich über die Schulter, schnappte sich sein Telefon zurück und verringerte die Vibrationen, als Cassie sich allmählich gegen seine Brust sinken ließ, ihr Atem ein ständiges Streicheln über scine Haut.

Er schloss die App, sperrte sein Handy und warf es auf den Sitz neben sich, nur Zentimeter von Leo entfernt, der nun seine Freundin auf seinem Schoß sitzen hatte. Ihre Münder waren vereint, ihre Körper Brust an Brust, als Leo Shays Gesicht mit beiden Händen umfasste.

„Das wird langsam langweilig", schnaubte Brute. „Ich muss mich unbedingt flachlegen lassen, bevor wir schließen. Wir sehen uns später."

T.J. neigte seinen Kopf und drückte die Frau in seinen Armen fest. Er genoss die Bewunderung, die das Verlangen nach Vergnügen ablöste. Sie waren noch nicht wieder zurück in der Normalität. Sie waren wieder ganz am Anfang. Hatten Dates, entfachten ihre Verliebtheit von Neuem und vermengten sie mit den Jahren der Hingabe, die sie bereits geteilt hatten.

Es war eine himmlische Kombination.

„Lass uns nach Hause fahren", sagte er in ihr Haar.

Sie stützte sich mit den Händen auf seiner Brust ab und setzte sich auf, um ihn anzusehen. „Du willst nicht bleiben?"

„Nicht heute Abend." Er schüttelte den Kopf. Sie hatten noch Jahre, die sie hier drin verbringen konnten, um Spaß mit Freunden und Fremden zu haben. Er wollte gierig sein, sie für den Rest der Nacht ganz für sich allein haben. Und möglicherweise jede weitere Nacht, bis sie seiner Zuneigung überdrüssig wurde. „Ich will dich mit nach Hause nehmen und dir zeigen, wie sehr ich dich liebe.“

Ihre Augen funkelten. „Du hast die letzten drei Wochen nichts anderes gemacht.“

„Stimmt.“ Er lächelte und strich mit seinen Lippen über ihre. „Und das werde ich auch nie wieder.“

Ich hoffe, Vereint hat euch gefallen!

Ich weiß es so sehr zu schätzen, wie ihr das Buch anderen Lesern empfehlt, unter anderem, wenn ihr euren Freunden davon erzählt. Rezensionen helfen Lesern, Bücher zu finden. Bitte schreibe eine Rezension auf deiner bevorzugten Seite, wo Bücher gekauft und rezensiert werden können.

WEITERE ÜBERSETZTE TITEL VON EDEN SUMMERS

THE VAULT

- Erwacht
- Vereint
- Gnadenlos

RECKLESS BEAT

- Blinde Leidenschaft

Abonniert den Newsletter, um über Eden Summers nächste deutsche Veröffentlichungen Bescheid zu wissen.

9 781925 512274